E-Z DICKENS SUPERVARONIS CETURTĀ GRĀMATA: UZ LEDUS

Cathy McGough

Stratford Living Publishing

Autortiesības © 2021 Cathy McGough

Šī versija publicēta 2024. gada decembrī.

Visas tiesības aizsargātas. Nevienu šīs publikācijas daļu nedrīkst reproducēt vai pārraidīt jebkādā formā vai ar jebkādiem elektroniskiem vai mehāniskiem līdzekļiem, ieskaitot fotokopēšanu, ierakstīšanu vai jebkuru citu informācijas glabāšanas un izgūšanas sistēmu, bez iepriekšējas rakstiskas atļaujas no izdevēja Stratford Living Publishing.

ISBN: 978-1-998651-03-0

Cathy McGough saskaņā ar 1988. gada Autortiesību, dizainparaugu un patentu likumu ir apliecinājusi savas tiesības tikt identificēta kā šī darba autore.

Cover Art Powered by Canva Pro.

Šis ir daiļliteratūras darbs. Varoņi

ir izdomāti. Līdzība ar dzīvām vai mirušām personām ir tikai un vienīgi tāpēc. nejaušība. Vārdi, personāži, vietas un atgadījumi ir vai nu ir autora iztēles rezultāts vai arī izmantoti izdomāti.

Satura rādītājs

Ikdienas supervaroņiem.

"Jūs vienkārši nevarat uzvarēt cilvēku, kurš nekad nepadodas."

Babe Ruth

PROLOGU

Nākamajā dienā bija skolas diena, bet,tuvojoties pasaules galam, ne E-Z, ne Lia negrasījās doties uz skolu.

"Man ir ļoti slikta sajūta," teica Lia.

Bija brokastu laiks, un viņi ar E-Z palika vieni. Sema un Samanta vēl gulēja, tāpat kā dvīņi Džeks un Džila.

"Kāda veida slikta sajūta?" viņš jautāja, bāžot mutē vairāk putraimu.

"Zini, kā pagājušajā naktī, kad man šķita, ka es kaut ko dzirdēju?"

"Jā, bet tu teici, ka tā bija viltus trauksme. Skaņas pazuda, un viss atgriezās normālā gultnē."

"Tā bija un tā nebija. To ir grūti izskaidrot. Es dzirdēju, kā Rozālija mani sauc, tad viņa apstājās. Viņa vairs nemēģināja, tāpēc es domāju, ka viss ir kārtībā. Bet tagad esmu noraizējies, jo mēģināju sazvanīt viņu, bet nevarēju. Viņa nav atbildējusi ne uz vienu manu īsziņu. Es domāju, ka mums vajadzētu iet un pārbaudīt viņu. Tikai gadījumam. Tas atvieglos manu prātu, ja zināšu. Pretējā gadījumā es šodien neko nevarēšu izdarīt."

"Varbūt viņa guļ? Vai arī viņai izlādējās telefona baterija." Viņš pabeidza glāzi apelsīnu sulas un atkāpās no galda. Viņš ielika traukus trauku mazgājamajā mašīnā.

"Varbūt. Bet es tomēr gribētu viņu redzēt."

"Aizbrauksim viņu apciemot, lai tu nomierinātos," viņš teica, izsaucot taksometru. "Es ceru, ka viņi mūs ielaidīs. Galu galā mēs neesam radinieki."

Viņi devās pāri pilsētai un pie reģistratūras jautāja par Rozāliju. Sieviete jautāja: "Vai jūs abi esat radinieki?" Abi atbildēja, ka nav. "Apsēdieties, lūdzu," viņa teica.

"Redziet," Lia čukstēja. "Viņa izskatījās knapi. It kā viņa kaut ko slēpj."

"Jā, es arī to redzēju. Bet varbūt mēs to iedomājamies, jo uztraucamies par Rozāliju. Viss, ko mēs varam darīt, ir gaidīt un censties būt aizņemti. Mēs esam šeit, un mēs neatkāpjamies, kamēr neredzēsim, ka ar viņu viss ir kārtībā."

Pagāja trīsdesmit minūtes, un viņi joprojām gaidīja. un, laikam ritot, kļuva arvien nemierīgāki.

Lia piecēlās. "Es vairs nevaru gaidīt."

E-Z sacīja: "Vau! Pagaidiet." Viņa atkal apsēdās atpakaļ. "Atliksim vēl trīsdesmit minūtes, pirms sākam uz viņiem vērsties."

"Ko tas nozīmē, ka mēs uz tiem uzbrūkam?" Lia jautāja.

"Ak, es aizmirstu, ka tu neesi no šejienes. Tas nozīmē, ka tu uz kaut ko dodies ar visiem ieročiem. Kā pēdējo iespēju. Tas, protams, ir runas izteiciens. Lai gan daži pasta darbinieki to ir uztvēruši burtiski."

"Derētu derēt, ja mēs būtu pieaugušie, viņi jau būtu mūs uzrunājuši. Dažreiz man nepatīk būt bērnam."

"Tam ir savas priekšrocības," sacīja E-Z. "Pamēģini uzspēlēt kādu spēli telefonā vai izlasīt grāmatu. Tas aizņems laiku, un viņi būs mums izpalīdzīgāki, ja mēs būsim pacietīgi."

"Vēlos, lai man būtu līdzi austiņas. Es būtu varējis klausīties Teiloras Sviftas jaunās dziesmas."

"Lūk," viņš telca. "Tu vari aizņemties manējās."

Pagāja vēl trīsdesmit minūtes, un E-Z mierīgi atgriezās pie letes. Lia palika aiz muguras, klausoties mūziku. Viņš atskatījās atpakaļ. Viņa bija aizvērusi acis. Viņa pat nebija pamanījusi, ka viņš ir aizgājis.

"Vai ir kādas ziņas par to, kad mēs varēsim redzēt Rozāliju?" viņš jautāja.

"Atvainojiet, kāds nāk uz tikšanos ar jums. Viņa zina, ka tu te gaidi." Sieviete klikšķināja pie klaviatūras. Kad E-Z nešķīrās, viņa veica otru mēģinājumu viņu pamudināt. "Es personīgi runāju ar savu vadītāju. Viņa iznāks ar jums aprunāties, tiklīdz varēs. Lūdzu, pievienojieties savam draugam." Viņa pamāja ar roku Lia virzienā, kura bija aizņemta ar telefonu.

E-Z negribīgi atgriezās pie Lia. Viņš vēroja, kā cilvēki mielojas apkārt. Daži bija iedzīvotāji, stumjot pastaigu ratus. Daži bija ratiņkrēslos, kurus stūma aprūpētāji, bet citi paši stūma riteņus. Lielākā daļa iedzīvotāju smaidīja viņa virzienā, daži pamāja. Viņš brīnījās, cik daudzi no viņiem saņem regulārus apmeklētājus. Viņš cerēja, ka vairums to darīja.

Durvīm atveroties un aizveroties, viņa nāsīs ieelpoja pusdienu smarža, un kuņģī sāka kņudēt. Viņš brīnījās, kādus gardumus šodien ēd iedzīvotāji. Varbūt zivis ar čipsiem. Varbūt pīrāgs a la mode. Viņš vēlējās, lai būtu paēdis lielākas brokastis, kad Lia atdeva viņam austiņas.

"Vai ir izdevies kaut ko paātrināt? Es esmu izsalcis!"

"Es arī, un ne gluži. Viņa teica, ka vadītāja drīz būs pie mums, bet es nesaprotu, kāpēc Rozālija vienkārši nenāk pie mums pati. Kāda liela problēma?"

"Es nejūtu viņas klātbūtni šeit," sacīja Lia. "It kā mēs būtu atvienojušās. Mūzika uz brīdi palīdzēja novērst manu uzmanību, bet tagad es atkal par to domāju un esmu izsalkusi. Nav laba kombinācija."

"Es tevi saprotu," sacīja E-Z, kad gara sieviete ar ģenerāldirektora identifikācijas nozīmīti piegāja viņiem pretī un iepazīstināja ar sevi.

"Mani sauc Eleonora Vilkinsone, un es šeit esmu ģenerāldirektore." Viņa paspieda viņiem rokas. "Es saprotu, ka jūs abi esat Rozālijas draugi. Vai esat šeit viņu iepriekš apmeklējuši?"

"Nē, mēs šeit neesam bijušas," atbildēja Lia. "Bet mēs ar viņu esam draugi, tuvi draugi. Un mēs par viņu uztraucamies. Viņa neatbildēja uz manām īsziņām un neatbildēja uz telefona zvaniem."

Vilkinsones kundze sacīja: "Man žēl jums to teikt, bet Rozālija nomira kaut kad naktī. Mēs gaidām, kad ieradīsies viņas tuvinieki. Viņi nedzīvo tuvumā.

"Es atvainojos, ka liku jums tik ilgi gaidīt. Bet man vajadzēja ar viņiem aprunāties, pirms es runāju ar jums. Jūs saprotat. Mums ir noteikumi, kas jāievēro."

Lia nokrita atpakaļ krēslā un saraustījās, bet E-Z paņēma viņas roku savā, un viņi dažas sekundes klusēja, pirms viņš jautāja: "Kas ar viņu notika?"

"Notiek izmeklēšana," teica Vilkinsons. "Atvainojiet, neko vairāk es jums nevaru pateikt. Ja vien jūs neesat ģimene. Izsaku līdzjūtību par jūsu zaudējumu."

"Viņa man nozīmēja visu pasauli," teica Lia.

"Kā jūs viņu iepazināt?" Vilkinsons jautāja. "Viņa bija lieliska dāma. Visi viņu mīlēja." "Mēs iepazināmies caur draugu," Lija sameloja.

"Interesanti," teica Vilkinsons, "ņemot vērā jūsu vecuma starpību."

"Jūs domājat tāpēc, ka es esmu bērns, bet viņa nav? Es gribu teikt, nebija," Lia dusmīgi jautāja. Viņa piecēlās.

"Atvainojiet, es negribēju jūs satraukt. Protams, daudzi šeit dzīvojošie labprāt iegūtu draugus, ar kuriem varētu aprunāties. Īpaši bērni ar tādām interesēm kā jūs, kuriem viņi varētu pastāstīt savus dzīvos stāstus. Lai viņi netiktu aizmirsti pēc tam, kad būs aizgājuši."

"Mēs vienmēr atcerēsimies Rozāliju," sacīja E-Z.

"Vai mēs varam viņu redzēt, lai atvadītos?" Lia jautāja.

"Baidos, ka par to nevar būt ne runas. Mums ir noteiktas procedūras. Bet, ja jūs atstāsiet savu informāciju, telefona numuru pie galda, mēs varēsim jums piezvanīt. Lai jūs zinātu, kad notiks apciemojums un bēres."

E-Z atstāja savu tālruņa numuru pie reģistratūras. Viņi jau grasījās iekāpt taksometrā, kad viņš atcerējās grāmatu.

"Pagaidiet šeit," viņš teica. "Es tūlīt atgriezīšos."

Viņš tuvojās reģistratūrai.

"Atvainojiet, bet mēs nevaram pieņemt mūsu draudzenes Rozālijas nāvi. Ne, kamēr vismaz viens no mums viņu neredzēs. Vilkinsones kundze teica, ka mēs nevaram ieiet, bet vai es varētu iebāzt galvu telpā? Es ilgi neuzturēšos. Tātad es varu pateikt savai draudzenei, ka esmu redzējusi Rozāliju, un varu apstiprināt, ka viņa vairs nav starp mums? Viņa ir tik daudz pārdzīvojusi, zaudējusi acis un tamlīdzīgi. Tas viņai atvieglotu prātu, ja kāds, kuru viņa pazīst un kuram uzticas, sniegtu drošu informāciju."

"Ak, nabaga meitiņa. Es saprotu. Nāc ar mani," sieviete sacīja. Kad viņa atradās otrā galda pusē, viņa lūdza kolēģi viņu aizstāt. "Es tūlīt atgriezīšos," viņa teica.

E-Z sekoja viņai dziļāk senioru rezidences sirdī. Tur bija gaišs, nevis nomācošs, kā viņš bija dzirdējis, ka šāda tipa mājās var būt, bet ļoti kluss. Droši vien tāpēc, ka visi baudīja pusdienas kafejnīcā. Viņa vēders atkal saraustījās.

"Visi ir ēdamzālē," sieviete teica tā, it kā zinātu, ko viņš domā. "Tā ir zivju un čipsu diena ar sarkanu želeju un putukrējuma glazūru pēc tam. Ārkārtīgi populārs ēdiens, ko visi vēlas ieturēt. Jebkurā citā dienā jūs nevarētu ielaist, jo tur būtu pārāk daudz cilvēku, kas muldētu apkārt."

"Tas noteikti labi smaržo," teica E-Z. "Un paldies par jūsu palīdzību, es, mēs to ļoti novērtējam."

Viņa apstājās un atvēra durvis.

"Šī ir Rozālijas istaba. Es te pagaidīšu. Jums ir divas minūtes vai mazāk, ja kāds mani ieraudzīs."

"Vēlreiz paldies," sacīja E-Z, kad durvis aiz viņa aizvērās. Istabā bija jūtama dīvaina smaka, it kā tur būtu bijis ugunskurs. Viņš palūkojās pa istabu, meklējot kameras. Ciktāl viņš zināja, tādu nebija.

Zem baltās segas viņu draugs bija apsegts no galvas līdz kājām. Viņš pietuvojās tuvāk, cīnoties ar vēlmi bēgt, bet vajadzēja pārliecināties, pārliecināties savām acīm. Viņš atvilka palagu atpakaļ un vēroja, kā tas kā spoks nokrīt uz grīdas.

Tūlīt viņa nāsīs uzbruka smarža. Gluži kā pēc grila. Apdegusi miesa. Un viņš ieraudzīja, ka Rozālijas roka karājas lejā, apsegumu un pūslīšu klāta. Kas ar viņu bija noticis? Kas un kāpēc viņai bija nodarījis šo briesmīgo lietu?

Viņš atgrūda savu krēslu un paskatījās pa istabu, kas bija nevainojama un bez ugunsgrēka pazīmēm. Tas nevarēja notikt šeit. Ja ne, tad kur? Vai viņi pārcēla viņu uz šo istabu pēc tam?

Sieviete pie durvīm pieklauvēja. "Lūdzu, pasteidzieties!" viņa teica.

Viņš atvēra viņas naktsgaldiņa atvilktni. Tur tas bija. Grāmata, par kuru Rozālija viņiem bija stāstījusi. Tā, kurā viņa bija ierakstījusi informāciju par citiem bērniem.

"Laiks ir beidzies," sieviete teica.

E-Z iebāza grāmatu mugurā. Viņš nospieda pogu, lai durvis atvērtos, un viņi atgriezās pie reģistratūras.

"Paldies," viņš teica. "No manis un mana drauga. Jūs mums dāvājāt mieru. Lūdzu, paziņojiet mums, kad notiks bēres un apciemojums. Ak, vēl viena lieta, es pamanīju, ka viņai uz ķermeņa bija apdegumi. Vai ugunsgrēkā bija cietuši arī citi iedzīvotāji?"

"Ak, ak," sieviete sacīja. "Es nezinu. Es neko neesmu dzirdējusi par ugunsgrēku. Es neesmu redzējusi ķermeni; es domāju Rozāliju. Man tikai teica, ka viņa nomira. Es neko nezinu par detaļām."

"Viss ir kārtībā," E-Z viņu nomierināja. "Es neko neteikšu. Es novērtēju visu, ko tu esi darījis. Paldies."

"Nekāds ugunsgrēks šeit nav noticis," viņa teica. "Man nav zināms, ka būtu ieslēgusies kāda signalizācija. Netika izsauktas ugunsdzēsēju mašīnas. Es. Ak, ak."

E-Z pamāja ar roku un atkāpās no letes. Sieviete vēl aizvien kņudināja sevī. Viņš izdomāja, ka viņam būtu labāk no turienes aiziet.

Šoferis palīdzēja E-Z iekāpt aizmugurējā sēdeklī līdzās gaidošajai Lia, tad novietoja viņa ratiņkrēslu automašīnas bagāžniekā.

"Tas aizņēma veselu mūžību," Lia sūdzējās. "Kas tas ir?"

Viņa mēģināja paķert grāmatu, bet E-Z to turēja rokās. Viņš pamanīja, ka maksa skaitītājā jau bija lielāka nekā viņam līdzi esošā nauda.

"Ar to neko nevarēja palīdzēt. Es aizskrēju pie Rozālijas. Un es paķēru to. Tā ir tā grāmata, par kuru viņa mums stāstīja. Mēs to apskatīsim, kad būsim mājās." "Vai tev ir nauda?" viņš čukstēja.

Starp viņiem abiem nebija pietiekami daudz naudas, lai segtu maksu par taksometru.

"Tev būs jāpalūdz mammai vai tēvocim Semam, lai mums palīdz," viņš teica, kad šoferis apstājās pie mājas.

Šoferis palīdzēja E-Z atgriezties krēslā, bet Lia skrēja iekšā. Viņa iznāca ārā ar pietiekami daudz naudas, lai samaksātu par braucienu, un šoferis aizbrauca.

"Sems man deva naudu."

"Vai viņš pajautāja, par ko?"

"Nē, bet es ceru, ka viņš to darīs."

Iekšpusē Sems un Samanta rosījās virtuvē. Mēģināja steigšus pagatavot brokastis, kamēr dvīņi serenādēja viņus ar izsalkušiem saucieniem.

"Kāpēc jūs neesat skolā?" Sems jautāja.

"Es paskaidrošu vēlāk. Uh, vai mēs varam palīdzēt?"

"Nē, bet paldies," teica Samanta. Viņa sāka barot Džeku.

Sema piekodināja un ķērās pie Džilas barošanas.

E-Z un Lia iegāja viņa istabā un aizvēra durvis. Alfrēds lasīja avīzi.

"Rozālija ir mirusi," izkliedza Lia, tad viņa krita uz ceļiem un raudāja, kamēr E-Z apskāva viņu, un Alfrēds steidzās viņai klāt. Trīs apskāva viens otru un raudāja, līdz viņiem vairs nebija asaru.

"Kas tev tur ir?" Alfrēds jautāja.

"Es paķēru grāmatu."

Lia to pacēla, tad piecēlās un turēja to pie krūtīm, it kā apskaujot savu draugu, tā vietā viņa to visu ieraudzīja. Rozālija Baltajā istabā. Fūrijas Baltajā istabā kopā ar viņu. Degošas grāmatas. Krītošie plaukti. Visur uguns.

Lia nokrita uz ceļiem.

"Viņa bija tik drosmīga. Tik ļoti drosmīga."

"Jūs redzējāt ugunsgrēku?" E-Z jautāja. "Kas notika?"

"Jūs zinājāt par ugunsgrēku?"

Viņš pieskārās.

"Kāpēc jūs man neteicāt?" Viņa jau zināja atbildi uz šo jautājumu. Viņš aizsargāja viņu no patiesības. "Kad es pieskāros grāmatai, es to visu redzēju. Rozālija bija

Baltajā istabā. Un Fūrijas bija tur kopā ar viņu. Viņi gribēja, lai viņa pastāsta viņiem par mums un citiem bērniem. Viņi viņu mocīja, bet viņa nepadevās."

"Kāpēc viņa mums nepazvanīja?"

"Viņa mēģināja. Es nezināju, ka tā bija dzīvība vai nāve. Tā aizgāja, tāpēc es domāju, ka viss ir kārtībā."

"Tā nav tava vaina," sacīja E-Z.

"Viņa nomira viena, zem grāmatu plauktiem, un visapkārt dega grāmatas. Viņa nebija pelnījusi šādu nāvi. Neviens nav pelnījis tā mirt." Viņa raudāja rokās.

"Nabaga Rozālija," viņš teica. "Viņa varēja mani izsaukt. Viņa to izdarīja jau agrāk. Kāpēc viņa mani neizsauca?"

"Tāpēc, ka viņa būtu tevi pakļāvusi briesmām. Viņa nomira, aizsargājot mūs."

"Tātad Fūrijas mēģināja izvilināt no viņas mūsu un pārējo bērnu vārdus, un viņa upurēja sevi, lai mūs glābtu? Lai saglabātu mūsu noslēpumu. Kāda apbrīnojama sieviete bija Rozālija. Mēs viņu nekad neaizmirsīsim - nekad," Alfrēds sacīja, aizturot asaras. "Viņa ir pelnījusi medaļu. Goda medaļu."

"Pagaidiet, varbūt viņi aizliedza viņai mums zvanīt?" E-Z sacīja.

"Viņa man sūtīja SOS, bet viņa to jau ir darījusi agrāk. Reiz viņa to izdarīja, kad viņiem mājās beidzās tēja, un viņa gribēja par to izdzēst. Es nezināju, ka šis SOS nozīmē, ka viņas dzīvība ir apdraudēta."

"Jūs nevarēja zināt. Neviens no mums nevarēja. Mēs nevaram sevi vainot." Visi trīs klusēja. "Pagaidiet, paskatīsimies uz grāmatu."

"Tajā ir viss, ko viņa mums teica. Pilnīgs saraksts, ar sīkāku informāciju par visiem bērniem, kas ir tādi paši kā mēs. Paldies Dievam, ka Fūrijas to nav dabūjušas rokās!" "Paldies Dievam, ka Fūrijas to nav dabūjušas rokās!"

"Ei, pagaidi!" E-Z sacīja. "Pati doma, ka viņi viņu spīdzināja, lai uzzinātu informāciju par mums un pārējiem, nozīmē, ka Fūrijas zina, ka mēs visi eksistējam. Tas nozīmē, ka šie bērni ir tur, pavisam vieni, un viņi pat nenojauš, kas viņus sagaida!

"Mums vispirms ir jānonāk pie viņiem. Jo tas ir tikai laika jautājums, kad - lai arī kā viņi uzzināja par mums, viņiem - uzzinās, kur viņi ir."

"Bet kas, ja tas ir slazds, lai mēs aizvestu "Furiju" tieši pie viņiem?" Alfrēds jautāja.

"Es nedomāju, ka viņi zina, kur mūs atrast, citādi viņi taču būtu šeit, vai ne?" E-Z jautāja. "Es domāju, viņiem bija pārsteiguma moments. Nogalinot Rozāliju, viņi ir izteikuši savu cerību. Ļauj mums zināt, ka viņi kaut ko zina... droši vien, lai ieliktu mums galvā, jo mēs esam vadošie." "Un kā ir ar pārējiem bērniem?" - "Mēs zinām, ka viņi kaut ko zina." Lia jautāja. "Kā mēs pie viņiem nokļūsim, paši nesniedzot padomu?"

"Hadz? Reiki?" E-Z piezvanīja. "Ja jūs mani dzirdat, mums ir vajadzīga jūsu palīdzība."

POP.

POP.

"Vai jūs zināt par Rozāliju?" viņš jautāja.

"Jā, mēs zinām, un tas ir skumjš, skumjš stāsts, ko stāstīt," sacīja Hadža, ar spārniem noslaukdama asaras. "Viņi spīdzināja šeit, Baltajā istabā. Un, ja ar to vēl nebija pietiekami slikti, - viņi to pilnībā iznīcināja un visu, kas tajā atradās. Visas tās skaistās, spārnotās grāmatas - pazuda. Rozālija pazuda. Aizgāja." Viņa vairs nespēja runāt, jo raudāja.

"Lūk, lūk," sacīja Reiki. "Un tas vēl nav viss. Mēs nezinām, kas notika ar Rozālijas dvēseli."

"Pagaidiet, viņas ķermenis atrodas gultā viņas istabā otrā pilsētas pusē, senioru rezidencē. Varbūt viņas dvēsele ir tur kopā ar viņu?" E-Z jautāja.

Reiki sacīja: "Vai jums ir kaut kas aizzīmogots, aizvērts, no gaisa, no visa? Ja jā, lūdzu, nekavējoties ejiet un atnesiet to - tad mēs dosimies pārbaudīt, vai Rozālijas dvēsele ir kopā ar viņu. Mēs pierunāsim to ieiet konteinerā - uz laiku -, līdz noskaidrosim, kur ir viņas Dvēseles ķērājs. Es ļoti ceru, ka tās fūrijas to nav paņēmušas."

E-Z steidzās uz virtuvi, kur Sema un Samanta bija aizņemtas ar dvīņu barošanu. "Vai mums vēl ir tas lielais termoss?"

"Jā, tas ir skapītī virs ledusskapja," teica Sems, pēc tam viņš pieskārās dēlam.

"Paldies," sacīja E-Z un devās atpakaļ uz savu istabu. "Vai tas pietiks?"

Viņiem abiem vajadzēja nest trauku.

"Pagaidi!" Alfrēds sauca, lai paspētu viņus noķert, pirms Hadžs un Reiki izskrēja ārā. "Varbūt es varu palīdzēt? Man ir dziedināšanas spējas. Ņemiet mani līdzi. Ļaujiet man pamēģināt. Lūdzu."

POP

POP

FIZZLE

Un viņi visi trīs pazuda, piezemējoties Rozālijas istabā.

"Lūk, viņa ir," teica Alfrēds, uzlēkdams uz gultas, uzmanoties, lai ar savām tīklotajām kājām neuzkāptu viņai uz muguras. Ar knābi viņš pacēla palagu, kamēr Hadžs un Reiki uzkāpa netālu.

"Ko viņš gatavojas darīt?" Reiki jautāja.

"Šššš," sacīja Hadžs.

Alfrēds uzlika savu knābi uz Rozālijas pieres un ar vienu no spārniem pieskārās viņas sirdij. Nekas nenotika.

"Ļaujiet man pamēģināt kaut ko citu," gulbis teica. Šoreiz viņš pacēlās virs Rozālijas ķermeņa, piespiedis pieri pie viņas pieres. Un atkal nekas.

"Tu esi mēģinājis, kā spēji," sacīja Hadžs, "tagad mums ir jānodrošina viņas dvēsele. Iznāc, iznāc, lai kur tu būtu."

Un tieši tā Rozālijas dvēsele aizpeldēja viņiem pretī.

"Te tu būsi drošībā," sacīja Reiki, kad dvēsele tika ievilkta konteinerā, tad vāks tika stingri aizvērts.

POP.

POP.

FIZZLE.

"Vai jums izdevās viņai palīdzēt?" Lia jautāja, bet viņa jau zināja atbildi pēc Alfrēda acu skatiena. "Es esmu pārliecināta, ka tu centies darīt visu iespējamo." Viņa viņu apskāva.

"Viņš tiešām centās," sacīja Hadžs.

"Viņas dvēsele tomēr ir drošībā, šeit... nevienam nevajadzētu to atvērt. Tā jāglabā drošībā, līdz Dvēseļu ķērājs būs gatavs to paņemt."

"Varbūt tev vajadzētu to paturēt pie sevis?" Alfrēds teica. "Un paldies, ka ļāvāt man pamēģināt."

E-Z istabā *Trīs* izstrādāja plānu, kā savest kopā pārējos bērnus. Tika nolemts, ka E-Z dosies uz Austrāliju, lai aizbrauktu pie Lači - pazīstams arī kā Zēns kastē. Alfrēds ar spārniem dosies uz Japānu, kur viņš paņems Haruto - mežā pamesto zēnu. Visbeidzot, bet ne mazāk svarīgi, Lia dosies pāri ASV, lai savāktu Brendiju - meiteni, kura varēja atdzīvoties no jauna.

Viņu misijas bija skaidras, taču nebija skaidrs, ko viņi darīs, kad tur nokļūs. *Citie* bija dažāda vecuma, dažādu kultūru, dažādu valodu pārstāvji. Dažiem būtu vajadzīga vecāku atļauja, bet dažiem - ne.

"Interesanti, ko Rozālija viņiem par mums pastāstīja?" Lia jautāja.

"Mēs varam viņiem pajautāt, kad viņus redzēsim," ierosināja Alfrēds.

"Tikmēr mums ir jāsapako somas un jāplāno. Es mērošu ceļu uz turieni savā krēslā, bet jums abiem ir izvēles iespējas. Izlemiet, kas jums vislabāk derēs, un īstenojiet savu plānu. Es ticu, ka jūs pieņemsiet pareizo lēmumu, un laiks ir īss."

"Priecājos, ka jūs tā teicāt," sacīja Lia, "jo neesmu pārliecināta, vai vēlos lidot turp ar lidmašīnu. Domāju, ka Mazā Dorita varētu būt labākais variants, bet neesmu pārliecināta, vai viņa būs sajūsmā. Viņa lidos ar vienu pasažieri un atgriezīsies ar diviem."

"Es arī neesmu pārliecināts," sacīja Alfrēds. "Es varētu lidot turp pēc savas gribas, bet, tā kā Haruto ir diezgan jauns, man būtu nepieciešams viņu pavadīt lidmašīnā, ja vien līdzi nelidotu arī viņa vecāki. Turklāt man ir jāuztraucas par sliktiem laikapstākļiem - un tas ir tāls ceļš."

"Kā jau teicu, jūs abi izlemiet, kas jums ir vispiemērotākais. Alfrēds, ja jūs nolemjat lidot ar lidmašīnu - palūdziet tēvocim Semam, lai viņš jums nokārto visus sīkumus."

Trīs gatavojās visus bērnus sapulcināt kopā. Tad viņi plānoja - kā uzvarēt tās ļaunās Fūrijas. Pat ja tas būtu pēdējais plāns, ko viņi jebkad bija sastādījuši.

NODAĻA 1
AUSTRĀLIJA

E-Z bija pirmais no komandas, kas pameta Ziemeļameriku. Lidojot pa debesīm ratiņkrēslā, viņš izbaudīja brīvību, ko viņam deva brīvais gaiss.

Viņu pārņēma drebuļi jau tikai no domas, ka lidmašīnā viņš varētu novietot ratiņkrēslu glabāšanā. Ko darīt, ja tas pazustu? Vai iznīcināts? Nebija vērts riskēt. Vai Betmens pamestu savu Batmobili? Nekad.

Lai gan viņš bija diezgan pārliecināts, ka viņam nāksies lidot atpakaļ ar lidmašīnu kopā ar Laši. Nebūtu pareizi likt bērnam lidot vienam pašam. Varbūt viņi viņam izdarītu izņēmumu un ļautu lidot ratiņkrēslā? Būtu vērts par to painteresēties. Viņš pāries pāri šim tiltam, kad nonāks pie tā. Turklāt viņš negribēja pat DOMĀT par aviokompāniju ēdienu. Paldies Dievam, ka tagad viņam līdzi bija pusdienu paciņa.

Viņš spēlējās ar mākoņiem - un vienreiz vai divreiz devās tieši caur tiem. Bet viņam vajadzēja koncentrēties. Galu galā Austrālija atradās otrā pasaules malā.

Rozālijas piezīmes par zēnu kastē nebija tik noderīgas, kā viņš cerēja. Viņš bija lasījis par viņa stāstu internetā. Visvairāk viņu uzrunāja tas, ka zēns tagad deva priekšroku dzīvniekiem, nevis cilvēkiem. Pēc visa, ko viņš bija pārdzīvojis, tam bija jēga.

Nabaga bērns bija tik sagrauts, ka bija aizmirsis, kā runāt. E-Z zināja, ka pasaulē pastāv nežēlība, bet tas bija neaprakstāms.

E-Z bija daudz jautājumu, uz kuriem viņš cerēja atrast atbildes, piemēram, kur bija Lači vecāki? Kas baroja un tīrīja viņa būri? Kas viņu tur ievietoja? Kāpēc?

Rakstā bija teikts, ka viņi sūtīja reportierus, lai nofotografētu zēnu, lai redzētu, kā viņam klājas, taču dzīvnieki neļāva viņiem pietuvoties. Pat tad, kad viņi mēģināja izmantot teleobjektīvu. Skuķi viņiem uzbruka un apšaudīja. Viņš noskatījās dažus klipus ar stropu uzbrukumiem - tas bija kā no Hičkoka filmas " *Putni*". Beigu beigās viena no vārpām aizlidoja prom ar reportiera objektīvu. Pēc tam tās atstāja zēnu vienu.

E-Z cerēja, ka viņam izdosies iegūt zēna uzticību. Un ka arī viņa dzīvnieku draugi uzticēsies viņam. Pretējā gadījumā viņa ceļojums būtu bezjēdzīgs. Nu, ne gluži bezjēdzīgi, ja viņš zēnu satika un uzrunāja. Vai viņš gribētu palīdzēt citiem pēc tā, kā pret viņu izturējās? Tikai laiks rādīs.

Viņš lidoja virs Atlantijas okeāna. Viņš jau iepriekš bija lidojis pa šo maršrutu, un tieši tur viņš pirmo reizi satika Alfrēdu. Kabatā ievibrēja telefons - viņš paskatījās, un tur bija ziņa no Lia.

"Es tikai gribēju tev paziņot, ka ceļoju kopā ar mazo Doritu."

"Tu tomēr esi nolēmis nelidot - ar lidmašīnu?"

"Mazā Dorita parādījās, un viņa ir manā grafikā."

"Izklausās pēc plāna." Viņš atsūtīja uz augšu paceltu īkšķi ar emocijzīmi.

"Kur tu esi?" viņa jautāja.

"Tieši aiz Atlantijas okeāna. Ūdens, ūdens un vēl ūdens."

Viņi atvienojās, un viņš palielināja tempu, šķērsojot Āfriku, kur viņš ieraudzīja Robbenas salu - cietumu, kurā gandrīz trīsdesmit gadus turēja Nelsonu Mandelu.

Kuņģī viņam kņudēja; viņš nevēlējās, lai mugursomā būtu sviestmaize. Tāpēc viņš nolaidās Keiptaunā un cerēja, ka varēs izmantot savu bankas karti, lai nopirktu kaut ko ēst. Viņš ieraudzīja izkārtni, kas vēstīja par vietu, kur pārdod "Tradicionālās zivis ar čipsiem" ar Lielbritānijas karogu, un tur pieņēma bankas kartes. Viņš paņēma līdzi sagatavoto maltīti un aizlidoja līdz Lion's Head virsotnei. Pabeidzis ēst maltīti, kas bija garšīga, viņš uzņēma selfiju un turpināja savu ceļojumu.

"Pamodiniet mani pēc divām stundām," viņš teica savam ratiņkrēslam, kas vibrēja un tad paātrinājās. Kad viņš atkal pamodās, viņš jau šķērsoja Indijas okeānu. Milzīgā zvaigžņu populācija visapkārt viņam kaut kādā veidā lika justies mazāk vientuļam. Viņš brauca tālāk, jūtot triumfu, ka ir gandrīz sasniedzis mērķi, kad pie horizonta ieraudzīja sauli, kas virzījās augšup pa debesīm, lai ievada jaunu dienu.

Tad tā bija tieši viņa priekšā - Austrālijas krasts. Satraukts, ka vēlas to redzēt savām acīm, viņš palielināja ātrumu un virzījās uz turieni. Sapratis, ka ir ļoti izslāpis, viņš aizsniedzās mugursomā un izvilka pudeli ar ūdeni, ko iztukšoja. Tukšo pudeli viņš ielika atpakaļ somā, lai vēlāk to izmestu, un, lai gan viņš vēl bija diezgan pilns pēc iepriekš apēstās zivs ar čipsiem. Viņš nolēma iet uz priekšu un apēst šķiņķa un siera sviestmaizi, ko bija iesaiņojis tēvocis Sems.

Viņš lidoja virs Rietumaustrālijas, tagad, sajutis karstumu, viņš izģērba džemperi un ielika to mugursomā. Viņš turpināja ceļu uz The Outback Ziemeļu Teritorijā, domādams, kur tieši viņam vajadzētu piezemēties, kad pretī viņam lidoja sīks putniņš ar zilu toņu spalvām, ko akcentēja melns gredzens ap kaklu.

"Seko man, E-Z," viņa teica. "Es esmu tevi vērojusi."

"Kas tu esi?" viņš jautāja.

"Es esmu pasaku vijolniece," viņa atbildēja. "Nāc, viņš gaida."

Viņus pavadīja bungu bariņš.

"Neuztraucieties," sacīja pasaku vārna. "Tie ir mūsu pavadoņi."

Viņš vēroja, kādā unikālā formā pārvietojās melnbrūnās bizbizmārītes baltās svītras. Viņš bija dzirdējis par dzeju kustībā, tagad viņš zināja, ko tieši nozīmē šī frāze.

Tad viņš ieraudzīja zēnu. Viņš atradās zem viņiem, vicinot rokas. E-Z pamāja atpakaļ. Izņemot to, ka viņš sēdēja uz ārkārtīgi liela putna muguras, viņš izskatījās kā jebkurš cits bērns.

"Laipni lūdzam Austrālijā," viņš teica. "Drīz satumsīs, tāpēc sekojiet man. Un, starp citu, jūs varat mani saukt Lachie."

"Prieks iepazīties, Lači! Es nevaru vien sagaidīt, kad redzēšu vairāk no jūsu pasakainās valsts. Tikai vēlos, lai es varētu palikt ilgāk."

"Tie ir Savannas meži," zēns teica. "Ieelpo dziļi, un tu pamanīsi eikalipta smaržu."

"Jā, tas smaržo brīnišķīgi," sacīja E-Z.

Viņi devās tālāk, cauri akmeņu valstij, pāri palienēm un billabongiem. Beidzot viņi sasniedza savu galamērķi - izcilniekus.

"Šeit es dzīvoju," teica zēns. "Kakadu nacionālais parks ir Austrālijas lielākais sauszemes nacionālais parks ar vairāk nekā 20 000 kvadrātkilometru lielu teritoriju. Es šeit dzīvoju kopā ar augiem un dzīvniekiem." Uz viņa galvas piezemējās pasaku vārna. "Ak, tu atkal esi noguris," zēns pasmaidīja. Tad E-Z: "Viņai bieži vien vajag pacelt."

Kad viņi nonāca vietā, kas atgādināja kempingu, zēns sacīja: "Laipni lūgti manās mājās." "Es tevi sveicu!" - "Es tevi sveicu!" - "Es tevi sveicu!

"Paldies," sacīja E-Z. "Man noteikti noderētu duša vai vanna, un man vajag čurāt."

"Es izraku miskasti, tur aiz koka. Tev būs pietiekami droši. Tad es tev parādīšu, kur ir ūdenskritums, lai tu varētu nomazgāties."

"Ūdenskritums, a? Vai tur ir krokodili?"

"Krokodili tur ir... bet viņi ir pieraduši, ka es izmantoju ūdenskritumu. Ja vēlies, es pirmo reizi iešu ar tevi, ja gribi?"

"Nē, man ir spārni, tāpat kā manam krēslam. Mēs aizlidosim prom, ja dzirdēsim smagas šļakatas!"

"Labi," teica jaunākais. "Vienkārši pacelies krītošā ūdenī - nepiezemējies - un viss būs kārtībā. Tikmēr es savāksim kādu ēdienu vakariņām. Ja tev būs vajadzīga palīdzība, tikai sauci, un es atnākšu."

Tuvojoties ūdenskritumam, viņš pamanīja zīmes - un uz daudzām no tām bija uzraksti Bīstamība un Brīdinājums. Viena no tām vēstīja, ka tur ir gan sālsūdens, gan saldūdens krokodili. Arā.

"Uz augšu, uz augšu!" viņš norādīja savam krēslam. Viņš iegāzās ūdenī, seju uz priekšu, un sēdēja, baudot, kā tas krīt pāri un ap viņu. Sākumā tas bija auksts, bet, kad viņš pierada, jutās labi.

Apskatoties apkārt, viņš domāja par emu, uz kura viņu satika zēns. Tas šķita dīvaini, ka šāda izmēra putns - ar šiem milzīgajiem spārniem - nespēj lidot. Viņš internetā lasīja par putniem, kuri nevarēja lidot. Viņš bija pārsteigts, ka sarakstā līdzās emu, strausiem, pingvīniem, pingvīniem, kašuriem un rēzēm redzēja arī kivi. Viņš internetā izlasīja, ka rātiešu DNS ir mainījusies, tāpēc tagad tie nevar lidot. Viņš jutās mazliet vainīgs, ka viņš, zēns, var lidot, bet šie skaistie putni nevar.

Kad viņš bija tīrs un jaunās drēbēs, viņš devās atpakaļ pie zēna, kurš cītīgi gatavoja maltīti.

"Šī ir billygoat plūmīte."

E-Z iekosa. Tā garšoja pārsteidzoši.

"Šis ir sarkanais krūmu ābols, un šīs ir upenes."

E-Z apēda visu un viņam patika.

"Tagad tas bija mūsu deserts, man ir jāsagatavo pamatēdiens." Zēns rakņāja un rakņāja, pēc tam piekērās katlam, kas bija pārāk karsts, lai viņš to varētu apstrādāt. Kad viņš ar spieķi noņēma vāku, smarža no tā, ko viņš bija pagatavojis, lika E-Zam mutē ieelpot.

"Tās ir gliemenes," zēns teica, uzliekot dažas uz lapas.

"Tās ir ļoti labas. Es nekad agrāk nebiju mēģinājis gliemenes."

Saule krita no debesīm. "Laiks gulēt," teica zēns.

"Vēlreiz paldies par to, ka es jūtos tik gaidīts." E-Z zīst. Līdz tam viņš nebija sapratis, cik ilgi ir nomodā.

"Tu gulēsi tur augšā," viņš norādīja uz augšu, uz koku, kurā atradās koka namiņš un virvju kāpnes, kas veda lejā. "Tu vari lidot uz augšu, uzliksi bremzi, lai miegā nekustas. Mana istaba ir tur," viņš norādīja uz citu koku, kura augšgalā bija koka namiņš ar virvi, kas veda lejā.

"Tagad gulēt," teica Lači. "No rīta mēs visu noskaidrosim.

NODAĻA 2
JAPONIJA

Lfreds varēja tikt nogādāts E-Z pa ceļam uz Austrāliju. Tā vietā viņš nolēma lidot tradicionāli - ar lidmašīnu.

Samam nācās veikt dažas pārrunas, lai pārliecinātu aviokompāniju piešķirt gulbim trompetistam vietu. Nemaz nerunājot par sēdvietu Pirmajā klasē. Sems izmantoja savus sakarus darbā, lai palīdzētu Alfrēdam ceļot stilīgi.

Lidmašīnas salonā Alfrēds ar austiņām un savu laimīgo tauriņu jutās kā mājās. Viņš bija atslābinājies, un salona apkalpotāja bija uzmanīga. Tomēr viņš nevarēja vien sagaidīt, kad ieradīsies Japānā. Un satikt zēnu vārdā Haruto.

Alfrēds blakus bija novietojis mugursomu, un tajā viņš bija paņēmis dažas uzkodas. Viņš pagaidīs, kamēr būs patiešām izsalcis, pirms ierokas savos maisiņos ar savvaļas rīsiem un savvaļas selerijām. Kopā ar pārtiku viņam bija arī rezerves baterija telefonam un Sema kredītkarte ar piekrišanas vēstuli, lai viņš varētu to izmantot.

Kamēr viņš skatījās pa logu, mākoņiem lidojot garām, viņš domāja par Haruto. Saskaņā ar Rozālijas piezīmēm viņš bija daudz jaunāks par pārējiem bērniem. Un viņai nebija ne jausmas, kādas ir viņa spējas - pieņemot, ka viņam ir spējas.

Alfrēds bija iecerējis vispirms visu izskaidrot Haruto vecākiem un, cerams, panākt, lai viņi piekristu. Pēc tam, kad Haruto apstiprinās savu kompetences jomu, t. i., kādas spējas viņam piemīt, viņš varētu sīkāk pastāstīt par to, kā Haruto varētu palīdzēt.

Sarežģītāk būtu viņus pārliecināt, lai viņi atļauj savam dēlam doties uz ārzemēm. Samaksāt nebija problēma - Sems teica, ka tam vajadzētu izmantot viņa kredītkarti. Bet pierunāt viņus piekrist, lai gulbis aizved viņu bērnu uz Ziemeļameriku, nu tas prasītu pārliecināšanu.

Viņš atliecās atpakaļ sēdeklī, un tas atliecās.

"Vai jūs kaut ko vēlaties?" jautāja jaukā pavadone.

Labi, ka cilvēki tagad viņu saprata. Tas ļoti atviegloja viņa dzīvi, jo nebija vajadzīgs tulkotājs.

"Tējas tasīte noderētu," teica Alfrēds. "Bļodiņā," viņš piebilda. "Šo knābi grūti iebāzt tējkausā."

Apkalpotāja pasmaidīja. Pēc brīža viņa atgriezās ar bļodu, tējas maisiņu, cukuru, pienu un vēl vienu bļodu vēsāka ūdens. "Gadījumā, ja tēja ir pārāk karsta," viņa teica.

"Ļoti pārdomāti," sacīja Alfrēds.

Viņš ļāva tējai atdzist un turpināja skatīties pa logu. Bija tik patīkami sēdēt un baudīt skatu. Nebija jāuztraucas par lielām vēja brāzmām, sniegu, lietu vai plēsējiem.

Beidzot viņš iedzēra tēju ar nedaudz piena un cukura, tad nomierinājās.

Viņš pamodās, kad atskanēja paziņojums, ka apkalpe gatavo pasažierus nolaišanai. Viņš bija gulējis visu lidojumu!

Pa logu viņam pavērās pilnīgs skats uz Hanedas lidostu. Apkārt viņš redzēja daudz un daudz svaigas zāles, ko ēst. Viņš nobaudīja nedaudz, bet rīsus un seleriju pataupīja vēlāk.

Tālāk redzēja Japānas augstākā kalna - Fudzi kalna - aprises. Semam bija taisnība, sēdēšana lidmašīnas kreisajā pusē bija vislabākā vieta, kur redzēt to, ko dēvēja par Japānas sirdi.

"Vai zinājāt, ka piektajā stāvā ir skatu laukums? No turienes jūs varētu labāk redzēt Fudzi kalnu," stjuarte teica Alfrēdam.

"Es gribētu, lai man būtu vairāk laika, bet paldies. Varbūt pa ceļam atpakaļ."

Pasniedzēji ļāva viņam izkāpt no lidmašīnas pirmajam. Viņi stāvēja rindā, lai atvadītos, it kā viņš būtu rokzvaigzne.

Tā kā Alfrēdam bija tikai rokas bagāža un gulbjiem pases nav derīgas, viņš devās ārā no lidostas, lai atrastu taksometru.

Pirms ceļojuma viņš bija meklējis internetā, lai uzzinātu, kā Japānā iznomāt taksometru. Informācijā bija teikts, ka viņam jāmeklē sarkana uzlīme taksometru vējstiklu apakšējā labajā stūrī. Šī sarkanā uzlīme apstiprināja, ka taksometru var iznomāt.

Kad viņš atrada taksometru ar šo uzlīmi, viņš bija ļoti laimīgs. Viņš pielidoja pie atvērta loga un ar savu knābi iedeva šoferim zīmīti. Piezīmē bija norādīts, kur viņam jābrauc. Šoferis bija laipns, un viņš neiebilda, ka pārvadā gulbja pasažieri. Viņš nospieda pogu uz stūres, kas atvēra aizmugurējās durvis, lai Alfrēds varētu iekāpt. Šoferis aizvēra durvis, un viņi devās ceļā.

Haruto un viņa ģimene dzīvoja otrajā lielākajā Japānas pilsētā Jokohamā. Lai gan Alfrēds centās aplūkot pilsētas apskates objektus, tostarp panorāmu, viņš domāja tikai par to, kā pārliecināt Haruto un viņa ģimeni iesaistīties cīņā pret Furiju.

Viņa mugursomā ievibrēja telefons. Viņš aizsniedzās iekšā; tā bija ziņa no E-Z.

"Tagad pie Lāči. Kā tev klājas Japānā?"

Viņš rakstīja ar savu knābi, ko bija iemācījies pats, jo bija ceļojis uz Japānu viens. Viņš arī rakstīja ātri un daudz pārrakstīšanās kļūdu neizdarīja.

"Esmu jau gandrīz Jokohamā, braucu ar taksometru. Ceru drīz ierasties Haruto mājās."

E-Z nosūtīja viņam uz augšu paceltu īkšķi.

Alfrēda dēlam bija paticis būvēt Gundam robotus. Jokohamā tika būvēts milzu robots. Kad tas būs pabeigts, tā augstums būs 59 pēdas, viņš uzzināja, lasot par to internetā. Viņa dēls labprāt būtu apmeklējis Japānu, lai to redzētu. Kopš viņi nomira, Alfrēds centās par viņiem nedomāt, jo tas viņu skumdināja. Tomēr šodien, šeit, Japānā, viņš nolēma apskatīt visu, ko vien varēja, it kā viņa ģimene būtu turpat blakus viņam blakus. Dzīve bija pārāk īsa, pat kā gulbim, lai visu laiku būtu skumji.

Šoferis apstājās pie dārza mājas, kuras abās margu pusēs bija pakāpieni ar ziediem. Šoferis atvēra durvis, un Alfrēds izkāpa ārā. Viņš pakāpās pa dažām kāpnēm, apstājās un uzknābstīja zāli, kuras bija pietiekami daudz abās kāpņu pusēs. Gaiss bija vēss un smaržīgs, un privātais dārzs mājas priekšā bija skaists. Nonācis gandrīz augšā, viņš pamanīja, ka priekšējā zona ap māju ir ļoti aicinoša, un pa kreisi no tās, netālu no ieejas, atradās pūces ūdens atrakcija. Taču pašā mājā visas žalūzijas bija nolaistas, it kā mājās neviena nebūtu. Viņš noteikti cerēja, ka kāds būs tur, lai viņu sagaidītu. Viņš vēlējās uzkost un nedaudz atpūsties.

Viņš ar savu knābi pieklauvēja pie durvīm. Balss atskanēja no kastes netālu no durvju vidus, kuru viņš nevarēja aizsniegt, neaizlidojot - ko viņš arī izdarīja.

"Mani sauc Alfrēds," viņš teica.

Durvis atvērās, un vecāka gadagājuma sieviete ievirzīja viņu iekšā. Viņš sekoja viņai, domādams, vai kāds no komandas pirms viņa ierašanās nav sazinājies ar ģimeni, lai iepazīstinātu ar viņu.

Viņš turpināja viņai sekot, jo vienīgās skaņas, kas bija dzirdamas, bija tā, kā viņa zirgu pēdas ar tīkliem atsitās pret cietkoksnes grīdām. Mājas interjers bija pilns koka - un gaisā virmoja smaržīgas orhidejas. Vecāka gadagājuma sieviete aizveda viņu uz dzīvojamo zonu, kas bija piepildīta ar mēbelēm, lielākoties ādas. Žalūzijas mājas aizmugurē bija atvērtas - viņš ieraudzīja skatu uz plīšaino zaļumu dārzā. Viņa norādīja uz krēslu, un viņš pārcēlās, lai tajā apsēstos.

Viņš tikko bija iekārtojies ērtāk, kad sieviete atgriezās istabā ar paplāti, kas bija piepildīta ar tvaicējošu karstu tēju un dažām kūkām. Gandrīz šķita, ka viņa viņu gaidīja - vai nu tā, vai arī Japānā tējkannas vārās daudz īsāku laiku.

Aiz viņas stāvēja mazs zēns, kurš turējās pie viņas kājas un slēpās aiz tās. Zēns bija atbilstošā vecumā, lai būtu Haruto, bet, izlasījusi, ka nedrīkst saukt japāņus vārdā, ja nav dota atļauja. Ik pa brīdim zēns paskatījās uz Alfrēdu, tad atkal paslēpās. Izskatījās, ka viņam ir ne vairāk kā četri vai pieci gadi, un viņš bija tērpies Optimus Prime krekliņā, īsās biksēs un uz kājām uzvilcis čības.

"Tev patīk Optimus Prime?" Alfrēds jautāja.

Zēns pasmaidīja un atgriezās savā slēptuvē.

Sieviete viņu atvairīja, lai varētu pasniegt tēju.

Alfrēds savā telefonā bija iestatījis tulkotāju. Viņš nolasīja ekrānā vārdus "sveiki" un teica: "Kon'nichiwa." Viņš atvainojās par slikto izrunu.

"Viņš ir brits," sacīja zēns, un, kad viņš to izdarīja, vecākā sieviete nopriecājās.

Alfrēdu pārsteidza tas, cik labi šis zēns runāja angliski. "Ak, jūs runājat angliski. Un jā, es esmu. Jūs esat gudrs, ka pamanījāt manu akcentu."

Šoreiz zēns paskatījās uz sievieti, pirms sāka runāt. Viņa pieskārās.

"Tēvs un māte ir darbā," viņš teica. "Šī ir mana Sobo" (kas tulkojumā nozīmē vecmāmiņa), "un mans vārds ir Haruto."

"Sveiki," sieviete arī teica angliski. "Jums vajadzētu atgriezties vēlāk."

"Mani sauc Alfrēds. Vai es varu saukt jūsu Haruto?" Zēns pieskārās, tad sievietei: "Kā man jūs saukt?" Zēns pieskārās.

"Sobo," viņa atbildēja, "visi mani sauc Sobo, jo es esmu Haruto vecmāmiņa, es esmu visu vecmāmiņa. Viņš ir laimīgs, ka var dalīties ar mani."

Alfrēds pieskārās: "Man ir liels prieks iepazīties ar jums abiem."

"Vai Rozālija jūs sūtīja?" zēns jautāja.

"Jūs atceraties Rozāliju?" Alfrēds jautāja. Viņš bija pārlieku apmierināts, ka viņiem bija izveidojusies šī saikne - lai gan, iepriekš zinot, ka Haruto prot runāt angliski, viņš būtu ietaupījis zināmu satraukumu. Tomēr viņš nolēma sekot sievietes padomam un piecēlās, lai dotos prom.

"Mans tēvs strādā turpat netālu," sacīja Haruto.

"Man jāatrod vieta, kur palikt. Vai jūs varat ieteikt kādu vietu tuvumā?"

Haruto vecmāmiņa deva Alfredam adresi ar norādēm, kā tur nokļūt kājām.

"Es piezvanīšu mūsu draugam, kurš vada viesnīcu. Viņš palīdzēs jums iekārtoties, un vēlāk jūs varēsiet pievienoties manam dēlam kafejnīcā."

"Paldies," Alfrēds teica.

Pastaiga līdz viesnīcai bija īsa, un viņš izbaudīja svaigo gaisu. Viņš pat nogaršoja kādu japāņu zāli, kas garšoja diezgan labi, un iedzēra arī dažus malkus no strūklakām.

Numurs bija neliels, bet tajā bija viss, kas viņam bija nepieciešams, un tas bija ārkārtīgi tīrs un labi aprīkots. Uz viņa naktsgaldiņa atradās lampa ar pūces formā veidotu pamatni. Viņš to ieslēdza un izslēdza, pamanījis, kā spīd acis. Viņš nomazgājās dušā, pārģērbās citā tauriņā un tad devās uz kafejnīcu, kur viņam bija paredzēts satikt Haruto tēvu.

Viņa tālrunis iezvanījās; tā atkal bija ziņa no E-Z.

"Kā Japānā?"

"Jauki," viņš atbildēja, rakstot ar knābi. "Es satiku Haruto un viņa vecmāmiņu. Viņi runā angliski. Viņš ir ļoti kautrīgs, bet pazina Rozāliju. Viņš bija manāmi jauns - varbūt četrus vai piecus gadus vecs. Iespējams, būs grūti pārliecināt viņa ģimeni atļaut viņam atbraukt uz Ziemeļameriku." "Kāds ir Harutū?" viņš atsmaidīja.

"Rozālija zināja, ka viņam piemīt spējas - bet jā, tas ir jaunāks, nekā es domāju," E-Z sacīja. "Labi, ka viņi runā angliski. Kur tu tagad esi?"

"Es eju uz kafejnīcu, lai tiktos ar Haruto tēvu. Starp citu, es nedomāju, ka Rozālijai bija laiks atjaunināt vai papildināt savas piezīmes par Haruto. Viņa viņu nosauca par bērnu."

"Neesmu pārliecināta, cik lielā mērā mums šajā posmā vajadzētu uztraukties, bet es lasīju internetā - tur rakstīja, ka Fūrijas var pieņemt jebkuru formu. Vienkārši dalos ar informāciju. Tā kā mēs nevaram tās atpazīt, ja viņas uzzinās par mums, mums būs jābūt uzmanīgiem."

Alfrēds atsūtīja uz augšu paceltu īkšķi ar emocijzīmi.

"Man jāiet," sacīja E-Z.

NODAĻA 3
BAD DREAMS

E-Z gulēja un bija nomodā. Tas ir, viņš varēja redzēt griestus virs gultas, sajust matrača atbalstu mugurai. Un tomēr viņa galvā kliedza trīs bānšes:

"Sakiet, kur jūs esat!"

"Pastāsti mums!"

"Sakiet mums TAGAD!"

"Nūūūūūū!" viņš kliedza.

Tad virs viņa galvas pie griestiem parādījās spogulis. Taču tajā atspoguļotais cilvēks nebija viņš pats. Tā vietā bija viņa tēvocis Sems. Un atstarojumā viņa tēvocis Sems kliedza un sāpēja.

"Tēvocis Sems ir mūsu miteklī!" pirmā ragana sašņācās.

"Un viņš nekad vairs neizkļūs ārā!" pārējās divas vienbalsīgi pļāpāja.

Tad visas trīs pārtrūka savdabīgos smieklos, kādus viņš nekad iepriekš nebija dzirdējis. Skaņas bija hjenām līdzīgas, kņudinošas, dzīvnieciskas.

"Runā!" - pieprasīja ļaunās raganas un staipīja un bakstīja tēvoci Semu, it kā viņš būtu gaļas gabals, ko gatavo pirms cepšanas.

"E-Z," teica tēvocis Sems, un viņa balss trīcēja tā, it kā viņa ķermenis atspoguļotos. "Lai ko viņi gribētu, nedodiet viņiem to. Neatkarīgi no tā, ko viņi ar mani dara, nepadodies."

"Ja tu viņam nodarīsi pāri," sacīja E-Z, "es, es..."

"Sakiet mums, kur jūs esat, kur viņi visi ir, un mēs viņu atlaidīsim," viņi kopā dziedāja balsī, kas nešķistu nevietā arī Hādē.

"Viss, kas mums vajadzīgs, ir pavediens vai divi," sacīja otrais.

"Paskaidrojiet mums, kas ir kas," teica pirmais.

"Vai arī mēs iznīcināsim jūs zināt, kas," sacīja trešais.

Tad viņi smējās. Viņu balsis viņa galvā lika sāpēt. Bet viņš tikai sapņoja. Viņam vajadzēja pamosties - TAGAD.

"Ahhhhhhhhhhhhhhhhhhhhhhhhhhhhhhhhhhh!" Tēvocis Sems kliedza.

Vēl vairāk smieklu.

E-Zs pamodās un ātri saprata, ka atrodas Austrālijā kopā ar Lači, nevis mājās, savā gultā. Viņš pārbaudīja savu telefonu, bet tajā bija tikai viena josla. Viņš turpināja pārbaudīt, līdz viņam bija pietiekami daudz joslu, lai piezvanītu tēvocim Semam. Lai pārliecinātos, ka ar viņu viss kārtībā. Ka tas bija tikai murgs un nekas vairāk.

Zem koka namiņa viņš dzirdēja, kā Lači pārvietojas. Droši vien gatavoja brokastis. Bija patīkami redzēt jaunieša dzīvi. To, kā viņš pēc visa pārdzīvotā atkal sakārtoja sevi. Cilvēki bija diezgan apbrīnojami.

Lai ko Lači gatavoja, smaržoja labi, un viņa pirmā vēlme bija aizlidot turpat lejā un pastāstīt viņam par savu murgu. Taču kaut kas prātā viņam lika to paturēt pie sevis - pagaidām. Galu galā Fūrijas nevarēja zināt, kur viņš dzīvo. Kur viņi visi dzīvoja. Viņš vēlreiz pārbaudīja joslas savā telefonā - šoreiz pat ne vienu joslu. Viņš iebāza to kabatā un lidoja lejā.

"Vai esi labi paguvis?" Lači jautāja, bļodā lejot šķidrumu no katla, kas atradās virs ugunskura.

E-Z to pieņēma. "Man bija dīvains sapnis, bet citādi jā. Tur augšā ir jauki. Paldies, ka esi tik viesmīlīgs."

"Bez raizēm. Šeit ir daudz garu. Un tev nepazīstamas skaņas. Ja vēlies parunāt par sapni, nekautrējies," sacīja Lači.

"Varbūt vēlāk."

"Labi, ej un rakņājies. Es ceru, ka tev garšo sēnes."

"Tās man patīk," sacīja E-Z, bāžot sev mutē lielu daudzumu karstas tvaicētas zupas. "Tā ir ļoti laba."

"Ak, pagaidi, es aizmirsu damperi - tā ir maize." Viņš atvēra alumīnija foliju, kas atradās ugunskura centrā, un pārplēsa to ceturtdaļās, iedodot E-Z pirmo daļu.

"Šī ir labākā maize, kādu jebkad esmu ēdis! Kā tu iemācies tā gatavot?"

"Mani iemācīja daži vietējie. Priecājos, ka tev garšo."

Viņi sēdēja klusi, kamēr saule viņiem smaidīja no augstām debesīm. E-Z centās nedomāt par savu murgu. Viņš izvilka telefonu no kabatas un vēlreiz pārbaudīja joslas. Tik tikko viens. Viņam patika tehnoloģijas - kad tās darbojās.

"Tagad, kad tavs vēders ir pilns, parunāsim par to, kāpēc tu esi šeit," teica Lači. "Visvairāk par to, kā es varu palīdzēt."

E-Z nerunāja, tā vietā viņš ar cerību sirdī atkal ielūkojās telefonā. Lāči neizskatījās uztraucies, jo viņš noplēsa vēl vienu dambretes gabaliņu. Beidzot viņš atkal savaldījās un koncentrēja uzmanību uz konkrēto jautājumu.

"Atvainojiet, manas domas bija miljonu jūdžu attālumā."

"Tas nav problēma. Vai vēlaties vēl dampera?"

"Nē, man viss ir kārtībā. Tātad, vispirms es gribētu uzzināt, ko Rozālija tev pastāstīja par mums trim. Es domāju Alfrēdu, Lia un mani."

"Jā, viņa man pastāstīja visu par jums trim. Bija tā, it kā viņa būtu tepat ar mani un stāstītu man pasaku pirms gulētiešanas. Jo vairāk viņa stāstīja, jo vairāk es gribēju ar jums tikties, lai jums palīdzētu."

"Es priecājos dzirdēt, ka jūs vēlaties palīdzēt. Taču ļaujiet man vispirms jūs iepazīstināt ar detaļām, pirms jūs apņematies. Tas nebūs viegls ceļš nevienam no mums".

"Es nebaidos no izaicinājumiem," sacīja Lašijs. "Ko Rozālija tev par mani pastāstīja?"

"Godīgi sakot, viņa man daudz ko neatklāja, bet es par tevi izlasīju internetā. Vai tu kādreiz esi noskaidrojis, kas notika ar taviem vecākiem?"

"Nē, un es to arī nevēlos. Es esmu šeit laimīga, pašpietiekama. Man neviens nav vajadzīgs."

"Katram ir vajadzīgi draugi," sacīja E-Z.

"Varbūt."

"Vai Rozālija tev stāstīja par Fūrijām?"

"Nē, bet viņa teica, ka kādu dienu, kad tev būs vajadzīga mana palīdzība cīņā pret ļaunumu, tu mani aicināsi. Un viņa pieminēja Fūrijas, par kurām es jau biju dzirdējis."

"Tiešām? Ko tu dzirdēji?" E-Z jautāja.

"Iedzīvotāji, no kuriem katru reizi, kad esmu kopā ar viņiem, uzzinu ko jaunu, zina visu par Fūrijām. Viņi ir vērsušies pret oriģinālajiem, cenšoties viņus sodīt un izstumt no savām zemēm." "Viņi ir uzbrukuši Fjūrijām," viņš atcirta.

"Lāčijs piecēlās, uzlēja nedaudz ūdens uz ugunskura un pārliecinājās, ka tas ir pilnībā izdzisis.

"Es, piemēram, uzskatu, ka ļaunumam ir jāeksistē, lai izdzīvotu labais, - taču ir jābūt kādam kodeksam, un viņi nekādu kodeksu neievēro. Viss, ko viņi dara, ir viņu pašsaglabāšanās nolūkos, un tā nav dzīvot."

"Tie ir gudri vārdi tavam vecuma bērnam," E-Z sacīja. Pēc tam, kad viņš to pateica, viņš jutās mazliet samulsis, it kā pārāk centās būt gudrs, būdams vecākais no abiem. "Es domāju, ka tev droši vien ir septiņi vai astoņi gadi, vai man taisnība?"

"Es domāju, ka jā, bet par savu īsto vecumu es neesmu pārliecināts. Kad viņi mani atrada, viņi neatrada nekādus dokumentus, kas to apliecinātu. Domāju, ka tad, kad mana balss sāks mainīties, man būs labāks priekšstats." Viņš smējās.

"Pa to laiku tu vari izvēlēties savu vecumu," E-Z ierosināja.

"Tāpat kā es pats izvēlējos savu vārdu," sacīja Lači. "Jebkurā gadījumā, lai kas jums būtu vajadzīgs, es esmu ar jums."

"Tas, kas notiek ar The Furies, ir tas, ka viņi izmanto internetu. Tu taču zini par internetu?"

"Zinu. Bibliotēkā ir wi-fi. Man patīk lasīt. Mitoloģija ir diezgan forša. Arī zinātniskā fantastika."

"Fūrijas izmanto tiešsaistes daudzspēlētāju spēles, lai ievilinātu bērnus. Lielākā daļa bērnu spēlē spēles, arī es," sacīja E-Z.

"Spēles ir laika izšķērdētājas," sacīja Lači. "To man mācīja pamatiedzīvotāju skolotāji. Dzīve ir pārāk īsa, lai to izniekotu ar bezmērķīgām izklaidēm."

"Tomēr visiem patīk spēles," sacīja E-Z. "Es varētu sniegt jums skaitļus visā pasaulē, bet galvenais ir tas, ka Furijas izmanto šo fenomenu. Tas ir tā, it kā katrs bērns, kas spēlē, būtu devis viņiem piekļuvi savām sirdīm un prātiem."

"Kā tas ir?"

"Lai paaugstinātu spēles līmeni, tev jāizpilda uzdevumu saraksts. Tas ir vienīgais veids, kā virzīties uz priekšu spēlē. Ja tu neizpildītu to, kas no tevis tiek prasīts, nebūtu jēgas spēlēt šo spēli. Un tomēr tas, kas jums tiek prasīts darīt, daudzkārt ir pretrunā ar likumu reālajā dzīvē."

"Pret likumu! Piemēram?" Lāči jautāja.

"Piemēram, nogalināt."

Lašijs pakratīja galvu.

"Tā ir spēle, tāpēc tu dari to, kas tev jādara, lai tiktu nākamajā līmenī."

"Labi, domāju, ka es to saprotu. Fūrijām bija uzdevums sodīt tos, kas izdarīja noziegumus un palika nesodīti. Viņi sagroza šo mandātu, lai kaitētu bērniem, kas spēlē izdomātu spēli."

"Tieši tā, Lāči. Tieši tā. Un, kad bērni nomirst, viņi nozog viņu dvēseles."

"Kāpēc?"

"Vai esi dzirdējis par dvēseļu ķērājiem?"

"Nē," sacīja Lāči.

"Kad tu mirsti, tavai dvēselei ir mūžīgā miera vieta. To sauc par Dvēseļu ķērāju. Bet šiem bērniem nav lemts mirt, kad Fūrijas viņus paņems, tāpēc viņus negaida Dvēseļu ķērājs."

"No kurienes tu to visu zini?" Lāči jautāja.

"Erceņģeļi man ne tikai pastāstīja, bet arī parādīja. Es vairākas reizes biju savā Dvēseļu ķērājā. Viņi mani tur izsauca. Es pat nezināju, kā to sauc, līdz tas viss parādījās. Cilvēkiem ar to nevajadzētu nodarboties. Lielākā daļa domā, ka mēs nonākam debesīs vai ellē."

"Ja tavs dvēseļu ķērājs bija gatavs, un tu esi tikai bērns, tad kāpēc viņu dvēseles nav gatavas?"

"Labs jautājums. Tāds, par kuru iepriekš nebiju domājis. Domājams, es pieņēmu, ka esmu īpašs gadījums," sacīja E-Z. "Bet es zinu, ka erceņģeļi kaut ko pievīla. Kaut ko, par ko viņi nevēlas runāt. Varbūt tāpēc viņiem ir vajadzīga mūsu palīdzība, lai šo lietu salabotu."

"Kā viņi to dara? To es nesaprotu."

"Viņi ir sagrozījuši noteikumus, cerot pārņemt kontroli pār visiem Dvēseļu ķērājiem. Kad mēs nomirstam, mūsu dvēselēm vajadzētu nonākt vienā no tiem, kas mūs gaida pēc nāves. Tās nav paredzēts pārnest. Ja viņi kontrolēs visus, tad katrai dvēselei nebūs, kur doties. Tas iedzīs pēcnāves dzīvi haosā. Tātad, tagad, kad esi visu dzirdējis, - vai tu joprojām esi iekšā?"

"Jā, noteikti. Turklāt šeit nav nekā labāka, ko darīt. Man vajadzētu būt interesantam piedzīvojumam."

"Lai būtu simtprocentīgi godīgs," E-Z sacīja, "tas nebūs viegli. Un tu kopā ar mums visiem riskēsi ar savu dzīvību. Bet mēs viens otram atbalstīsim muguru.

"Mēs uzvarēsim!"

"Es ļoti ceru, bet vispirms mums ir jāizdomā, kā mēs to sasniegsim. Tēvocis Sems mums ir rezervējis dažas aviobiļetes. Mums tās ir jāizņem tuvākajā starptautiskajā lidostā. Viņš tās rezervēja."

"Nav vajadzības!" Lači teica. "Man ir savs transports." Viņš iebāza mutē divus pirkstus un iesvīstīja.

Dažas minūtes nekas nenotika.

"R---R---R---RRRRRRRRRRRRRRRRRRRRRRRRRRRRR."
"Kas tas bija?" E-Z jautāja.

Lači stāvēja pavisam nekustīgi, jo koki šņākdami kustējās un kustējās.

Tad E-Z dzirdēja spārnu plīvošanu. Pēc skaņas varēja spriest, ka tam, kas tuvojās, bija milzu spārni.

Tad būtne izlauzās cauri koku lapotnei. Tas nebūtu nevietā nevienā no Harija Potera filmām.

"Vai tas ir pūķis?" E-Z jautāja.

"Viņš ir Aussiedraco," sacīja Lači. "Pazīstams arī kā pterozaurs, tāpēc viņš ir vietējais." Pūķim viņš teica: "Labdien, draugs," un devās viņu sveicināt. Milzīgais zvīņainais radījums nolaida galvu. Lašijs viņu paglauda, tad uzlēca uz muguras.

"Nāc, E-Z, ko tu vēl gaidi?"

"Man ir savs transports."

Lašijs atgāza galvu un pasmējās.

"HAR-HAR-HAR-R-R-R-R!"

radījums pievienojās.

"Viņa vārds ir Mazulis," teica Lašijs. "Uzkāp, jo Bērniņš vēlas tevi izvizināt, un ko Bērniņš vēlas, to Bērniņš arī saņem."

"Bet mans krēsls!"

Mazulis izstiepa savu garo kaklu, pacēla E-Z. Bez krēsla viņš uzmeta viņu uz muguras. E-Z satvēra Lašiju, kad Bērniņš uzlēca gaisā.

"Uzmanieties kokiem!" E-Z kliedza.

Lači un Mazulis smējās.

Viņi lidoja pāri jūdzēm un jūdzēm sarkano smilšu.

Drīz vien E-Z vairs nebaidījās.

Viņi lidoja pāri vairākiem klinšu veidojumiem, no kuriem viens izskatījās pēc Homēra Simpsona gulēšanas. Tad viņi ieraudzīja Uluru, milzīgu sarkanu monolītu.

Viņi pavadīja visu dienu, lidojot pāri Austrālijai un vērojot tās apskates objektus.

"Labāk atgriezties," teica Lači. "Mums vajag kārtīgi izgulēties, pirms dodamies uz Ziemeļameriku, lai satiktu pārējo komandu."

"Izklausās pēc plāna," sacīja E-Z, tagad arvien vairāk izbaudot braucienu un vēloties, lai tas nekad nebeigtos. Viņš nekritīs, viņam bija spārni, ja tie būtu vajadzīgi, - bet vienu viņš zināja droši, ka lidot ar Baby ir dzīve.

Viņš tikai domāja, kur viņš viņu paturēs, kad viņi atkal atgriezīsies mājās. Pūķis bija pārāk liels, lai ietilptu garāžā. Ar šo problēmu viņš tiks galā, kad pāries pāri šim tiltam. Varbūt, ja viņš un Mazā Dorita kļūtu par draugiem, viņi varētu apmesties kopā?

"Neuztraucies par mani," sacīja Mazulis.

E-Z divreiz pārmeta.

"E, jā, es varu lasīt domas. Ne visu laiku un ne visiem," sacīja Mazulis. "Es pati sakārtošu savu gulēšanas kārtību. Un attiecībā uz Mazo Doritu, nu, vienradži un pūķi parasti nesadzīvo - bet es labprāt to izmēģinātu."

Mazulis viņus izlaida un aizlidoja naktī.

E-Z atcerējās par tēvoci Semu, bet viņš bija pārāk noguris, lai kaut ko darītu. Viņš viņam piezvanīs no rīta. Protams, viss būtu kārtībā.

NODAĻA 4
AUSTRĀLIJA IZBRAUKŠANA

Nākošajā rītā, kamēr E-Z un Lači gatavojās ceļojumam, viņi sarunājās un iepazina viens otru tuvāk.

"Man ir nepieciešams uzlādēt telefonu un piezvanīt tēvocim Semam. Es gribētu pirms došanās prom no Austrālijas piestāt, lai izdarītu abus šos darbus." "Es gribētu piestāt, lai izdarītu abus šos darbus, pirms mēs atstājam Austrāliju."

"Nekādu problēmu, jo arī es gribētu paņemt dažas preces. Mēs varam visu izdarīt vienlaicīgi. Es iepirksimies, tu varēsi uzlādēt telefonu un piezvanīt tēvocim. Vai man par kaut ko jāzina?"

"Man bija tikai dīvains sapnis. Man gribas viņu pārbaudīt, lai bezjēdzīgi neuztraucos."

"Godīgi," sacīja Lašijs, sakraujot dažus ēdiena gatavošanas priekšmetus, lai tie būtu drošībā līdz viņa atgriešanās brīdim. "Man noteikti pietrūks šīs vietas."

"Es zinu, un tavi draugi arī, bet tu iegūsi jaunus, un visi liks tev justies kā mājās. Turklāt tu atgriezīsies, pirms tu to pamanīsi."

"Tieši tas mani uztrauc. Ko darīt, ja es negribēšu atgriezties? Ko darīt, ja es pieradīšu pie tā, ka apkārt ir cilvēki? Uz to, ka mani lutina ar ērtībām?" Viņš ieturēja pauzi, kad uz viņa pleciem nosēdās divas strazdiņas, pa vienai katrai. Putni viegli knābāja viņam ausis, it kā čukstēdami. Lašijs pasmaidīja, un tie aizlidoja.

"Ko viņi teica?" E-Z jautāja.

"Īsti neko. Viņi tikai teica, ka mīl mani un ka viņiem manis pietrūks." Krauklis lidoja lejā un piezemējās viņam uz pleca. "Šis ir mans draugs Errols."

"Prieks iepazīties, Erroll," sacīja E-Z. "Kā jūs abi sadraudzējāties?"

Lači smējās. "Smieklīgi, ka tu to jautā. Errols ir bijis apkārt ārkārtīgi ilgi. Patiesībā viņa vectēvs daudzkārt bija mājdzīvnieks kādam, kas varētu būt tavs tāls radinieks. Tas ir, ja tu esi Čārlza Dikensa radinieks?"

E-Z noliecās, mājot ar galvu. Lāčim tagad noteikti bija visa viņa uzmanība.

"Čārlzam Dikensam bija mājdzīvnieks krauklis, kura vārds bija Grips. Saskaņā ar nostāstiem, kas gadu gaitā tika stāstīti, tieši Grips iedvesmojis Edgaru Alanu Po uzrakstīt savu slavenāko dzejoli "Krauklis"."

"Vau, tas ir tik forši!" E-Z iesaucās.

"Putni ir ļoti inteliģenti. Tāpat kā pamatiedzīvotāju vecākie, kas mani paņēma zem sava spārna, kad pirmo reizi ierados ārzemēs. Viņi iemācīja man lasīt un rakstīt, gatavot ēdienu. Viņi arī iemācīja, kā atpazīt un izvairīties no indīgas floras un faunas.

"Katru dienu es kaut ko iemācos no radībām, kuras satieku un ar kurām runāju. Stāsta, ka senāk visi varēja sarunāties ar dzīvniekiem - ne tikai es -, bet kaut kas mainījās. Viņi domā, ka tas noticis mūsu smadzenēs, bet tas, kas notika ar visiem pārējiem, nenotika ar mani."

"Kā viņi uzzināja, ka tu esi citāds?"

"Viņi saka, ka dzirdējuši par mani, kad es piedzimu un kad kļuvu par zēnu kastē. Vēl pirms es piedzimu, baumas par mani čukstus klīda pa visu pasauli. Viņi mani gaidīja, tā viņi man stāstīja jau ilgu laiku."

"Cik ilgi?" E-Z jautāja.

"Es negribu izklausīties lielgalvis, bet runā, ka Mocarts par mani zinājis - viņam esot bijis mājdzīvnieks stārķis un viņš dzīvojis [17]. gadsimtā. Tas ir vēl nesen. Pirms viņa tas meklējams līdz Vergilijam 70. gadā p.m.ē. Vai zinājāt, ka viņam bija lolojumdzīvnieks muša?" "Ne," atbildēju.

"Tiešām? Mucha - mājdzīvnieks?"

"Es runāju ar krūmu mušu, kas bija radinieks Vergilijam - viņa uzvārds bija Leonards jeb saīsinājumā Leo, un viņš visu apstiprināja." Lači paņēma podiņu un paslēpa to krūmos kopā ar dažām citām lietām. "Esmu runājis arī ar Endrjū Džeksona papagailis radinieku. Džeksona putnu sauca Pol - tā bija dāvana viņa sievai - un tas bija tēviņš, bet, tā kā viņa radiniece bija sieviete, viņas vārds bija Pollija. Viņai bija savāda humora izjūta!"

"Izklausās tā. Uh, es ceru, ka mēs varēsim parunāt vairāk, bet man tev jājautā par tavām īpašajām spējām - un mums drīzumā vajadzētu doties ceļā, ja vien tu visu esi droši novietojis."

Lašijs pieskārās: "Protams. Gandrīz gatavs. Vēl tikai jānodrošina dažas lietas. Bet pagaidām, kāpēc gan tu vispirms nestāstītu man par sevi?"

"Nu, tu jau esi redzējis mani un manu krēslu darbībā - jā, mēs varam lidot. Manam krēslam ir īpašas spējas, bez lidošanas tas spēj arī notvert noziedzniekus un tam garšo asinis. Mēs esam pāris, mans krēsls un es, tāpat kā Betmens un viņa Batmobilis."

"Forši!" Lači teica. "Bet tas ar tām asinīm ir dīvaini."

"Nevajag izšķiest, nezinu, kas to teica, bet mans krēsls, šķiet, tam piekrīt. Tā vietā, lai ļautu asinīm pilēt zemē, tas tās uzsūc.

"Mūsu pirmā glābēja bija maza meitenīte - mēs viņu izglābām no automašīnas notriekšanas. Pēc tam mēs izglābām lidmašīnu ar pasažieriem. Es negribu lielīties, un esmu pārliecināts, ka jūs sapratāt būtību. Palīdzot citiem, es atklāju, ka tagad esmu super spēcīgs, un tāds ir arī mans krēsls. Ak, un mēs esam bruņoti pret lodēm."

"Tu gribi teikt, ka cilvēki ir šāvuši uz tevi?"

"Jā, mums ir bijušas dažas situācijas ar ieročiem. Tagad ir tava kārta."

Mans pārsteidzošākais spēks ir tāds, kā tu jau esi redzējis, - es varu sarunāties ar jebkuru radību, ar jebkuru vispār. Patiesībā vakar, kad tev šķita, ka sarunājies ar Bēbiju, nu, tu it kā sarunājies, bet, ja manis te nebūtu, viņa būtu runājusi blēņas. Viņa sazinās ar jums caur mani. Es esmu kā tīkls, drošības tīkls. Es varu to izslēgt vai atvērt atkarībā no tā, ko es nolemju.

"Kad es atrados tajā būrī, dzīvnieki mēdza sēdēt ārā un čatot. Reizēm man šķita, ka viņi sazinās ar mani, bet tad es domāju, ka varbūt es trakojos. Reiz cauri mana būra restēm ielidoja tarakāns un teica, ka viņš varētu man palīdzēt izkļūt ārā, ja es to vēlētos.

"Fjū, es ienīstu tarakānus. Taču nekad neesmu dzirdējis par lidojošiem tarakāniem."

"Patiesībā viņi ir diezgan gudri un tiem piemīt milzīgs izdzīvošanas instinkts - es domāju, ka viņi apēdīs jebko."

"Žēl, ka viņi neapēd tos cilvēkus, kas tevi ielika tajā kastē." E-Z uz mirkli aizdomājās. "Kāpēc jūs neļāvāt viņam mēģināt jūs izglābt? Es domāju, ka tev nebija ko zaudēt."

"Kāds ir tas vecais teiciens, ka labāk velns, ko tu zini?"

"Es to saprotu, tātad jūs nebaidījāties no cilvēkiem, kas jūs turēja?"

"Tā īsti nebija kaste - tas bija būris. Bet labāk izklausās, ja to sauc par kasti. Turklāt viņi mani nekad nav sāpinājuši. Viņi mani baroja un dzirdināja. Nomainīja avīzi. Un es nekad īsti neredzēju, kas viņi ir, jo viņiem bija maskas."

"Es nesaprotu, kāpēc viņi tevi tur turēja."

"Es nedomāju, ka to es kādreiz uzzināsim. Un es neaizkavējos, lai saņemtu atbildes, kad viņi mani izlaida." "Un es neaizkavējos, lai saņemtu atbildes, kad viņi mani izlaida?" - "Ne.

"Kā tas notika?"

"Viņi ierīkoja man istabu tajā pašā mājā. Nosūtīja līdzi jauku kundzi, lai tā par mani rūpējas. Es nekad nebiju iznācis no mājas. Man tas bija pārāk biedējoši."

"Vai jūs varējāt runāt? Ja jūs visu mūžu atradāties būrī, vai jums ir atmiņas par to, kas bija pirms tam? Par saviem vecākiem?"

"Man nepatīk par to runāt. Pagātne ir pagātne. Es to nevaru mainīt. Es vienmēr raugos uz priekšu. Bet es neesmu piedzimis būrī. Dažreiz man šķiet, ka atceros, kā gāju uz skolu. Bet tas varētu būt bijis sapnis. Dažas dienas ir grūti atšķirt, kas ir sapnis."

E-Z atgādināja sev, ka jāzvana tēvocim Semam.

"Kā tu nokļuvi šeit, dzīvo kopā ar dzīvniekiem un esi simtprocentīgi patstāvīgs? Domāju, tev netrūkst cilvēku?"

"Nevar taču trūkt tā, ko neatceries. Kas attiecas uz dzīvniekiem, es viņus neizvēlējos, viņi izvēlējās mani. Viņi nāca uz māju, it kā zinātu, ka es vairs neesmu būrī, un gaidīja, kad es iznākšu. Viņi jau zināja, ka es varu ar viņiem runāt, viņus saprast - bet es nezināju, ka varu, līdz mēģināju to darīt. Tad man pavērās vesela pasaule, un man bija jākļūst par tās daļu. Es vairs nebiju viens. Tad viņi piedāvāja mani aizvest un pasargāt. Tagad tu esi lietas kursā par Lašijas stāstu."

"Tas ir pārsteidzošs stāsts. Tātad, runāšana ar dzīvniekiem. Ko vēl esi atklājusi?"

"Nu, jā. Bet tas ir diezgan jauns."

"Pastāsti man par to."

"Labāk, ja es jums parādīšu."

"Labi," E-Z sacīja.

Viņš noskatījās, kā Lašija piecēlās un devās tuvējā eikalipta koka virzienā. Kādu sekundi viņš vēl mirkli stāvēja pie koka, pēc tam pakāpās uz priekšu, lai stāvētu koka resnā, laikapstākļiem pakļautā stumbra priekšā. Tad viņš pazuda.

"Kas ir?"

Lači pārgāja uz otru koka pusi, tad atkal atgriezās pie stumbra.

"Ak, tātad tu esi neredzams?"

"Nē, paskaties tuvāk." Viņš atkāpās no koka. "Turpini vērot manas acis."

E-Z to izdarīja, un viņš varēja saskatīt Lašija acis koka stumbrā, taču viņš nevarēja saskatīt Lašiju. "Pagaidi,"

E-Z sacīja. "Es saprotu. Tā ir maskēšanās - tu esi hameleons. Vau!"

Lači smējās, tad atgriezās savā vietā.

"Kā tu to atklāji? Tas ir patiešām foršs spēks. Tu vari saplūst praktiski visur, un neviens to nekad nesapratīs!"

"Pēc tam, kad kādu laiku nodzīvoju kopā ar radībām - neredzot nevienu cilvēku -, kādu dienu šeit ieradās bariņš pārgājēju. Es skrēju uzkāpt kokā un paslēpties, bet man nepietika laika - tāpēc es vienkārši apstājos pie koka stumbra un paliku nekustīgs. Viņi gāja man garām, it kā es nepastāvētu. Es nevarēju to saprast. Uz mana pleca piezemējās putns, un čūska uzrāpās man uz kājas. Viņi varēja mani redzēt, bet cilvēki - nē. Tad es sapratu, ka esmu hameleons."

"Kādas ir sajūtas? Es domāju, kad tu pāriet maskēšanās režīmā?"

"Tā nav nekāda atšķirīga sajūta. Tas vienkārši notiek."

"Forši. Vai jūs vēlaties uzzināt par pārējiem komandas locekļiem un to, kādas prasmes viņi piedāvā?"

Lašijs pieskārās.

"Tev patiks Lia. Viņa ir redzīga. Viņas acis ir rokās, un viņa var redzēt tagadni, dažu cilvēku prātus, un dažreiz viņa var ieraudzīt nākotni, to, kas notiks. Šķiet, ka šī viņas spēka daļa pieaug. Protams, ir arī vecuma jautājums. Kad mēs pirmo reizi satikāmies, viņai bija septiņi gadi, un tagad viņai ir divpadsmit."

"Tas ir patiešām forši," teica Lačija. "Un es dzirdēju, ka viņas māte un tavs tēvocis Sems ir..."

"Neiebilstu, ja mēs dotos ceļā. Tikai izdzirdot Sema vārdu, man atkal pieaug trauksme."

"Nav jāuztraucas," sacīja Lašijs. Viņš iesvīstīja, un Bēbija ieradās, un viņi aizlidoja līdz tuvākajai pilsētai, kur Lašijs paņēma dažas lietas, E-Z pieslēdza savu telefonu lādētājā un, kad tas bija pietiekami uzlādēts, nekavējoties piezvanīja uz Sema numuru.

Telefons neatbildēja, tā vietā zvans nokļuva tieši Sema balss pastā. Viņš pamēģināja zvanīt uz Samantas tālruni, un viņa uzreiz atbildēja. "Sveiki, te E-Z, vai tēvocis Sems ir pieejams?"

"Protams, E-Z, tikai uz mirkli." Nedaudz čukstēja. "Sveiks, bērniņ," teica Sems. "Kur tu tagad esi, jau lido pāri okeānam?"

"Tikai pārbaudīju, vai ar tevi viss kārtībā," sacīja E-Z. "Ja jā, tad, lūdzu, saki kodu."

"Sponge Bob Square Pants," teica tēvocis Sems.

"Ak, paldies Dievam," sacīja E-Z. "Man bija dīvains sapnis, ka Furijas ir tevi sagrābušas."

"Ak, pie mums ir ieradušies draugi, un mēs tikko gatavojamies apsēsties un iemērkt fondī. Mums ir šokolāde ar augļiem, siers ar dārzeņiem un siers ar maizi un gaļu. Tas ir diezgan plašs klāsts, un mums ir vairāku veidu vīns. Dvīņi jau ir gulējuši uz nakti."

"Tas izklausās…"

"Man jāiet E-Z, drīz uz tikšanos. Turies drošībā."

"Ar tēvoci viss kārtībā, un viņi rīko fondī - izklausās pēc nelielas ballītes." "Manam tēvocim viss ir kārtībā, un viņi rīko fondī - izklausās pēc nelielas ballītes."

"Kas ir fondī?" Lači jautāja.

"Tas ir katls, kurā tu kausē kaut ko, un tad tajā iemērc citas lietas. Piemēram, zemenes iemērc šokolādē un maizes gabaliņus sierā. Un tev taisnība, viņi tagad ir precējušies, un nesen viņiem piedzima dvīnīši, tāpēc māja ir diezgan pilna un trokšņaina." "Nu," viņš atsmaidīja.

"O, tas izklausās ļoti garšīgi," sacīja Lači.

Ar pilnībā uzlādētu E-Z telefonu, Lašija krājumiem, kas bija droši noglabāti uz Bēbija muguras, pāris izlidoja no Austrālijas. Dodoties ceļā, viņi sarunājās.

Pēc stundām, kad viņi neredzēja neko interesantu un vēderi bija sasirguši, viņi gatavojās nolaisties, lai paēstu un atpūstos tualetē.

"Mums tik un tā drīz būs jāpiezemēs, lai paēstu pusdienas, turklāt es jau esmu izsalcis! Un, starp citu, apsveicu!"

"Paldies! Havaju salās mēs varam piestāt Havaju salās, lai iegādātos čīzburgerus un frī kartupeļus," ierosināja E-Z.

"Es nezināju, ka havajieši specializējas burgeru un frī kartupeļu gatavošanā."

"Viņi ir daļa no ASV, tāpēc čīzburgers un frī kartupeļi, nemaz nerunājot par biezajiem kokteiļiem, ir lieliski tradicionālie ēdieni, ko tev vajadzētu nobaudīt, un es garantēju, ka tev tie patiks."

"Es neēdu gaļu. Govis arī ir cilvēki."

"Viņiem ir kaut kas veģetārs, tas joprojām ir siera burgers, un jums tas patiks. Ak, tev taču nav nekas pret govs piena dzeršanu, vai ne?"

"Nē, man nav."

"Labi, krēsliņ, un Baby - iesim uz tuvāko siera burgeru ēstuvi, kur pasniedz arī vegānu burgerus," ierosināja E-Z, jo viņa ripošais vēders deva par sevi zināt.

"Uz priekšu!" Lačlans kliedza, kamēr Bēbija meklēja piemērotu vietu, kur piezemēties.

NODAĻA 5
BRANDY

Lia un viņas ceļabiedrs vienradzis Mazā Dorita lidoja cauri mākoņiem.

Lia novērtēja savas lidojošās pavadones graciozās, bet ātrās kustības. Viņi kopā izdomāja spēli "Pārlēci mākoņus". Atkarībā no mākoņa veida viņi leca pāri tam, zem tā vai cauri tam. Vislielāko prieku sagādāja skriešana caur to.

"Man patīk, kad mēs atrodamies mākoņa iekšpusē," teica Lia. "Es izstiepju roku, lai tam pieskartos, bet tur nekā nav."

"Izskatās, ka mums jādodas uz tirdzniecības centru, kas atrodas zemāk," teica Mazā Dorita, pirms izpildīja trīskāršu lēcienu, ejot pāri, tad zem un tad cauri tam pašam mākonim.

"Veeeeeeeee!" Lia iesaucās.

"Paldies, paldies," sacīja vienradzis, norādot uz leju.

"Iepirkšanās, eh?" Lia teica, pārbaudot to. Tas bija liels, gandrīz kvartālu garš tirdzniecības centrs. "Es ceru, ka man nevajadzēs daudz naudas, bet mamma man iedeva savu kredītkarti gadījumam, ja man tā būtu vajadzīga."

"Brendija stāv pārtikas preču veikala ejā un piepilda ratiņus, lai pavadītu laiku. Mums labāk pasteidzies, citādi viņas mamma drīz viņu meklēs," sacīja vienradzis.

"Tas ir patiešām forši, ka tu vari šādi noteikt viņas atrašanās vietu. Es nevaru vien sagaidīt, kad satikšu viņu un uzzināsim vairāk par viņas spējām," sacīja Lia, apvijot rokas ap mazās Dorrites kaklu, lai sagatavotos piezemēšanai. "Es vienmēr gribēju, lai man būtu vecākā māsa, tāpēc šī varētu būt mana vienīgā iespēja."

"Pīkstini, kad es tev būšu vajadzīga," sacīja Mazā Dorita, kad Lia izkāpa, "un es tevi sagaidīšu tepat."

Lia iegāja tirdzniecības centrā pa veramajām durvīm. Uzreiz viņa ieraudzīja meiteni, kura, kā viņa cerēja, bija Brendija, stumjot ratiņus pārtikas preču veikalā. Pamatojoties uz Rozālijas aprakstu, tai vajadzēja būt viņai.

Meitene bija ģērbusies nesteidzīgi, pelēkā džemperī ar kapuci. Tā bija daļēji aizdarīta, bet pietiekami atvērta, lai atklātu sarkanu t-kreklu I Love Music, kas atradās zem tās. Viņas melnajiem džinsiem uz kabatām bija uzlīmes ar notīm. Viņas audekla skrejceliņi bija lasāmi, lai atbilstu krekliņam.

Lia dažus mirkļus vēroja meiteni, pirms devās viņai pretī. Viņa jutās nedaudz iebiedēta. It kā viņa būtu satikusies ar slavenību. Viņas prātā Brendija izstaroja stilu un foršumu.

Tuvojoties tuvāk, Lia iedomājās, ka drīzumā viņas kļūs par labākajām draudzenēm. Viņas kopā apmeklēs tirdzniecības centru. Kopā iepirksies apģērbu. Varbūt Brendija pat palīdzēs viņai izvēlēties kādu jaunu amerikāņu apģērbu.

"Uz ko tu skaties, bērns?" Brendija jautāja ne pārāk draudzīgā vai māsas tonalitātē. Tad viņa ar pilnu vēzienu atvairīja Lijas rokas.

"Tas ir ļoti nepieklājīgi," Lia iesaucās. "Vai tev neviens nav mācījis nekādas manieres?" Viņa pagrieza muguru atdzesētajai meitenei. Viņa aizturēja elpu, saskaitīja līdz desmit un tad atkal pagriezās pret viņu. "Rozālijai par tevi būtu kauns."

"Tu pazīsti Rozāliju?"

"Jā, es esmu Lia, un es nevaru tevi redzēt bez acīm, kas ir manās rokās." Lia atkal pacēla rokas.

"Vau!" Brendija iesaucās. "Es domāju, ka esmu dīvaina, bet bērns, es gribu teikt, eh, Lia, tu esi vislielākā." Viņa iebāza rokas kabatās. "Bet jebkurš Rozālijas draugs ir mans draugs."

"E, paldies," Lia teica. "Mēs varam kaut kur aiziet, lai aprunātos?"

"Nevaru teikt, kas mums ar tevi būtu kopīgs - izņemot Rozāliju," pusaudze sacīja, stumdama ratiņus uz priekšu un atstājot Lia aiz sevis.

Lia cīnījās ar nopūtas atmešanu, bet spēja izlocīt vārdus: "Mums vajadzīga jūsu palīdzība, jo Rozālija ir mirusi."

Brendija apstājās un dziļi ievilka elpu, jo pa viņas vaigu aizskrēja asara, kuru viņa pagriezās un noslaucīja. "Seko man, bērns." Viņa atstāja ratiņus ar visiem tajos esošajiem priekšmetiem, un viņi devās uz stendu, kas atradās pašā tirdzniecības centra iekšpusē, un apsēdās.

"Es iedzeršu glāzi ūdens," teica Lia. "Bez ledus, lūdzu."

"Nāc, bērns, dzīvojiet bīstami. Viņai būs sakņu alus pludiņš - un lai būtu divi." Pēc tam, kad viesmīle aizgāja: "Tev patiks, neuztraucieties. Tagad pastāstiet man vairāk par to, kāpēc esat šeit, un pastāstiet, kas noticis ar to jauko dāmu Rozāliju."

"Vispirms, ko Rozālija tev pastāstīja par mani, par mums?"

"Nekā. Es zināju, kas viņa ir, un zināju, ka viņa mani uzrauga. Sākumā es domāju, ka viņa ir eņģelis, jo viņa varēja runāt ar mani manā galvā, kā tad, kad es kā mazs bērns lūdzos. Tad es sapratu, ka viņa bija reāls cilvēks, tāpat kā es, un tagad viņa ir mirusi. Es gribētu palīdzēt atrast cilvēkus, kas viņu nogalināja - ja tas ir iemesls, kāpēc jūs esat šeit, tad es esmu ar jums. Smieklīgi, bet man šķiet, ka tagad viņa ir eņģelis, kas joprojām pieskata mani."

"Arī es," sacīja Lia. "Tieši tā."

"Kā tas notika?" Brendija jautāja. "Ja tas nav neiejūtīgs jautājums. Man vienmēr šķiet, ka vislabāk ir runāt par dīvainībām, kas mūs padara tādus, kādi esam. Ja man ir savi dīvainības, ticiet man. Ikvienam ir.

"Mana mamma mani atrunātu par to, ka uzdodu tev tik personīgu jautājumu. Bet man patīk pāriet pie lietas. Vai tev vienmēr ir bijušas acis uz rokām? Es domāju, ka tevi vajā žurnālisti un fotogrāfi, cilvēki grib ar tevi runāt, dzirdēt un stāstīt tavu stāstu, lai pārdotu žurnālus un avīzes." "Es tevi vajāju," atbildēju.

"Ak," Lija sacīja, "lielākā daļa cilvēku vairāk interesējas par slavenībām, izdomātiem varoņiem, piemēram, par Hariju Poteru, nekā par reāliem cilvēkiem. Ja Harijs Poters būtu reāls, cilvēki no viņa izvairītos vai arī viņu ņirgātos. Taču savā pasaulē viņš bija varonis, tāpēc viņa rēta kļuva par daļu no viņa stāsta. Tā padarīja viņu cilvēcīgāku, tāpēc mēs varējām ar viņu identificēties. Taču neviens bērns nevēlas izcelties, jo šajā pasaulē atšķirības ne vienmēr tiek novērtētas.

"Tas ir smieklīgi, kā mēs varam saskarties ar izdomātiem varoņiem un iejusties tajos, bet neatpazīt īstos varoņus mūsu ikdienas dzīvē."

"Ak, brālīt," Brendija sacīja, "tu esi mazliet draiskulīgs, vai ne? Tas ir kā runāt ar divdesmitgadīgu bērnu."

"Atvainojiet," teica Lia. "Es īsā laika posmā no septiņiem gadiem kļuvu par divpadsmit. Man nebija laika pielāgoties."

"Tas nekas," Brendija teica. "Un principā es tev piekristu, mazulis, bet, kopš ēterā parādījās realitātes televīzija, mūs interesē parastu cilvēku dzīve. Tas ir, parastu, bet bagātu cilvēku, piemēram, Kardašjanu ģimenes. Es to neskatos, bet miljoniem cilvēku to skatās."

Viņu dzērieni ieradās. Brendija vispirms apēda ķiršu uz sava dzēriena, tad pajautāja Lia, vai viņa vēlas savu. Kad Lia atteica, Brendija to pacēla un iebāza sev mutē. "Dzeriet malku. Ja pamēģināsi, tev noteikti patiks."

Lia caur salmiņu izdarīja lielu malku, un viņas seja iedegās. "Tas ir patiešām labi!" Tad viņa ar salmiņu samaisīja saldējumu, domājot, ko teikt tālāk.

"Es piedzimu ar acīm, kas darbojās labi. Taču nelaimes gadījums mani apžilbināja, un, kad es pamodos, man bija šīs acis un arī tas, ko viņi sauc par redzi. Es redzu, ko cilvēki domā, tā mēs ar Rozāliju sākām runāt. Laiks man nav tāds kā visiem pārējiem, bet es jau kādu laiku neesmu izlaidusi nevienu gadu. Turklāt, laikam ritot, es dažkārt redzu, kas notiks ar mani un ar citiem, ziniet, nākotnē." "Es redzu, kas notiks ar mani un ar citiem, ziniet, nākotnē.

"Vai jūs zinājāt, ka Rozālija nomirs, pirms tas notika?"

"Nē, es to nezināju. Tas nāk un iet. Dažreiz tas vispār nenotiek. Tas nav simtprocentīgi uzticams. Starp citu, es nevaru lasīt tavas domas, ja tev interesē."

"Labi. Zināt, ka tu vari lasīt manas domas, būtu ļoti biedējoši," Brendija sacīja, iedzerot milzīgu malku, kas atsitās pret trauka dibenu un izsauca "tas ir viss, ļaudis". "Es labprāt iedzertu vēl vienu, bet es to nedarīšu," viņa teica. "Vislabāk ievērot mērenību, jo, ja mēs visu laiku sevi lutināsim ar lietām - lietām, kuras, mūsuprāt, mēs patiešām vēlamies, tad mēs tās tik ļoti nenovērtēsim."

"Ļoti gudri," teica Lia. "Ja vēlies, vari paņemt pārējo manu, ja gribi."

"Būtu žēl ļaut tam iet zudumā."

Abas meitenes kādu brīdi klusēja, līdz Brendijas telefons ievibrēja. "Mana mamma drīz būs šeit, lai pievienotos mums."

"Kā viņa uzzināja, kur mēs esam?"

"Labi, viņai ir savi veidi, t.i., izsekošanas ierīce manā telefonā."

"Un tu neiebilsti?"

Nē. Es dažas reizes pazudu, bet vienmēr paspēju atgriezties tirdzniecības centrā. Lielākoties, kad es aizbraucu, viņai nav ne jausmas. Līdz brīdim, kad es viņai piezvanīju un palūdzu atbraukt un paņemt mani no šejienes. Tas parasti ir viņas pirmais pavediens - mana īsziņa vai zvans. Tomēr lietotne viņu glābj no uztraukumiem par mani. Domāju, ka nav viegli audzināt meitu, kas var nomirt un atkal atdzīvoties.”

Ieradās Brendijas māte, un notika iepazīšanās. Viņas iepazīstināja viņu ar Rozālijas un Lijas stāstiem un iepazīstināja viņu ar to, ko viņas līdz šim apspriedušas.

“Ko jūs abas meitenes plānojāt?” viņa jautāja. “Izskatās, ka jūs varētu būt iecerējušas ko sliktu.”

“Tikai cukura pārpalikums,” Brendija pasmaidīja. “Lija nupat gribēja man pastāstīt, kam es viņiem esmu vajadzīga.”

“Tātad, tu paskaidroji par savu atkārtoto situāciju?”

“Īsi. Pie tā es vēl nebiju nonākusi, mamma, viņa tikai tagad man pastāstīja par negadījumu un to, kāpēc viņas acis ir uz rokām.”

Atnāca viesmīle, un Brendijas mamma pasūtīja kafiju. Viņa tūlīt atgriezās ar krūzīti, ko piepildīja. “Uzpilde ir bez maksas,” teica viesmīle. “Vienkārši paceliet krūzi, kad tā būs tukša, un es tūlīt atnākšu, lai atkal to uzpildītu.”

“Paldies,” teica Brendija mamma.

“Es labprāt par to dzirdētu,” sacīja Lia, aizķerot matus aiz auss. Viņai patika, kā Brendija un viņas mamma iesaistījās viena otras sarunās. Viņas bija šausmīgi tuvas; to varēja noprast pēc tā, kā viņas visu laiku pieskārās viena otrai. Viņu tuvība lika viņai atcerēties visus tos laikus, kad māte strādāja pa naktīm un nedēļas nogalēm un viņai nācās paļauties uz auklīti Hannu. Tagad, kad viņi bija šeit un viņas māte bija precējusies ar Semu, bija citādāk, taču jaunie bērni noteikti aizņēma daudz mātes laika.

Brendija izplūda: "Pirmo reizi, kad es nomiru, es biju maza. Tas notika tieši šajā tirdzniecības centrā. Vienu brīdi es biju mirusi, bet nākamajā es atkal biju dzīva. Kā jau teicu iepriekš, es vienmēr nonāku šeit. Tik ļoti es mīlu šo tirdzniecības centru."

"Tas ir smieklīgi," teica Lia.

"Es patiešām mīlu iepirkties!"

"To tu mīli!" Brendijas māte teica, kad meita sauca atpakaļ viesmīli un lūdza glāzi ledus ūdens.

"Divas glāzes ūdens," teica Lia.

Tā kā viņa jau bija klāt, viesmīle piepildīja Brendijas mātes kafijas tasi.

Lia juta, ka tagad vai nekad - viņai vajadzētu ķerties pie lietas. Bija jau vēls, un Mazā Dorita gaidīja.

"E-Z, kurš ir mūsu vadītājs, sēž ratiņkrēslā, un viņš var glābt cilvēkus, pat lidmašīnas, kas pilnas ar pasažieriem. Viņam piemīt superspēks un ātrums, un gan viņam, gan viņa ratiņkrēslam ir spārni.

"Alfrēds ir trompetes gulbis, un viņam ir ESP, turklāt viņš var atdzīvināt cilvēkus un radības. Ieskaitot tevi, mūsu grupai pievienosies vēl divi bērni, kā arī E-Z brālēns Čārlzs - tātad kopā mēs būsim septiņi."

"Ah, laimīgie septiņi," teica Brendijas māte.

Lia turpināja: "Pēc tam, kad būsi visu dzirdējusi, ja piekritīsi palīdzēt mums cīnīties ar Fūrijām, tava dzīvība būs apdraudēta. Tās ir trīs ļaunās māsas - dievietes, kas nogalināja Rozāliju."

"Ļauno, a? Rozālijas nogalināšana bija gļēva rīcība! Viņa nekad nebūtu nodarījusi pāri nevienai mušai!" Brendija sacīja.

"Vai šī informācija ir publiska?" Brendijas māte jautāja. "Tas viss izklausās tā, izdomāts."

"Kāpēc viņi to darīja?" Brendija jautāja. "Ko viņi saņem par tādas mīļas vecas sievietes kā Rozālija nogalināšanu?"

"Viņi izmanto bērnus. Nogalina bērnus," sacīja Lia.

Gan Brendija, gan viņas māte pārstāja dzert.

"To ir grūti izskaidrot, bet es centīšos darīt, ko varu. Kad mēs nomirstam, mūsu Dvēseles ir paredzētas mūs gaidošajiem Dvēseļu ķērājiem - mūsu mūžīgās atdusas vietai. Katram no mums ir savs unikāls Dvēseļu ķērājs - tāpēc mēs nekad nevaram nomirt.

Mūsu dvēseles dzīvo tālāk. Tās nav tādas debesis, kādas mēs iztēlojāmies, bet tās ir reālas, un Fūrijas nogalina nevainīgus bērnus - un ievieto tos Dvēseļu ķērājos, kas pieder citiem cilvēkiem.

"Patiesībā, kad Rozālija nomira, viņas dvēselei nebija, kur doties. Par laimi, mūsu draugi Hadžs un Reiki - viņi ir viltus eņģeļi - spēja sagūstīt Rozālijas dvēseli. Viņi to glabā drošībā, līdz mēs likvidēsim Fūrijas un atkal sakārtosim visu Dvēseļu ķērāju dzīvi. Tiklīdz mēs tos likvidēsim, pārņems tos erceņģeļi un salabos to haosu, ko viņi ir radījuši. Viss atkal atgriezīsies normālā gultnē."

"Es domāju, ka erceņģeļi ir ļaundari," sacīja Brendija. "Kā mēs varam zināt, ka varam viņiem uzticēties? Un kāpēc mēs vēlamies viņiem palīdzēt?"

"Tas ir ļoti liels lūgums no jums, bērni," teica Brendijas māte.

"Tas ir ļoti garš stāsts. Mēs varam jums to izstāstīt, kad pienāks laiks. Bet šobrīd mums ir jāatgriežas galvenajā mītnē. Tā ir mūsu māja. Kad mēs visi būsim zem viena jumta, mēs varēsim visu izskaidrot un izstrādāt plānu."

"Es piekrītu," teica Brendija. "Jūs jau mani pierunājāt, kad teicāt, ka viņi nogalinājuši Rozāliju, bet tagad es zinu, ka viņi nogalina arī nevainīgus bērnus, nu ļaujiet man pie viņiem." Viņa pacēla glāzi ar ūdeni un uzpīpēja kopā ar Lia.

"Pagaidiet," Brendijas māte sacīja, "ja arhaņģeļi nespēj šo lietu pārspēt, tad kā viņi var gaidīt, ka jūs, bērni, to spēsiet..."

"Māmiņ," Brendija glāstīja viņai roku. "Es neesmu kā citi bērni. Izklausās, ka mēs esam bariņš neveiksminieku ar īpašām spējām, un es labi iederēšos. Nav nekāds brīnums, ka erceņģeļi mūs lūdza, lai viņiem palīdzam.

"Rozālija mūs visus saveda kopā, lai mēs varētu izveidot komandu. Ja viņa būtu šeit, viņa būtu kopā ar mums komandā. Tagad viņa ir ar mums garā. Kopā mēs būsim spēks, ar ko jārēķinās.

"Turklāt mums ir jāpanāk, lai Rozālija atgūtu savu mūžīgās atpūtas vietu. Visam ir savs iemesls, vai tu ne vienmēr esi tas, kurš man to saka?"

"Kas notiks tālāk?" jautāja māte.

"Mums ir jābūt kopā, un E-Z māja ir pietiekami liela mums visiem. Pārējie un Čārlzs Dikenss - garš stāsts - mūs tur sagaidīs."

"Ne tas Čārlzs Dikenss?"

"Tas vienīgais, bet viņam ir tikai desmit gadu. Viņš ieradās, un viņu Londonā, Anglijā, atklāja divi detektoristi. Ne velti viņš ir nosūtīts atpakaļ uz Zemi. Papildus tam, ka viņš un E-Z ir brālēni. Viņš ir viens no mums. Kopā mēs uzvarēsim šīs māsas un atkal sakārtosim pasauli."

"Iesim!" Brendija sacīja. "Mamma mašīnā ir manā mugursomā, un tajā ir visas nepieciešamās lietas. Man vienmēr ir sapakota soma gadījumam. Tā ir noderējusi diezgan daudz reižu. Es pieņemu, ka mājā ir veļas mazgājamā mašīna un žāvētājs? Un matu žāvētājs?"

"Jā, jā, jā un jā," sacīja Lia, pēc tam viņa iesvīstīja.

Brendija un viņas māte aizsedza ausis. "Kādēļ tas bija?"

"Nāc ārā, un es tevi iepazīstināšu ar savu draudzeni Mazo Doritu - viņa ir vienradzis -, un tu vienlaikus vari paņemt savu somu." Viņi izgāja ārā pa durvīm, un viņa norādīja uz debesīm, kur vienradzis tuvojās piezemēšanās lidojumam.

"Pagaidiet," Brendija sacīja, "mēs brauksim pāri visai valstij uz vienradža?" "Pagaidiet," teica Brendija.

Brendijas māte uzmeta rūciņu. Viņa jutās vājprātīga, un kājas kļuva līdzīgas vārītiem spageti.

"Nāciet pie viņas un paglaudiet viņu," teica Lia. "Mazā Dorita, tā ir Brendija un viņas mamma."

"Viņas kažociņš ir jauks un mīksts," teica Brendijas mamma.

"Vai jūs gribētu aizvest līdz mašīnai?" Mazā Dorita jautāja.

"Nē, paldies," teica Brendijas mamma. Tad meitai: "Es nezinu, kā es to izskaidrošu tavam tēvam. Varbūt jums visām vajadzētu doties mājās kopā ar mani, un mēs kopā to izskaidrosim un izlemsim, vai jūs varat braukt..."

"Man jāiet," Brendija teica. "Tas ir mans liktenis." Viņa apskāva māti.

"Vai tas palīdzētu, ja tu parunātu ar manu mammu?" Lia jautāja un, negaidot atbildi, paātrināti uzzvanīja viņai, paskaidroja situāciju un nodeva telefonu Brendijas mammai, kura sarunājās ar Samantu, tad atdeva telefonu atpakaļ.

Nākamais, ko viņas zināja, bija viņu trijotne, kas skraidīja pa stāvlaukumu, meklējot mašīnu, un cilvēki apakšā trīcēja ar skaņas signāliem, fotografēja telefonos un ietriecās viens otrā ar automašīnām un trolejbusiem.

"Lūk, tā ir," teica Brendija māte.

Mazā Dorita piezemējās, un viņa noslīdēja. "Pagaidi šeit, un es paņemšu meitas somu."

Viņa atgriezās un uzmeta to Brendijai. "Paldies par braucienu," viņa teica Mazajai Dorritai. Brendijai viņa teica: "Brendija zvana uz mājām. Ikdienā. Kā E.T." Viņa noskūpstīja viņu. Tad Lijai: "Bija patīkami iepazīties."

"Arī tu," sacīja Lia, kad mazā Dorita pacēlās no zemes. "Neuztraucieties, mēs jūsu meitu pasargāsim."

Brendija māte vēroja, kā viņi aizlido, līdz vairs nevarēja viņus redzēt. Pa to laiku visi ziņkārīgie stāvlaukuma iemītnieki jau bija atraduši ko citu, uz ko skatīties, tāpēc viņa iekāpa savā mašīnā un devās mājup.

Viņa izvēlējās garo ceļu uz mājām. Viņai vajadzēja padomāt, kā viņa to visu izskaidros Brendijas tēvam.

NODAĻA 6
HARUTO

Alfrēdspagaidīja pie kafejnīcas durvīm, līdz īpašnieks, kurš gaidīja jaunu klientu. Haruto vecmāmiņa nepieminēja, ka klients ir trompetes gulbis. Kad īpašnieks ieraudzīja Alfrēdu, viņš aizveda viņu pie galdiņa tālu aizmugurē.

Alfrēds neiebilda pret to, ka viņš atrodas malā. Patiesībā viņam tas pat labāk patika, jo tur bija zīme, kas norādīja, ka tur nedrīkst atrasties mājdzīvnieki - ne jau tāpēc, ka gulbji tiktu uzskatīti par mājdzīvniekiem Japānā vai citur pasaulē, ko viņš zināja.

Klusi sēžot un gaidot Haruto tēva ierašanos, viņš izmantoja kafejnīcas bezmaksas WI-FI un atklāja dažas patiešām foršas lietas par Japānas kafejnīcu kultūru. Piemēram, Jokohamā bija kafejnīcas kaķu mīļotājiem un viena kafejnīca, kas svinēja ežus.

Pēc piecpadsmit minūtēm kafejnīcā ienāca vīrietis. Alfrēds uzreiz saprata, ka tas ir Haruto tēvs, jo viņš ātri virzījās uz viņa galdiņu.

"Naze watashitachiha daidokoro no chikaku ni iru nodesu ka?" viņš jautāja kafejnīcas īpašniekam (kas tulkojumā nozīmē: "Kāpēc mēs atrodamies pie virtuves?" - "Kāpēc mēs esam pie virtuves?" - atbildēja viņš.

"Kare wa hakuchōdakara!" atbildēja īpašnieks, pirms viņš atkāpās no galdiņa (kas tulkojumā nozīmē: Tāpēc, ka viņš ir gulbis!).

Kad pēc dažām minūtēm viņš atgriezās ar paplāti, pilnu ar burbuļtēju, īpašnieks teica: " Mōshiwakakearimasen" (kas tulkojumā nozīmē: Atvainojos.).

" Ī nda yo," ar smaidu atbildēja Haruto tēvs (kas tulkojumā nozīmē: Viss ir kārtībā.)

Alfrēdam tēju pasniedza pietiekami lielā bļodā, lai viņš tajā varētu iebāzt savu knābi. Viņa tēja bija ar ledu - labi, jo viņš negribēja apdedzināt mēli vai ilgi gaidīt, līdz tā atdzisīs.

"Domo arigato gozaimasu," teica Alfrēds (kas tulkojumā nozīmē: "Liels paldies!").

"Iie," atbildēja Haruto tēvs (kas tulkojumā nozīmē: nerunā par to.)

Kādu brīdi viņi sēdēja klusi, skatoties viens otram acīs un malkojot tēju.

"Kāpēc tu esi šeit?" Haruto tēvs pēkšņi jautāja. "Mana sieva baidās, ka jūs gribat atņemt mūsu dēlu, un jūs nevarat viņu dabūt. Jā, mēs viņu atradām, bet mēs esam vienīgie vecāki, ko viņš jebkad ir pazinis."

"Vau!" Alfrēds iesaucās. "Nekas nenotiks, ja vien jūs to nevēlēsieties. Starp citu, jūsu dēla angļu valoda ir lieliska," Alfrēds teica. "Tāpat kā jūs pats."

"Glaimojot jums nekas labs nenāks par labu. Kā jau teicu iepriekš, jūs nevarat iegūt manu dēlu."

"Ja Haruto varētu mums palīdzēt, glābt pasauli? Vai jūs joprojām teiktu nē?"

"Haruto ir tikai zēns. Tu esi gulbis. Ko zēni un gulbji var darīt, ko nevar darīt vīrieši? Jūs nevarat viņu iegūt." Viņš sakrustoja rokas.

"Ko darīt, ja mēs nevaram izglābt pasauli bez viņa palīdzības? Ko darīt, ja viņš grib mums palīdzēt?"

"Haruto neko nezina par dzīvi. Viņš nevar jums palīdzēt. Atrodi kādu citu dēlu, kādu vecāku. Kādu, kurš ir dzimis, lai glābtu pasauli. Ne zēns. Ne mans zēns, Haruto. Ne šodien, ne rīt vai jebkad."

"Ko darīt, ja mēs ļausim viņam izlemt?" Alfrēds sacīja. "Pēc tam, kad es visu paskaidrošu."

"Pastāsti man visu tagad. Un es izlemšu, kas viņam jāzina. Bet vispirms ļaujiet man pajautāt - kāpēc jūs domājat, ka tāds mazs zēns kā mans dēls var jums palīdzēt?"

"Mēs domājam, ka viņam, tāpat kā mums visiem, ir dāvanas, unikālas dāvanas. Viņš nav tāds kā citi bērni, vai ne? Kad Rozālija viņu pieminēja, viņš vēl bija bērns. Vai viņš ir novecojis ātrāk nekā citi bērni?"

Haruto tēvs pakratīja galvu. "Kad mēs viņu atradām pirms pieciem gadiem, viņš bija mazulis. Viņš ir izaudzis kā jebkurš bērns."

"Ak, atvainojiet. Rozālijai nebija laika atjaunināt vai papildināt savas piezīmes. Tomēr, vai jūs nevēlaties, lai jūsu dēls būtu kopā ar citiem bērniem, kuri ir tikpat apdāvināti kā viņš? Viņš būtu viens no mums, mūsu pieņemts. Un mēs cienītu viņa dāvanas un aizsargātu viņu."

"Vai jūs domājat, ka es nevaru aizsargāt savu dēlu?"

"Nē, kungs. Es to nemaz nesaku. Es saku, sakot jums, ka viņš ir vajadzīgs mums, un varbūt, tikai varbūt, ka arī viņam esam vajadzīgi mēs. Zēns, kurš stāv viens, nekad nevar būt tik spēcīgs kā zēns, kurš ir komandas biedrs." "Mēs esam vieni no tiem, kas ir komandas biedri," viņš teica.

"Varbūt viņš ir vientuļš. Iespējams, bet viņš ir jauns, un viņš no tā izaugs." Haruto tēvs klusēja, pirms pajautāja: "Kāda ir tava dāvana un kas ir ienaidnieks?"

"Man ir dziednieciskas spējas cilvēkiem un dzīvniekiem - galvenokārt dzīvniekiem. Es varu lasīt domas. Lia var redzēt nākotni. E-Z glābj dzīvības. spēju dziedināt slimos un lasīt domas. Mums pat ir supervaroņu tīmekļa vietne, kuru varu jums parādīt, ja vēlaties visu redzēt paši kā pierādījumu."

"Es jau redzēju jūsu mājaslapu," teica Haruto tēvs. "Jūs esat pazīstami kā *Trīs*. Vai jūs trīs neesat pietiekami spēcīgi, lai stātos pretī jebkādiem ienaidniekiem? Kā tāds mazs zēns kā Haruto var jums palīdzēt? Viņš diez vai atceras tīrīt zobus."

"Es to saprotu. Man arī bija dēls, kad es biju cilvēks."

"Jūs kādreiz bijāt cilvēks? Kas notika ar tavu dēlu?"

"Viņi nomira, un es pārtapu par gulbi. Tas ir garš un sarežģīts stāsts. Galvenais, ka vēl nesen mēs nezinājām, ka ir vēl citi bērni. Tā bija Rozālija. Viņa bija apbrīnojama dāma, ar spēju domās sazināties ar bērniem. Viņa runāja ar Lia, Haruto, Brendiju un Lači. Viņa visus apvienoja un par to samaksāja augstu cenu.

Fūrijas viņu nogalināja, kad viņa nevēlējās viņiem atklāt nekādu informāciju par bērniem. Bez Rozālijas mēs nezinātu, ka citi eksistē, un mēs nebūtu šeit, vēloties aizsargāt jūsu dēlu vai lūdzot viņa palīdzību, lai sakautu šīs ļaunās māsas.

"Mani sūtīja runāt ar Haruto un paskaidrot, pret ko mēs esam nostājušies. Protams, viņš var atteikties, jūs varat atteikties viņa vietā - bet bez viņa mēs, iespējams, nespēsim uzvarēt ļaunās dievietes, ko dēvē par Fūrijām." "Mēs varam atteikties," sacīju.

Saimnieks piedāvāja vēl tējas. Alfrēds atteicās, tomēr Haruto tēva rokas nedaudz trīcēja, kad viņš pacēla tikko uzpildīto tēju un iedzēra.

"Vai Haruto ir jaunākais bērns?"

Alfrēds pieskārās.

"Pastāstiet man par pārējiem diviem jaunpienācējiem."

"Brendijs nomirst un atdzimst no jauna. Lāči spēj runāt, un viņu saprot visas radības."

"Šī Brendija katru reizi atdzimst kā viņa pati?" Haruto tēvs jautāja.

"Tā es saprotu."

"Cik viņa ir veca?"

"To es precīzi nezinu, bet, manuprāt, viņa ir pusaudze. Kāpēc tas ir svarīgi?" Alfrēds jautāja.

"Tāpēc, ka atkārtota atdzimšana, paliekot cilvēka stāvoklī, nozīmē, ka Brendija ir iestrēgusi Mācīšanās stadijā. Tāpēc viņai labi klāsies ar citiem, kas ir attīstītāki par viņu. Viņa mācīsies no viņiem, un, iespējams, tas viņai palīdzēs sasniegt nākamo pakāpi."

Alfrēds nedaudz saprata, bet neko neteica.

"Mans dēls nevirzītu Brandijas dzīvi uz priekšu, tāpēc es neļaušu viņam piedalīties šajā cīņā. Atvainojos, ka tērēju jūsu laiku."

"Nu, es esmu mērojis visu šo ceļu - ko gan man kaitēs, ja es ar viņu aprunāšos, klātesot tev, tavai sievai un mātei. Dodiet viņam iespēju izvēlēties. Ļaujiet viņam izlemt. Ja tas viņam neder, ja jums šķiet, ka viņš ir pārāk jauns vai nesagatavots - mēs sapratīsim, - bet, lūdzu, vismaz parunāsim ar viņu par to. Redzēsim, cik daudz viņš spēj saprast. Ļaujiet viņam būt tam, kurš teiks "nē" - tad es iekāpsim atpakaļ lidmašīnā, un jūs mani vairs nekad neredzēsiet." Viņš atteicās.

"Tu esi gulbis, un tu lidosi ar lidmašīnu?" viņš skaļi pasmējās. Citi kafejnīcas apmeklētāji pievienojās, lai gan viņiem nebija ne jausmas, kāpēc viņš smejas. Viņi smējās, jo Haruto tēva smiekli bija lipīgi.

"Pastāstiet, ko jūsu komanda plāno darīt un kāpēc. Tad es pieņemšu lēmumu. Ja jūs spēsiet mani pārliecināt, tad, iespējams, es ļausim jums mēģināt pārliecināt Haruto."

"Kad mēs nomirstam, mūsu dvēseles pamet mūsu ķermeņus un dodas mūžīgā atpūtā tā sauktajā dvēseļu ķērājā. Es zinu, ka tas atšķiras no tā, kam mēs ticam, bet tā ir taisnība. Fūrijas ir nogalinājušas bērnus - bērnus, kas spēlē datorspēles, - un pēc tam ievieto viņu dvēseles citām dvēselēm paredzētajos Dvēseļu ķērājos. Kad citi mirst, viņu Dvēselēm nav kur iet."

Haruto tēvs dažus mirkļus klusēja.

"Ja viņš vēlēsies, dēls, Haruto palīdzēs. Viņš tev pateiks, kāds ir viņa talants. Viņš tev pateiks, ko viņš vēlas, lai tu zinātu, un viņš izlems."

"Paldies," Alfrēds teica.

Viņi piecēlās, izgāja no kafejnīcas un devās uz Haruto mājām. Kad viņi ieradās, nekavējoties tika pasniegtas vakariņas, un visi tika iepazīstināti ar misijas gaitu.

"Kas notiks ar pārējām dvēselēm? Ja tām nav, kur iet?" Haruto jautāja, noliekot nūjiņas un iedzerot ūdeni.

"To mēs droši nezinām," atbildēja Alfrēds. Viņš paskatījās uz Haruto tēvu, kurš pieskārās. "Bet Rozālija. Vai jūs atceraties Rozāliju?"

"Jā, es viņu pazinu, un es zinu, ka viņa nomira," sacīja Haruto. Viņš apsēdās ļoti taisni: "Vai jūs domājat, ka viņas dvēselei nav mājvietu? Kā es varu viņai palīdzēt nokļūt mājās?"

"Es priecājos, ka tu vēlies palīdzēt, Haruto," sacīja Alfrēds. "Rozālijas dvēseli droši glabā divi gribētāji eņģeļi, kas pagātnē ir palīdzējuši mums un E-Z. Tātad pagaidām viņai viss ir kārtībā.

"Pirms es paskaidrošu vairāk, man ir interesanti, kādas īpašas spējas tev piemīt?"

Haruto piecēlās, paskatījās uz tēvu, kurš mājienā pieskārās, tad teica. "Es pārvietojos ļoti ātri." Un viņš sāka griezties, aizvien ātrāk un ātrāk un ātrāk, līdz pazuda.

"Vau!" Alfrēds teica. "Tu esi kā Tasmānijas velna izzušanas versija!"

"Mēs nekad nenogurstam, redzot viņu darbībā," teica viņa māte. Līdz šim komentāram viņa bija manami klusējusi. "Atgriezies, bērns," viņa teica. "Atgriezies."

Viņš ieradās tādā pašā veidā, kā bija pazudis, tikai šoreiz viņi nevarēja redzēt, kā viņš virpuļo, līdz viņš atkal parādījās. "Es atkal esmu izsalcis!" Haruto iesaucās. Viņš apsēdās, piepildīja savu šķīvi un alkatīgi ēda.

"Vai tu vienmēr esi izsalcis?" Alfrēds jautāja.

"Vienmēr," sacīja Sobo, piedāvājot mazdēlam vēl ēdiena. Viņš piekodināja, pārāk aizņemts ar ēšanu, lai atbildētu.

Kad Haruto bija apēdis visu, Alfrēds paskaidroja, ka E-Z's kalpos kā komandas štābs jeb bāze. Viņš aizkavējās, meklējot īstos vārdus, lai pastāstītu par briesmām, kurās viņi visi būs pakļauti.

"Ļaujiet man pateikt, pirms jūs piekrītat, - ka Fūrijas ir ļaunas, briesmīgas būtnes, kas soda bērnus, kaut arī viņi nav izdarījuši neko sliktu. Viņas ir atņēmušas bērnu dzīvības - par sliktām domām, nevis par sliktiem darbiem, un nolaupījušas dvēseļu ķērājus no citiem. Mums tās ir jāaptur un viss atkal jāsakārto. Un tās ir ārkārtīgi bīstamas un varenas dievietes."

Haruto tēvs sacīja: "Es aizliedzu tev iet!"

"Bet tēvs, tu esi mani mācījis, ka mana rīcība šajā dzīvē turpināsies arī nākamajā. Tāpēc man jāsaka "jā"." Viņš paskatījās uz Alfrēdu un teica: "Uzskaiti mani!"

"Haruto, mēs kā tava māte un tēvs vēlamies, lai tev izdodas, bet vēlamies, lai tu būtu mums blakus, nevis otrā pasaules malā ar svešiniekiem."

Haruto piecēlās no savas vietas un apmetās vecmāmiņai ap kaklu. Viņi abi čukstēja turp un atpakaļ japāņu valodā, lai Alfrēds nevarētu saprast.

"Sobo saka, ka viņa mani pavadīs, bet viņa baidās, ka viņas laiks ir tuvu. Ja viņa nomirs un nebūs Japānā, kā viņas dvēsele atradīs ceļu uz mājām?"

"Ar mums strādā daži erceņģeļi un erceņģeļu palīgi. Viņi sargā Rozālijas dvēseli, un, ja kaut kas notiktu ar tavu vecmāmiņu, esmu pārliecināts, ka viņi pasargātu arī viņas dvēseli. Kamēr viņu dvēseļu ķērāji nebūs gatavi."

"Es ļoti lepojos ar jums," sacīja Sobo, "un man būs prieks jums pievienoties lidojumā. Es priecājos iepazīties ar pārējiem supervaroņu bērniem. Šim Sobo būs vairāk mazbērnu." Viņa apskāva Haruto.

Haruto māte un tēvs pievienojās. Tas bija ģimenes apskāviens. Alfrēda sejā ieplūda asaras. Gulbju raudāšana ir skumjākā lieta uz zemes.

Kad viņi šķīrās, trauki tika savākti un nodoti mazgāšanai. Visiem tika pasniegta tēja, izņemot Haruto.

"Es pagatavoju savu somu," viņš teica. "Labas nakts."

"Es rezervēšu mūsu lidojumus un paziņošu jums informāciju," teica Alfrēds.

Viņš devās atpakaļ uz viesnīcu un rezervēja lidojumu. Pēc tam viņš nosūtīja visu informāciju Čārlzam Dikensam. Viņš cerēja, ka Čārlzs varētu viņus sagaidīt Hītrovas lidostā un viņi visi kopā lidos uz E-Zu.

Pēc nogurdinošās dienas Alfrēds uzlēca uz savas karalienes izmēra gultas. Viņš mīdīja spilvenus un skatījās televīziju, līdz beidzot aizmiga.

NODAĻA 7
CEĻĀ

Visiem bērniem dodoties uz E-Z māju, gaisā bija**jūtama**enerģija, ko sauca par cerību. Šķita, ka šī enerģija izplatās no vienas pasaules malas uz otru. Tik ļoti, ka tā sasniedza Fūrijas.

Trīs ļaunās dievietes dejoja ap uguni, ko tās bija izveidojušas katlā no mirušo kauliem. Augšā pacēlās daudzgalvaina liesmojoša bumba. Viņu acu priekšā tā sadalījās trijās uguns lodēs.

Dievietes piepildīja uguns lodes ar arvien lielāku enerģiju, līdz šķita, ka dusmīgās lodes eksplodēs. Tad viņas sūtīja tās ceļā, lai atrastu un sagrautu cerību, kas dzīvoja viņu ienaidnieku sirdīs.

Pirmā ugunskule devās uz tālāko galamērķi, lai satiktu un iznīcinātu E-Z, Lači un Bēbiju. Ugunīgais objekts pa ceļam sadalījās, sadaloties no milzīgā ātruma, līdz tas bija boulinga bumbas lielumā. Tas pietuvojās neko nenojaušošajai trijotnei, pret kuru tas virzījās.

Pateicoties Hadža un Reiki uzlabojumam, E-Z ratiņkrēsla sensori brīdināja viņu par tuvojošajām briesmām. GPS atklāja nedzīvu objektu, kas ātri pārvietojās un virzījās tieši uz viņiem.

"Kaut kas tuvojas tieši pret mums!" E-Z kliedza. "Nosēžamies un izkļūsim no tā ceļa."

"Righto," sacīja Lači, kad trijotne nolaidās.

Taču liesmojošā bumba sekoja viņiem, it kā tai būtu savs izsekotājs. Neatkarīgi no tā, cik zemu viņi bija nolaidušies, tā nemitīgi turpināja viņus sekot.

Viņi apstājās, karājoties, sagrupējušies - nedomāja, vai tagad piezemēties, vai arī mēģināt to pārspēt citā veidā. Ja viņi piezemēsies, un šī lieta sekos, tā varētu nogalināt vai ievainot citus. Viņi negribēja pakļaut briesmām nevienu citu, jo tas dzinās pēc viņiem.

"Ko mēs darīsim?" Lači jautāja.

"Tu un Baby slēpieties, ļaujiet man un manam krēslam tikt ar to galā."

"Mēs tevi neatstāsim!" Lašijs iesaucās, un Bēbija piekodās.

"Labi, tad ej aiz manis," teica E-Z. Viņš zināja, ka viņš un viņa ratiņkrēsls ir ložu necaurlaidīgi, bet vai tie bija ugunsdroši? Viņš to noskaidros pēc 5, 4, 3, 2, 1.

Mazulis izstiepa kaklu, izlaida rēcienu ar tik plaši atvērtu muti, cik vien tā varēja - un uguns bumba ielidoja tieši tajā. Pūķa acis izspūrušas, un viņa lūpas trīcēja, kad viņš savaldīja sevī ugunīgo zvēru. Tad viņš aizlidoja, Lašijam par dzīvību turoties pie viņa kakla, un aizlidoja tālu prom, meklējot vietu, kur atbrīvoties no tā, kas viņu no iekšpuses dedzināja.

Beidzot viņi atrada vietu, kur to droši iemest jūrā. Mazulis atvēra muti, un tas izlidoja ārā. Joprojām degoša, lieta slīdēja pa ūdens virsu, it kā būtu apņēmības pilna palikt dzīva, bet galu galā tā padevās un, iegrimstot okeānā, izšķīrās.

"Jā!" E-Z kliedza. "Labi, mazulis!"

Baby un Lachie atgriezās E-Z pusē: "Kas notika?"

"Baby bija pārsteidzošs! Viņš iemeta uguns bumbu jūrā. Tagad tas ir tikai vēl viens akmens."

"Paldies, Baby," teica E-Z. "Tas bija mazliet par tuvu, lai justos ērti."

"Piekrītu. Un Bērniņš ir pelnījis cienastu. Kaut ko vēsu viņa kaklam."

"Lai ko Bēbītis vēlas," sacīja E-Z. "Pirms turpinām iet uz leju un atpūsties."

Lači apskāva Bērniņa kaklu, un viņi devās lejā, lai atvairītu savu pirmo un, viņi cerēja, arī pēdējo sastapšanos ar trako ugunskuru.

"Vai tu domā, ka tas bija The Furies?" Lašijs jautāja.

"Es nedomāju, ka viņi zina par mums. Es domāju, viņi zina, ka mēs eksistējam, bet ne konkrēti."

"Tā lieta bija vērsta pret mums. Mēģināja mūs nogalināt. Kurš vēl gribētu mūs nogalināt?"

"Tev taisnība, tā nāca tieši uz mums. Droši vien tā bija tikai sagadīšanās. Es ceru."

"Vai mums nevajadzētu brīdināt pārējos?"

E-Z paskatījās uz savu telefonu. Viņam bija nulle joslu. "Mana komanda var tikt galā pati ar sevi, un es negribu viņus biedēt. Cerēsim, jo tas ir vienreizējs gadījums."

***

Furijas raidīja otru liesmojošu disku Jokohamas virzienā. Alfrēda un Haruto lidmašīna jau atradās uz skrejceļa un gatavojās pacelties.

Ugunīgā bumba lidoja uz viņiem, bet izvēlējās neveiksmīgu ceļu - garām 59 pēdu robotam, kurš izstiepa roku, noķēra to un tad saspieda. Pelni sadega uz platformas zem tā.

Lidostā Alfrēda un Haruto lidmašīna pacēlās droši, un pāris tā arī nenojauta, ka viņi ir kļuvuši par mērķi.

****

Trešā un pēdējā liesmojošā bumba aizlidoja Fīniksas, Arizonas štatā, virzienā. Tā lidoja apkārt un apkārt, stundām ilgi meklējot savu mērķi, bet nespēja to atrast.

Mazā Dorita bija izcila vienradze, kuras rīcībā bija pretatklāšanas vairogs, un tas vienmēr bija gatavībā. Galu galā Mazās Dorrit galvenais uzdevums bija aizsargāt savus pasažierus.

Pēc bezmērķīgas lidināšanās apkārt liesmojošā bumba tā vietā, lai ar ātrumu sadalītos, palielinājās, līdz kļuva komētas lieluma. Tad tā atgriezās mājās pie saviem likumīgajiem īpašniekiem - Fūrijām.

Liesmojošais objekts, kas neatpazina draugu no ienaidnieka, stundām ilgi vajāja kliedzošās Fūrijas pa Nāves ieleju. Tās bēga, lai glābtu savas dzīvības, līdz Tisi izdomāja burvestību.

Sākumā bumba apstājās gaisā, un trīs dievietes ar gandarījumu vēroja, kā tā iekrīt katlā un aplejas ar sēņu sautējumu.

Alli lidoja tai pretī, aizspiežot vāku.

Tad Fūrijas atgāza galvu atpakaļ un hekoja to, dejojot, dziedot un smejoties.

Līdz katlā atskanēja sprādziens. Kā popkorna graudiņi, kas sakarst. Skaņas kļuva aizvien skaļākas, jo katla vāks no iekšpuses ieplaisāja un beidzot pacēlās pietiekami, lai jaundzimušās uguns bumbiņas varētu aizbēgt.

Mazās uguns bumbiņas, kurām nebija kur iet, vērsās pret Furijām, vajādamas tās, kad viena pēc otras tās izgaisa.

Dziedošas, nogurušas un aizkaitinātas trīs dievietes aicināja Ēriēlu nākt tām palīgā, taču šoreiz viņš neatbildēja.

Kamēr viņš viens pats lidoja pāri debesīm, jo Lači un Bērns ceļoja lēnāk, jo Bērnam bija blakusparādības, ko izraisīja uguns lodes norīšana, E-Z novērtēja savu komandu. Pāris reizes rindā viņš saņēma īsziņas, kas apstiprināja, ka arī viņi par viņu domā.

Lia nosūtīja ziņu, kas apstiprināja Brendija spējas, un Alfrēds bija izdarījis to pašu attiecībā uz Haruto spējām.

E-Z nebija atbildējis, paziņojot viņiem par Lači spējām. Tā vietā viņš vēlējās pārrunāt lietas, lai redzētu, kā viņam un viņa septiņu cilvēku komandai (ieskaitot Čārlzu) veiksies pret trim varenām, bet ļaunām dievietēm.

Veicot inventarizāciju prātā, viņš atgādināja sev par savas komandas priekšrocībām:

Es varu lidot, tāpat arī mans krēsls. Mēs esam ložu necaurlaidīgi, un es esmu ārkārtīgi spēcīgs. Es esmu labs līderis, esmu gudrs un man piemīt spēcīga empātija.

Lia ir iedvesmojoša, empātiska, laipna, gudra un spēj lasīt domas un ieskatīties nākotnē.

Alfrēds ir spēcīgs, inteliģents un kā vecākais dalībnieks gudrs ar vecumu. Viņš ir empātisks, dažkārt spēj lasīt domas un dziedināt slimos.

Lači sazinās ar radībām. Viņš ir vientuļnieks, bet tā nav viņa vaina. Viņš ir empātisks, inteliģents. Viņš zina, kā izdzīvot pretēji visām izredzēm, un viņam noderēs viņa maskēšanās spējas.

Haruto ir jaunākais, bet viņš ir izdzīvotājs. Viņš spēj spītēt savai neredzamībai.

Brendijs ir miris - vairākas reizes - un atkal atdzīvojies. Viņa noteikti ir izdzīvotāja.

Pēdējais, bet ne mazāk svarīgs ir Čārlzs Dikenss. Viņa spējas nav zināmas. Taču viņš ir gudrs, iejūtīgs un spēj pielāgoties.

Izmantojot savu telefonu, kad viņam pietika bāru, viņš internetā meklēja vēsturiskus dokumentus, lai noskaidrotu, kādas spējas Furija varētu dot:

Fjūrijs: pārcilvēcisks spēks.

Izturība, tostarp augsta tolerance pret sāpēm.

Vitalitāte.

Zirneklim līdzīga veiklība.

Izturība pret ievainojumiem un īpaši ātras dziedināšanas spējas.

Lidojums.

Pārveidošanās - pārtapt citas personas veidolā.

Neredzamība.

Viņi varēja nodarīt sāpes saviem upuriem.

Meg varēja izdalīt parazītus. YUCK.

Pagaidiet, te teikts, ka Fūrijas vēsturiski pārstāvēja taisnīgumu. Tur teikts, ka agrāk tās kaitēja tikai ļaunajiem un vainīgajiem... ka labajiem un nevainīgajiem nebija no kā baidīties. Kas tad mainījās? Kāpēc viņas juta vajadzību nogalināt nevainīgus bērnus, lai to izdarītu, izmantojot spēli?

Viņš lasīja tālāk, domādams, kā tieši viņi nogalina bērnus. Saskaņā ar leģendu Fūrijas nekad fiziski nekaitēja nevienam no likumpārkāpējiem. Tā vietā viņas izmantoja vainas apziņu, lai padarītu viņus trakus.

Viņš atcerējās par zēnu, kurš bija mēģinājis viņu nošaut. Tās bija pārliecinājušas viņu, ka, ja viņš nedarīs to, ko viņas teica, viņas kaitēs viņa ģimenei.

Viņš brīnījās, kur tagad ir šis bērns. Vai viņš bija kādā no Dvēseļu ķērājiem?

Viņš turpināja meklēšanu, lai noskaidrotu, vai Fūrijas bija spējīgas uz žēlsirdību, taču nevarēja atrast tam pierādījumu.

Viņš pievienoja sarakstam to, ko jau zināja, - Fūrijas bija mirstīgie. Tā bija viena lieta, kas viņam un ļaunajām dievietēm bija kopīga, un viņam un viņa komandai vajadzēja atrast veidu, kā to izmantot savā labā.

Lači un Bēbija pieķēra E-Z.

"Kā Baby klājas?" viņš jautāja.

"Tagad viņam klājas labāk," atbildēja Lači.

Baby atgāza galvu atpakaļ, izlaida rēcienu un metās uz priekšu.

"Pagaidi mani!" E-Z sauca.

NODAĻA 8
FURIES

Ar netīro cerības sajūtu, kas vēl aizvien smirdēja gaisā, Fūrijas gaidīja. Tās bija salabojušas apdegušās drēbes un sakārtojušas apdegušos matus. Par laimi, čūskas palika neskartas. Lai padarītu sevi reprezentablas gaidāmā viesa ierašanās priekšā.

Viņš bija viņu labdaris. Tas, kurš bija atvedis viņus atpakaļ uz zemes. Ierosinot viņiem izveidot bāzi nenosakāmajā Nāves ielejas sirdī.

Pirms uguns lodes neveiksmes viņi bija redzējuši zīmes. Zīmes, kas liecināja, ka tagad viss vēršas pret viņiem. Pārmaiņas bija labas, bet tikai tad, ja viņi tās kontrolēja. Viņu laiks tuvojās. Viņiem bija jābūt gataviem doties uz priekšu. Notikumi vērsās viņiem par labu. Viss, kas viņiem bija jādara, bija jāgaida. Tad jābūt gataviem uzbrukumam.

"Ēriels," sūkstījās Meg.

Erielis, viņu mīļotais vadonis, beidzot bija ieradies.

"Kas jaunākais?" Tisi jautāja. "Mēs esam atbaidīti no visām šīm cerībām, kas virmo gaisā."

"Jā, šīs cerību lietas mūs nomāc," Tisi un Allija dziedāja, dancojot ap degošo uguni.

Viņš vēroja, kā viņas dejo kailas kā banses. Pukšķinot pātagas, kamēr čūskas, kas viņām bija roku un matu vietā, slīdēja un nejauši spļāvās.

Ēriels nolaidās pār viņām kā melns mākonis, piezemējās, tad salocīja spārnus. Viņa milzīgais augums lika Furijām izskatīties pēc lellēm. Viņš stāvēja ar rokām uz gurniem, tad nolaidās uz viena ceļa, lai nokāptos vienā līmenī ar viņiem. Tas bija viņa veids, kā nolaisties līdz viņu līmenim, tajā pašā laikā paliekot virs viņiem. Viņš gribēja, lai viņi zinātu, ka viņi strādā viņa labā, nevis otrādi. Viņam bija apnicis to māsām uzspiest, un tomēr viņš baidījās, ka tas ir vienīgais veids, kā noturēt viņus saskaņā ar noteikumiem.

"Nav cerību - ne tagad, kad mēs strādājam kopā," sacīja Ēriels. "Un nevajag smieties. Nu, es domāju, ka jūs varat smieties. Tieši tā es darīju, kad pirmo reizi dzirdēju, ka viņi sūta bērnu komandu, lai tevi nogalinātu."

Fūrijas bija histērijā. Viņu balsis atbalsojās visā Nāves ielejā un aizbiedēja visus putnus.

"Tie idioti!" Mege sacīja.

"Mēs šos bērnus apēdīsim - brokastīs, pusdienās un vakariņās," sacīja Tisi, aplaizīdama lūpas.

"Mēs neēdam bērnus," sacīja Alli. "Bet tu esi smieklīga, māsa. Mēs gribam tikai viņu dvēseles. Un es nevaru atcerēties, KĀPĒC mēs tās gribam. Paskaidrojiet to vēlreiz, mīļā māsa."

Mege sacīja: "Mēs pildām Ēriēla pavēli. Viņš vēlas Dvēseļu ķērājus, un mēs viņam tos iegūstam. Kad mēs izpildīsim viņa prasības, mēs atkal kļūsim par Nyx meitām - Labestīgajām - un atkal valdīsim naktī un darīsim, ko vien gribēsim."

"Tad, ja es gribēšu nobaudīt kādu no bērniem, es to varēšu, vai ne?" Tisi jautāja. "Man vienmēr ir bijis interesanti, kāda būtu viņu garša." Viņa pārmeta acis un nopūta gaisu. Čūska uz viņas galvas metās viņam pretī.

Ēriels nopriecājās. "Tie nav parastie bērni, piemēram, tādi, kurus tu vajā spēles laikā. Tie ir apdāvināti bērni ar spējām un spējām. Tomēr es jūs informēšu, un jums būs vajadzīga mana palīdzība."

"Jūsu palīdzība? Lai uzvarētu bērnus, vienkāršus zīdaiņus?!" Trijotne smējās un, izmantojot savus spēcīgos sikspārņu spārnus, lidoja, paceļoties virs zemes. "Mēs viņus pārspēsim, pirms viņi pat uzbruka." Čūskas sūkstījās un spļāvās, piekrītot.

"Tāpat kā mēs to darījām baltajā istabā. Tāpat kā mēs to izdarījām ar viņu draudzeni Rozāliju. Viņa nevēlējās mums pateikt, kas tika sūtīts pēc mums. Mēs gribējām to zināt un bijām noguruši gaidīt, kad tu mums to pateiksi. Tāpēc mēs viņu aizvedām," sacīja Mega.

"Jā, un tu gandrīz atdevi spēli! Turklāt žēl, ka jūs neaizgrābāt viņas dvēseli un neievietojāt to Dvēseļu ķērājā," sacīja Ēriels. "Tagad ir vaļā beigas. Neizdibinātie gali kļūt par pavedieniem tiem, kas tos meklē." "Neizdibinātie gali var kļūt par pavedieniem tiem, kas tos meklē."

Viņi pacēla acis debesīs un ieraudzīja krāsu svītru, kas līdzinājās varavīksnei un stiepās no vienas puses līdz otrai. Tikai tā nebija varavīksne, tā bija enerģija. Enerģija no tiem, kurus erceņģeļi bija savervējuši, lai darītu to, ko viņi paši nespēja izdarīt.

"Mēs zinām, ka viņi tuvojas, un viņiem pret mums nebūs nekādu izredžu!" Tisi sašūpojās.

Nu, viņiem izdevās pārspēt tās infantilās ugunskristības, ko jūs sūtījāt!" Eriels iesaucās. "Tik vājš un amatierisks mēģinājums, kāds tas bija! Man bija kauns strādāt kopā ar jums! Labi, ka neviens nezina par mūsu saikni."

Ar saspiestiem dūrēm un zobiem Fūrijas nevirzījās uz priekšu, līdz Alli salauza ledu.

"Māsas, viņa viedoklim par mums nav nozīmes. Mēs darījām visu, ko varējām. Bija vērts mēģināt. Turklāt mūsu rīcībā jau ir daudz dvēseļu." Viņa samaisīja katliņu, uzslaucīja nedaudz zupas uz kausiņa, pēc tam izspļāvusi to ārā. "Pārāk daudz sāls," viņa teica. Viņa pievienoja ūdeni, tad meža sēnes un dažus mazos kartupeļus. "Un katru dienu mēs vācam arvien vairāk bērnu dvēseļu. Man jau apnicis šeit gaidīt, kad bērnu supervaroņi nāks pie mums. Lai viņi sakārtotos. Kad viņi būs visi kopā, kāpēc mēs tos vienkārši nenogalinātu?"

"Māsa, jums jābūt pacietīgai."

"Es esmu nogurusi no pacietības. Es esmu nogurusi no - es esmu vienkārši un vienkārši nogurusi," sacīja Allija. Viņa samaisīja un, iemaisījusi dažus savvaļas garšaugus un garšvielas, nogaršoja zupu, un tā bija laba. "Vakariņas ir gatavas," viņa teica.

"Jūs būsiet pacietīgi un nerīkosieties - ja vien es jums nelūgsim rīkoties. Tā ir mana spēle, un es esmu tevi uzaicinājusi spēlēt. Bez manis jūs būsiet tikai trīs nevajadzīgas dievietes, kas pārgulēs atlikušo mūžu." Viņš ar zābaku uzbakstīja smiltis. "Un ir ļoti žēl, ka jums jāēd cilvēku barība. Diezgan liels pazeminājums - jo tagad jums ir nepieciešama iztika, lai izdzīvotu. Kad es valdīšu pār zemi un visi Dvēseļu ķērāji dzīvos šeit, es sitīšu **ZEMES PAUZI.** Es valdīšu pār zemi, un, ja jūs pareizi spēlēsiet spēli. Ja jūs darīsiet tā, kā es jums lūdzu, tad jūs būsiet manā pusē. Dalīties laimestā. Ja jūs rīkosieties pret mani, tad jūs atgriezīsieties putekļos." "Ja jūs būsiet pret mani, tad jūs atgriezīsieties putekļos.

Pēc tam, kad viņš izrunāja vārdu "putekļi", viņš izpleta rokas un spārnus, pacēlās virs zemes un pazuda.

Fūrijas dziedāja kopā, malkojot zupu. Čūskas, kas bija visagrākās, to laizīja, un, lai gan bija iztīrījušas katlu, tomēr vēlējās vēl.

"Tagad, kad viņš ir prom," sacīja Mega, "parunāsim par mūsu pašu galu." "Tagad, kad viņš ir prom," sacīja Mega, "parunāsim par mūsu pašu galu spēli."

Tisi un Alli krakšķēja.

"Eriels tic, ka viņš atjaunos mūs dievišķajā stāvoklī, bet mēs neļausim šim erceņģelim pārņemt zemi. Kurš gan var teikt, ka viņš mūs neatstās putekļos, kad mēs būsim paveikuši visu darbu? Erceņģeļi ne vienmēr pilda savus solījumus. Mums arī nav jāpilda savi, vai ne, māsas?"

"Kas viņš domā, ka viņš ir Izredzētais?" Alli jautāja.

Megija smējās. "Viņu nav izredzējis nekas un neviens, bet mums viņš tomēr ir vajadzīgs."

"Jā," teica Tisi. "Viņa pašpārliecinātība ir viņa trūkums." Viņa samazināja balsi līdz čukstam: "Katru reizi, kad viņš runā, viņš pats sevi vājina. Katru reizi, kad viņš nodod citus erceņģeļus, viņš atdod vēl mazliet savas varas."

Māsas atkal sāka dziedāt:

"Rītdienas zupa būs vervēto bērnu asinis.

Pēc vakariņām mēs izklaidēsimies ar hula-hoop,".

Mege pārņēma dziesmu,

"Zīdaiņi, bērni ļauni mazi un vainīgi kā muļķi

Mēs teiksim nost ar viņu galvām, ja mums viss veiksme!"

Alli dziedāja,

"Tumsas meitas pret bērniem, kuriem nav ne jausmas.

Debesis līs ar asinīm, pirms mēs beigsim!"

Viņi krakšķēja un sūkstījās, laužot pātagas un dejojot, kamēr mēness debesīs kāpa arvien augstāk un augstāk. Noguruši viņi nokrita uz zemes un gulēja dubļos. Čūskas deva priekšroku šādai pozai - un arī gulēja -, nevis sūkstījās un kustējās visu nakti.

"Labas nakts, māsas," tās teica rindās, gluži tāpat kā redzēja, kā cilvēki to darīja televīzijā raidījumā "Voltoni" caur savu satelītantenu. Tas bija viens no viņu iecienītākajiem raidījumiem. "Un no rīta mēs vēlreiz pārskatīsim plānu."

NODAĻA 9
PAFHS9

Semaun Samanta sacentās, gaidot, kura bērnu grupa atgriezīsies pirmā. Uzvarētājs visu mēnesi katru vakaru celsies kopā ar dvīņiem, tāpēc likmes bija augstas.

Sems izvēlējās E-Z, Lia, tad Alfrēds. Samanta izvēlējās Alfrēdu, E-Z un tad Lia.

"Bet E-Z ir Austrālijā," Samanta aizrādīja. "Tu tik ļoti zaudēsi. Es par tevi domāsim - NĒ -, kad mēnesi naktī gulēšu pa nakti."

"Tu izvēlējies Alfrēdu, un viņš lido ar lidmašīnu! Tu taču zini, kā viņi vienmēr pārblīvē biļetes un reti ievēro lidojumu grafiku. Savukārt E-Z var ierasties un izbraukt, kā viņam tīk, un viņa ratiņkrēsls ceļo apbrīnojami ātri! Es tik ļoti grasos uzvarēt, un es esmu tik pārliecināts, ka atsaldēšu derības un padarīšu tās sešus mēnešus. Vai esi gatavs palielināt likmi?"

Samanta apsvēra šo jauno piedāvājumu. Šādas derības var kaitēt laulībai, turklāt viņiem jau tā trūka miega, jo abi katru nakti pamodās, lai nodarbotos ar dvīņiem. Viņa viņu apskāva: "Vienkārši to vienkārši izrunāsim. Vienu mēnesi."

"Vistas," Sems sacīja, apskāvies ap sievu. Viņš noskūpstīja viņu uz pieres, kad Džila nopūtās, un Džeks drīz vien viņai pievienojās. "Es aiziešu," viņš teica.

"Iesim kopā," Samanta teica, paņemot vīra roku savā, un viņi devās uz priekšu.

Mazā Dorita ar spārniem atgriezās atpakaļ ar vislielāko ātrumu.

"Vai mēs nevaram aiziet uz leju un paņemt kādu dzērienu?" Brendija jautāja.

"Tikai nē," sacīja mazā Dorita.

"Nāc," teica Lia, "tas aizņems tikai pāris minūtes."

"Es negribu tevi biedēt," sacīja Mazā Dorita, "bet man ir slikta sajūta, un es gribu, lai mēs pēc iespējas ātrāk aizbraucam no atklātas vietas."

"Labi," abas meitenes piekrita.

Jau gandrīz mājās, Lia nosūtīja īsziņu Samantai, ka pēc dažām minūtēm viņas būs mājās.

"Ak, mēs abas kļūdījāmies!" viņa teica.

"Bet vienai no mums tik un tā katru nakti būs jāceļas kopā ar dvīņiem," teica Sama.

"Mēs celsimies pēc kārtas," teica Samanta, kad viņa un Sems tagad, kad dvīņi bija iekārtojušies atpakaļ gulēt, devās uz dārzu. Drīz viņa ieraudzīja mazo Doritu, kas ieradās piestāt.

Lia un Brendija izlēca.

"Tas bija patiešām forši," teica Brendija. "Paldies, mazā Dorrit." Viņa apskāva vienradžiņu, kurš atbildēja: "Nav nekādu iebildumu."

"Jā, paldies, ka par mums parūpējāties," teica Lia.

"Vai, rūpējoties par jums, bija kādas problēmas?" Sems jautāja.

"Nekas tāds, ar ko es nevarētu tikt galā," sacīja Mazā Dorita. "Tagad, ja es jums kādu brīdi nebūšu vajadzīga, es gribētu paņemt nedaudz ūdens un našķi."

"Tu ej," teica Sems, "un paldies, ka rūpējies par mūsu meitenēm."

Mazā Dorita pamirkšķināja Semam, tad aizskrēja un drīz vien pazuda no redzesloka.

Pēc iepazīšanās ar Samu un Samantu Brendija piezvanīja mājās, lai paziņotu mātei, ka viņas ir droši ieradušās.

Dažas stundas vēlāk ieradās Alfrēds, Čārlzs, Haruto un viņa vecmāmiņa. Tāpat kā iepriekš, notika iepazīstināšana, kurai pievienojās arī Brendija un Lia.

"Jūs taču nevarat būt tas Čārlzs Dikenss," Brendija paceltām uzacīm teica. "Un tu esi tikai bērns, tikko iznācis no autiņbiksītēm," viņa sacīja Haruto, kurš atbildot uz to pagriezās neredzams.

"Oops!" Brendija iesaucās. "Un tu, tu esi liels spalvu gulbis! Kā tu mums palīdzēsi uzvarēt Furiju!"

"Pirmkārt," sāka Alfrēds, "tu esi daudz rupjāks, nekā tev vajadzētu būt. Pat tādam neizsmalcinātam gulbim kā es ir manieres."

"Anata wa gakidesu!" Haruto vecmāmiņa sacīja, kas tulkojumā nozīmē "Tu esi bārenis!".

No neredzamā Haruto atskanēja ķiķināšana.

Lia iejaucās un atvainojās: "Es viņu aizbildināšu. Viņa ir forša. Tikai dodiet viņai nedaudz laika, lai viņa iedzīvotos," viņa teica. "Es nezināju līdz pat šim brīdim, kad pati savām acīm redzēju, ko Haruto spēj." Viņa sacīja mazajam zēnam: "Atgriezies, Haruto, lūdzu. Viņa negribēja ievainot tavas jūtas."

"Atvainojos," Brendija teica, nolaižot acis uz grīdas.

Haruto atgriezās, izplūstot un izplūstot. Viņš stāvēja ar roku ap vecmāmiņas vidukli. Alfrēds un Čārlzs pietuvojās viņiem tuvāk.

"Mēs tikko izkāpām no lidmašīnas un esam noguruši - tāpēc iesim atsvaidzināties. Kad atgriezīsimies, es sagaidu, ka jūs viņai pieliksiet pavadiņu vai pār muti līmlenti. Vai arī iemācīsi viņai manieres," viņš teica, pēc tam ar pārējiem diviem aizskrēja pa gaiteni.

"Wow!" Brendija teica. "Vienkārši WOW! Es teicu, ka atvainojos."

"Nē, viņam bija taisnība," teica Lia.

Samanta sacīja: "Tagad tu esi mūsu mājā, un mēs nepieļausim, ka tu pret kādu izturies rupji."

Sems salocīja rokas uz krūtīm, tieši tad, kad dvīņi atkal sāka vaimanāt.

"Viņi droši vien ir izsalkuši. Neuztraucieties, es varu tikt galā," teica Samanta, bet, pirms aizgāja, paskatījās uz Brendiju.

"Brendija, tu esi svešā vietā, kur vēl nepazīsti nevienu citu, izņemot Lia un mazo Doritu," teica Sems. "Ja tu gribi būt šīs komandas daļa, lai uzvarētu Fūrijas, - tad tev ir jāsadarbojas. Komandas biedru apvainošana nav efektīvs veids, kā sākt. Es ieteiktu jums vēlreiz atvainoties, kā jūs to domājat nopietni, kad viņi atgriezīsies, un lūgt sākt no jauna."

Brendijas acis bija pilnas asaru: "Es vienkārši biju pārsteigta, redzot pārējos komandas biedrus, ar kuriem man būs jāstrādā. Bet tev taisnība, es vēlreiz atvainosies un lūgsim vēl vienu iespēju. Es ceru, ka viņi man piedos. Mamma vienmēr saka, ka es esmu pārāk atklāta, lai būtu man par labu."

Lia pasmaidīja. "Jūs iemīlēsiet Alfrēdu, kad iepazīsiet viņu tuvāk. Šī ir pirmā reize, kad es arī Čārlzu satieku klātienē. Čārlzs ir dīvainā situācijā. Kad viņam bija desmit gadu, tas bija 1822. gadā. Padomājiet par to. Un arī es pirmo reizi satieku Haruto un viņa vecmāmiņu."

"Tas ir traki! Džeimss Monro tolaik bija prezidents - un viņš bija mūsu piektais prezidents!" Brendijs nopriecājās. Viņa maigi iesita Lijai ar elkoni: "Mamma un tētis būtu super pārsteigti, ka es atcerējos šo informāciju! Un tas bērns, es domāju Haruto, viņš šķiet pārāk jauns, lai riskētu ar savu dzīvību."

Lia smējās, un Sems pievienojās, tad, dzirdēdams, ka sieva viņu sauc palīdzēt ar dvīņiem, viņš steidzās ārā no istabas.

Čārlzs atbildēja: "Džordžs IV bija tronī, kad es te biju pēdējo reizi. Vismaz man nav jāuztraucas par to, ka nākamgad atkal var nākties doties uz darba namu," viņš teica ar smaidu, kas ātri izplēnēja.

Lia izdeva neviltotu kliedzienu, bet Brendija izplūda asarās un sacīja: "Man ir ļoti žēl, Čārlzs."

"Ak, tātad tu esi dzirdējusi par darba namu," viņš teica. "Bet es esmu šeit, un es to pārdzīvoju, un acīmredzot turpināju izmantot savu pieredzi, lai rakstītu par tādiem varoņiem kā Olivers Tvists un Mazā Dorita, pieminot tikai divus. Jā, es lasīju par sevi internetā, un, jāatzīst, es pat pats sevi pārsteidzu."

"Jūs vēl neesat iepazinies ar Mazo Doritu vienradžu," sacīja Lia. "Viņa aizgāja uz atspirdzinājumu, bet drīz atgriezīsies."

"Kas?" Čārlzs jautāja.

Pēc signāla Mazā Dorita atkal parādījās, riņķojot virs viņu galvām, un ātri piezemējās.

"Mazā Dorrit, tas ir Čārlzs Dikenss. Čārlzs, šī ir Mazā Dorrite," teica Lia.

Čārlzs palika bez vārdiem, jo draudzīgais vienradzis pieskrēja pie viņa. "Es nekad ne brīdi nebūtu sapņojis, ka kādreiz satikšu vienradžu." "Es nekad neiedomājos, ka kādreiz satikšu vienradžu."

"Prieks iepazīties, Čārlzs," sacīja mazā Dorita.

Čārlzs nopriecājās: "Un vēl gudrs, runājošs!" Viņam bija miljons jautājumu, ko viņai uzdot, bet tie bija jāgaida, jo debesīs piezemējās E-Z, Lači un Mazulis. "Es esmu nomodā vai sapņoju?" Čārlzs jautāja. "Piespied mani, lai es būtu drošs."

Kad Baby piezemējās un Lachie nolaidās, visapkārt notika iepazīšanās, jo E-Z steidzās iekšā, lai izmantotu tualeti. Kad viņš atgriezās, viņiem pievienojās Sema un Samanta ar dvīņiem pie rokas, Haruto un Alfrēds.

"Visa banda ir klāt," teica Alfrēds.

"Vai es varu runāt ar tevi un Haruto?" Brendija jautāja. Kad viņi pieskārās, viņa teica: "Man ir ļoti, ļoti žēl. Lūdzu, piedodiet man par manu rupjību un dodiet man otru iespēju." Viņa paskatījās uz savām kājām.

"Sāksim no jauna," teica Alfrēds.

"Saikai suru," teica Haruto un tad tulkoja: "Tas, ko viņš teica."

"Anata wa yurusa rete imasu," sacīja Haruto vecmāmiņa, kas tulkojumā nozīmē: "Tev piedots."

Bērniņš un mazā Dorita, kas stāvēja viens otram blakus, bija ļoti dīvains skats. Mazā Dorita nebija maza, viņa bija vienradze, kas bija vairāk nekā astoņu pēdu gara, turpretī Mazulis augumā nebija nekāds mazulis, jo viņa bija vairāk nekā 18 pēdu gara.

"Uh, es domāju, ka jums abiem - runājot par Mazo un Mazo Doritu - būs jāatrod cita vieta, kur gulēt, jo dārzs nebūs pietiekami liels, lai jūs abi varētu gulēt," teica E-Z.

Mazā Dorrite teica: "Es zinu vienu vietu, kur mēs varēsim dabūt kaut ko garšīgu ēst un arī ūdeni."

"Man tas izklausās labi," sacīja Mazulis.

Haruto vecmāmiņa paglaudīja mazulim pa galvu un jautāja: "Josha wa dodesu ka?", kas tulkojumā nozīmē: "Kā būtu braukt?".

Mazulis atbildēja: "Tashika ni, tobinotte!", kas tulkojumā nozīmē: "Protams, lec uz augšu!".

Haruto pieskrēja un teica: "Matte watashi o wasurenaide!", kas tulkojumā nozīmē: "Pagaidi, neaizmirsti mani!".

Mazulis nolaidās, lai Haruto un viņa vecmāmiņa varētu uzkāpt viņam uz muguras. Viņi aizlidoja, un mazā Dorrit sekoja cieši blakus.

Sems teica: "Es domāju, ka visiem vajadzētu iekārtoties, un rīt jūs varēsiet runāt un plānot pēc sirds patikas." Sems teica: "Es domāju, ka visiem vajadzētu iekārtoties, un rīt jūs varēsiet runāt un plānot pēc sirds patikas."

"Laba ideja," sacīja E-Z, kad Mazulis izsēdināja Haruto un viņa vecmāmiņu. Sobo mati stāvēja uz galiem, it kā viņa būtu iebāzusies ar pirkstu kontaktligzdā.

Tā kā Haruto vecmāmiņa bija bez vārdiem, Samanta aizveda viņu uz savu istabu. "Haruto guļ manā istabā," viņa teica.

"Protams, es tūlīt atgriezīšos." Viņa devās pa gaiteni uz E-Z istabu.

"Kā bija?" E-Z jautāja Haruto.

"Subaraši!" viņš iesaucās, kas tulkojumā nozīmē "Fantastiski!".

"Mums šodien piegādāja gultiņu un divstāvu gultas," teica Sems, "tāpēc Haruto, Čārlzs un Lači, jūs esat kopā ar E-Z un Alfrēdu viņu istabā. Alfrēds guļ E-Z gultas galā."

"Paldies," sacīja E-Z, kad viņi devās uz viņa istabu. "Starp citu," viņš teica, kad viņi palika vienatnē, "vai kādam no jums bija problēmas ceļā atpakaļ?" "Jā, starp citu," viņš teica.

Alfrēds atbildēja, ka ne.

"Un kā ar tevi, Lia?" viņš jautāja domās.

"Nē."

"Kas notika?" Alfrēds jautāja.

"Nu, mums pa pēdām bija liesmojoša uguns bumba."

Lia aizturēja elpu.

"Bet, pateicoties Baby ātrajai domāšanai, tā tika iznīcināta."

"Kā viņam izdevās to iznīcināt?" Alfrēds jautāja.

"Mazulis to norija un tad iemeta okeānā."

"Tas ir biedējoši," sacīja Haruto.

"Es joprojām esmu mazliet noraizējies par Bēbīti," sacīja E-Z, "jo pa ceļam atpakaļ pamanīju, ka viņš pāris reizes klepus un šķaudīja."

Lāči teica: "Viena dzirkstele viņam pat izlidoja no mutes un nāsīm. Viņš saka, ka ar viņu viss ir kārtībā, bet es viņu uzmanīgi vēroju."

"Mēs taču nevaram viņu aizvest pie veterinārārsta, vai ne?" Alfrēds teica.

Haruto pasmējās un aizsmējās.

"Kas te smieklīgs?" E-Z jautāja.

"Hjorju Doragons," viņš teica. "Hyoryu Doragon!" - kas tulkojumā nozīmē "pūķu veterinārārsts", - un viņš atkal rēca no smiekliem.

Alfrēds un E-Z paraustīja plecus, tāpat kā Čārlzs, kurš mainīja tematu, jautājot, vai pārējie domā, ka viņiem vajadzētu izdomāt jaunu nosaukumu savai komandai, jo tagad viņu ir septiņi, nevis trīs.

"Iespējams," sacīja E-Z.

"Kādas ir mūsu galvenās īpašības?" Čārlzs jautāja.

"Apsolījums," ierosināja Haruto, jo bija nomierinājies un pārstājis smieties.

"Tiekšanās," teica Čārlzs.

"Ticība," teica E-Z.

"Cerība," teica Alfrēds.

Samanta dažas minūtes klausījās aiz durvīm. Visi izklausījās pietiekami draudzīgi, tāpēc viņa atgriezās, lai aprunātos ar Haruto vecmāmiņu.

"Haruto iekārtojies kopā ar pārējiem zēniem, un viņi sarunājas. Ja vēlaties, varat viņu pārvietot šurp rīt. Viņam tur ir sava gultiņa. Viņi plānoja jaunu nosaukumu savai supervaroņu komandai - tāpēc es negribēju pārtraukt viņu prāta vētras sesiju".

Haruto vecmāmiņa piekodināja: "Paldies."

Lia un Brendija tagad bija iesaistījušās sarunā starp istabām.

"Spēks x 7," meitenes ierosināja.

"Uh, viņa reizēm spēj lasīt mūsu domas," E-Z apstiprināja.

Čārlzs iesaucās: "Kā ar PAFHS7?"

"Man tas patīk," sacīja E-Z, "bet vai mēs neaizmirstam divus galvenos mūsu komandas dalībniekus? Es runāju par Mazo Doritu un Bērniņu. Viņi ir neatņemami komandas biedri, un viņi jau pāris reizes ir izglābuši mums pakaļgalus."

Alfrēds atkārtoja šos vārdus, tāpat kā Haruto.

"Kas par PAFHS9!" Lia un Brendija dziedāja.

PAFHS9 nevarēja atturēties, viņi smējās - līdz dzirdēja, ka kāds staigā virs viņu galvām pa jumtu.

"Kas tas, pie velna, bija?" E-Z jautāja.

"Yoo-hoo! Tas esam mēs!" Rafaēls atbildēja. "Eriel un es.

NODAĻA 10
TROKSNIS UZ JUMTA

Sam aizdomājās, vai Ziemassvētki nav ieradušies agri, kad viņš peldmēteļa halātā izskrēja ārā, lai izpētītu, kas notiek uz jumta. Viņš nespēja saskatīt, kas tur atrodas, līdz brīdim, kad stāvēja sava mauriņa vidū.

"Pšu!" viņš čukstēja. "Mēs tikko aizmiguši bērnus."

Erceņģeļi neatbildēja. Tā vietā viņi pakārās kā divi nopēsti bērni.

"Vai jūs gribētu ieiet iekšā?" viņš jautāja.

"Liels paldies," Rafaēls atbildēja.

POOF

POW

Viņa un Ēriels pazuda.

Sems uzreiz neizkustējās no zāliena. Viņa kājas bija slapjas no rasas uz zāles, un, iebāžot dūres halāta kabatās, viņš pamanīja, ka Mazā Dorita un Mazulis riņķo ap māju.

"Vai tur lejā viss kārtībā?" Mazā Dorita jautāja.

"Jā," teica Sems, "bet uz visiem gadījumiem neejiet pārāk tālu. Es iesvīkstināšu, ja mums būs vajadzīga palīdzība." Viņš pamāja ar roku, tad atkal iegāja mājā, kas tagad bija piepildīta ar balsīm un krēslu skrāpēšanu. Viņš sakostīja zobus un cerēja, ka dvīņi mierīgi guļ. Tagad virtuvē viņš pamanīja, ka visi, izņemot Haruto vecmāmiņu, ir pamodušies.

Rafaēla, kas sēdēja galda priekšgalā, tagad atgādināja sievieti, kura viesnīcā bija pārģērbusies par medmāsu, kad Alfredam tika glābta dzīvība. Viņas garā, plīvojošā, izlaidumam līdzīgā kleita palielināja viņas statusu pārējo vidū, it kā viņa būtu sēdošā profesore vai tiesnese.

Savukārt Ēriels bija mainījis savu izskatu, lai izskatītos kā miris dziedātājs, kura firmas zīme bija no galvas līdz kājām ģērbties melnā, ieskaitot saulesbrilles ar tumšiem apmaliem.

"Vai mums vajag vairāk krēslu?" Samanta jautāja.

"Es domāju, ka mums pietiek," teica Sems. "Es ceru, ka tas neaizņems daudz laika. Ak, un E-Z, tu aizņem otru galda galu, jo tu esi mūsu ievēlētais līderis."

"E, paldies," E-Z teica, ieņemot savu vietu. "Tātad, ko, pie velna, jūs abi šeit darāt nakts vidū?"

Brendija smējās: "Un kurš teica, ka es esmu rupja?"

Lia sacīja: "Pšu."

Rafaels paskatījās uz katru no bērniem. Šī bija pirmā reize, kad viņa redzēja Haruto, Čārlzu, Brendiju un Laiju. Viņi visi bija tik neticami jauni, tik drosmīgi. Viņas acis iepleca, kad skatiens krita uz E-Z. Viņa nolieca galvu.

E-Z pagaidīja, tad saprata, ka Rafaēls lūdz, lai viņš dod viņai atļauju runāt. Viņš piekodināja.

Pirms runāšanas Rafaēla pielabināja savas jaunās brilles. Viņai to darot, E-Z pamanījās noregulēt savas vecās brilles, kuras viņš, pēc to sākotnējā īpašnieka lūguma, nekad nenovilka no sejas.

Čārlzs, kurš ļoti netipiski kļuva arvien nepacietīgāks, jautāja: "Madam, kāpēc es esmu šeit kā desmit gadus vecs zēns, ja es šai komandai būtu daudz noderīgāks kā pieaugušais."

"KLUSUMS!" Ēriels iesaucās, dauzīdams ar dūri pa galdu. "Mums ir vārds. Runā, māsa, jo šie bērni kļūst arvien nepacietīgāki. Viņu acis mirgo un strūkšķ pa istabu. It kā viņi gaidītu, ka tu tos iemetīsi karstā vāzē ar vasku!"

"Nežēlīgi!" Brendija iesaucās. "Es no tevis nebaidos!"

"Pšu," Lia čukstēja.

Čārlzs pasmaidīja Brendijai.

"Tev būtu jābaidās," Eriels ar grimasi sacīja. "Ļoti bail."

"Kārtība! Kārtība!" Rafaēls iesaucās, un viņa pagaidīja, līdz visi bija sasēdušies un kļuvuši mierīgāki. "Mēs esam šeit šovakar jūsu labā." Rafaēls teica diezgan skaļāk, nekā viņa gaidīja.

"Šeit! Šeit!" Eriels iejaucās.

"Kā tā?" E-Z jautāja.

"Viņa tev pateiks, ja tu pieklusēsi!" Eriels paziņoja.

Rafaēla atkal pagaidīja, pirms viņa atkal sāka runāt.

"Nav laika izdomātiem plāniem vai kavēšanai. Fūrijas nodara postījumus, ar katru dienu arvien vairāk pirātisko Dvēseļu ķērāju. Izmetot vecās dvēseles atklātā tukšumā. Tur valda pilnīgs haoss! Un ar katru sekundi, ar katru minūti, ar katru diennakts stundu viņi rada vēl vairāk. Īsāk sakot, viņi ir jāaptur. Tūlīt."

"Bet..." Alfrēds sacīja: "Jūs pat nepieminējāt bērnus."

Ēriels piecēlās no krēsla. Viņš skatījās uz Alfrēdu, piespiežot viņu novērsties. "Viņa vēl nav beigusi JĀ."

Šoreiz Rafaels turpināja, nevilcinoties.

"Mēs, Eriels un es, esam šeit, lai sniegtu jums padomu - tieši neiesaistoties. Mūsu uzdevums ir palīdzēt jums, palīdzēt jums pašiem glābt bērnus."

E-Z nepatika, kā tas izklausījās, nepavisam ne. Viņš trieca ar dūri pa galdu.

"Mēs jau esam vienojušies cīnīties ar Fūrijām. Vispirms mums ir jāsagatavojas, jāizstrādā plāns. Kad būsim gatavi, mēs tos iznīcināsim. Ja jūs esat ieradušies šeit, lai steidzinātu mūs, lai stumtu mūs cīņā, pirms pienācis īstais laiks, tad, tā kā esmu ievēlēts par vadoni, es gribētu atkāpties. Mēs esam tikai bērni, un jūs lūdzat mūs pakļaut savas dzīvības riskam. Es neesmu, mēs neesam gatavi doties uz priekšu, kamēr neesam pilnībā sagatavojušies".

Lia piecēlās pirmā un sāka aplaudēt, un pārējie viņas komandas biedri pievienojās.

"To, ko viņš teica," Alfrēds nopūtās, jo gulbji neprot klaigāt.

"Pagaidiet!" Rafaels sacīja. "Mēs neesam šeit, lai jūs spiestu, mēs esam šeit, lai jums palīdzētu."

Ēriēla krāsa mainījās no baltas uz sarkanu, kas bija galējā kontrastā ar viņa melno tērpu. E-Z un pārējie skatījās, kā erceņģeļa sejas krāsa turpina sarkanēt, baidoties, ka viņa galva varētu eksplodēt.

"Nomierinieties un apsēdieties!" Rafaēls pavēlēja. Ēriels izdarīja dažus dziļus ieelpas vilcienus, pēc tam nogrima atpakaļ savā vietā.

Rafaēls palika mierīgs, ar augstu paceltu galvu. Viņa atgrūda savu krēslu un piecēlās. Un turpināja celties, līdz pacēlās virs pārējiem. Viņa iekārtojās tā, it kā brauktu uz burvju paklāja, un nolieca galvu pa labi, it kā pozētu selfijam.

"Mēs esam uzticīgi jums un uzdevumam, taču mūsu spēkiem ir ierobežojumi. Ja jums ir pazīstams teiciens: "Mēs esam šeit garā jūsu labā," - tad mēs esam tieši tādi. Mēs šodien esam sagrāvuši visus noteikumus, ierodoties šeit, jūsu mājās. Mēs to darījām pretēji mūsu priekšniecības ieteikumiem un veselajam saprātam.

"Ierodoties šeit, mēs esam pakļāvuši sevi neredzētām un nezināmām briesmām, taču jūs esat tā riska vērti. Tieši tāpēc mēs nolēmām ierasties un piedāvāt savu palīdzību klātienē."

"Mēs arī saprotam, ka jūs esat izstrādājuši plānu, un mēs esam šeit kā jūsu padomdevēji. Jūs varat to izmēģināt uz mums, lai redzētu, vai tas lido. Ja mēs pamanīsim kādas nepilnības, mēs uz tām norādīsim un palīdzēsim jums."

E-Z paskatījās uz saviem komandas locekļiem, kuri atkal apsēdās atpakaļ. "Mēs apsveram iespēju ievilkt dievietes spēlē un tur tās sakaut." "Mēs esam apsvēruši variantu, ka mēs varētu ievilkt dievietes spēlē un tur tās sakaut.

"Ak, es saprotu," Rafaels sacīja. "Jūs uzskatāt, ka varat uzvarēt viņus viņu pašu spēlē, tā sakot, gudri. Diezgan gudri, bet, baidos, ne pietiekami gudri."

"Ko jūs domājat?"

"Viņi ir izdomājuši, kā manipulēt un kontrolēt visus spēļu pasaules spēlētājus. Viņi zina visus trikus, kas atrodami grāmatā, - jo industrija ir padarījusi to vienkāršu, tiklīdz esi iesaistījies spēlē. Lai spēlētu, tev ir jānokauj. Lai virzītos uz priekšu, jums ir jānokauj. Lai uzvarētu, ir jānokauj.

"E-Z" spēļu pasaulē arī jums būs jānokauj. Tiklīdz jūs to izdarīsiet, jūs kļūsiet godīga spēle "The Furies" rokās. Tās var sagūstīt katru no jums pa vienam. Jūs tur nevarat pastāvēt kā komanda. Komandas šajā spēlē ir tikai ilūzijas. Neviens spēlētājs nebūs atbrīvots no viņu atriebības sazvērestības.

"Atcerieties, ka dievietēm ir pilnvarojums - sodīt nesodītos. Un viņas to izpilda līdz galam, bez "ja", "un" vai "bet". Tomēr viņas savā labā izmanto pelēko zonu.

Nekas viņus nevar apturēt - ar nosacījumu, ka viņi ievēro mandātu." Viņa apstājās un paskatījās uz Ēriēlu: "Vai vēlies ko piebilst?"

"Ja es būtu jūsu vietā," viņš teica, "es uzbruktu viņiem atklātā vietā. Kur un kad viņi to vismazāk gaida. Tas nostādītu tevi varas pozīcijā un padarītu viņus neaizsargātus."

"Tas ir, ja viņi mūs neredz vai nejūt, ka mēs nākam pēc viņiem," sacīja Brendija. "Es joprojām nesaprotu, kā viņi nogalina bērnus. Mums tas ir jāredz, lai to saprastu un zinātu, pret ko esam nostājušies. Es teicu, ka palīdzēšu, bet es noteikti gaidīju konkrētāku informāciju."

"E-Z," Rafaels jautāja, "vai tu esi gatavs atdot man brilles? Uz īsu brīdi? Ar tām es varēšu tev parādīt Fūrijas tehniku. Kā viņi reāllaikā iepin bērnus spēlē. Brendijai ir taisnība, redzēt nozīmē ticēt, bet es to nevaru izdarīt bez savām oriģinālajām brillēm. Tikai jūs varat pieņemt šo lēmumu. Ja jūs patiešām vēlaties redzēt. Ja jūs patiešām vēlaties zināt."

"Forši," Brendija teica. "Sāksim, E-Z."

Ēriels paskatījās uz griestiem. "Ophaniel mani ir izsaucis. Man tagad jādodas." Viņš paklanījās.

ZIP

Viņš pazuda naktī.

E-Z noņēma sarkanās brilles un salocīja tās, pirms viņš tās pasniedza Rafaēlam, kurš joprojām peldēja virs galda. Brilles, kad viņa aizsniedzās pēc tām, ielidoja viņas rokās.

Rafaels noņēma jaunās brilles un pirms uzlikšanas viņai uz sejas notīrīja vecās. Viņa pasmaidīja, kad viņa un visi pārējie telpā vēroja, kā asinis čūskveidīgi pārvietojas pa rāmjiem, it kā no jauna iepazīstoties ar viņu.

Kad asinis brillēs bija atgriezušās savā Rafaēla plūsmā, viņa uzlika tās uz sejas, tad pavērsa sevi pret sienu, kad no brillēm izstaroja spēcīga spilgta zibsnīga gaisma, kādu varētu sagaidīt redzam kinoteātrī.

"Pirms mēs sākam," Rafaels sacīja, "tas nav domāts cilvēkiem ar vājām sirdīm. Tas, ko jūs redzēsiet, ir novērtēts kā pavadījums pieaugušajiem. Es nedomāju, ka Haruto to vajadzētu redzēt."

Samanta sacīja: "Nāc, Haruto. Mēs ar tevi varam paskatīties televīziju otrā istabā."

Abi aizgāja. Un raidījums sākās.

Uz ekrāna bija redzams mazs zēns. Apmēram septiņus, varbūt astoņus gadus vecs. Lai gan tas bija nakts vidū, viņš sēdēja pie datora. Uz viņa galvas bija austiņas. Viņa mutes priekšā bija mazs mikrofons, kas bija piestiprināts pie austiņas.

"Gotcha!" viņš teica. "Man vajag tikai vēl vienu slepkavību, un tad es būšu nākamajā līmenī."

HHIIIIIIIIIIIISSSSSSSSSSS.

Arī viņi to varēja dzirdēt.

"Tu esi slepkava!"

"Tikai slikti zēni nogalina - un tu esi slikts z ēns. Vai tava māte zina, kāds tu esi slikts zēns lepkava?"

"Es spēlēju spēli," viņš teica. "Tā ir tikai spēle, un, ja es nenogalināšu, es nevarēšu virzīties uz priekšu."

"Nabaga bērns," sacīja E-Z.

Klusums.

Zēns atsāka savu spēli. Drīz vien pienāca laiks viņam atkal nogalināt. Šoreiz viņš vilcinājās.

"Uz priekšu. Tu jau esi nogalinājis vienreiz, zini, ka tas bija jautri, tāpēc ej un nogalini vēlreiz. Tu zini, ka gribi."

"Nē!" viņš teica.

"Tam nav nozīmes. Mums vajag tikai vienu slepkavību!"

Tad sūkstīšanās atkal kļuva ļoti skaļa, skaļāka, skaļāka, skaļāka, skaļāka.

"Pārtrauciet!" viņš kliedza.

"Pārtrauciet, Rafaēls!" Lia kliedza.

"Es nevaru," atbildēja erceņģelis. "Tu teici, ka vēlies redzēt, kā viņi to dara. Ja kāds no jums ir pārāk nobijies, atstājiet telpu vai aizklājiet acis. Brendijai bija taisnība, jums pašiem tas ir jāredz. Līdz šim arī es to neesmu redzējis."

HHIIIIIIIIIIIISSSSSSSSSSS.

Turpiniet. Jūs jau vienreiz esat nogalinājuši, jūs zināt, ka tas bija jautri, tāpēc ejiet un nogaliniet v ēlreiz. Jūs taču zināt, ka vēlaties."

Turpini. Tu esi vienu reizi nogalinājis, tu zini, ka tas bija jautri, tāpēc ej un nogalini vēlreiz. Tu zini, ka gribi."

Turpini. Jūs esat nogalinājis vienu reizi, jūs zināt, ka tas bija jautri, tāpēc ejiet uz priekšu un nogaliniet vēlreiz. Tu zini, ka gribi."

"La, la, la, la, la," zēns dziedāja. Mēģināja bloķēt balsis.

"Viņš ir ārprāts," teica arī viņa draugs, kurš spēlēja spēli. "Es aizeju. Tiekamies rīt skolā, Tomijs."

"La, la, la, la, la!" Tomijs turpināja dziedāt.

Viņa pulss paātrinājās. Viņa sirdsdarbība paātrinājās. Tā dauzījās un dauzījās, it kā gribētu izlauzties no viņa krūtīm. Viņš nespēja elpot. Viņš mēģināja piecelties, bet kājas sastinga kā želeja.

Viņš dzirdēja balsi savā galvā. Tā izklausījās pēc mātes balss, bet tā nebija.

"Mums ir tik kauns par tevi, Tomijs. Mēs neesam pelnījuši, lai mūsu dēls būtu slepkava!"

Otra balss, kas izklausījās pēc tēva balss.

"Mūsu dēls nav slepkava, kas tu esi? Tu neesi mūsu dēls."

Tomijs raudāja.

"Es esmu slepkava," viņš teica, noslīdot no krēsla un sabirstot uz grīdas.

Tagad no ekrāna atskanēja vēl divas balsis. Viņa brālis Alekss, viņa māsa Keitija kopā ar vecākiem dziedāja dziesmu, dziesmu, kas tika dziedāta populāras bērnu dziesmas par zīdkoka krūmu pavadījumā. Viņu versija skanēja šādi:

"Tomijs ir mur-der-er; mur-der-er, mur-der-er, mur-der-er, mur-der-er, Tomijs ir mur-der-er, Un m ēs viņu vairs nemīlam".

Nabaga Tomijs tagad bija pavisam viens.

"Nepadodies," Lia kliedza, lai gan zināja, ka viņš viņu nedzird.

Uz grīdas, satinies bumbā, viņš iedomājās, ka māte, tēvs, māsa un brālis dejo ap viņu. Viņi riņķoja ap viņu kā grifs ap savu upuri.

"Tomijs ir mur-der-er; mur-der-er, mur-der-er, mur-der-er, mur-der-er, Tomijs ir mur-der-er, Un m ēs viņu vairs nemīlam."

Tomija mazā sirsniņa bija salauzta. Tā izspruka no viņa ķermeņa un aizlidoja prom.

Fūrijas to noķēra un iebāza Dvēseļu ķērājā. Tās aizcirta durvis.

Rafaels noņēma brilles. Tūlīt beigās sienas projektors. Kad viņa atdeva brilles atpakaļ E-Z, pa viņas vaigu ritēja asara.

Klusums ap galdu bija kurls.

"Viņas liek raganām, par kurām Šekspīrs rakstīja Makbetā, izskatīties laipnām," teica Alfrēds.

"Es neredzu, kā mana spēja maskēties vai runāt ar dzīvniekiem palīdzēs, nevis pret viņiem," sacīja Lačija.

"Es nogalinātu vienu, nomirtu, atgrieztos, nogalinātu otru, nomirtu, atgrieztos un nogalinātu trešo," teica Brendija. "Ļaujiet man viņus dabūt rokās!"

"Pagaidi," sacīja E-Z. "Tagad, kad esam to redzējuši, mums par to ir jārunā. Pirms ienirt iekšā. Varbūt mums vajadzētu balsot vēlreiz? Mūsu līdzdalībai jābūt vienprātīgai.”

Sems runāja. “Tev nav jākaunas pateikt nē. Neviens jūs nav iecēlis par pasaules glābējiem.”

“Viņam ir taisnība,” teica Rafaels. “Neviens jūs nav iecēlis - tomēr nav neviena cita, kas to varētu izdarīt.”

“Kāpēc jūs, erceņģeļi, nevarat to izdarīt?” Brendija jautāja.

“Mēs izmēģinājām visu, ko zinājām, un mums neizdevās. Tāpēc mēs atnācām pie jums,” sacīja Rafaēls. “Un vienu lietu es vēlos jums visiem paskaidrot... Ja kādreiz pienāks brīdis, kad jūs baidīsieties, ka tuvojas gals, tad tieši tad mēs nāksim jums palīgā.”

“Kā tad jūs grasāties mums palīdzēt, ja tikko teicāt, ka esat bezjēdzīgi?” Čārlzs jautāja.

“Tieši to es arī gribēju pajautāt,” sacīja Brendija.

“Ja, kad beigas būs tuvu... mums, erceņģeļiem, tiks piešķirtas citas spējas. Kamēr tie nav vajadzīgi, šie spēki guļ dziļi zemes dzīlēs.

“Tikmēr, E-Z, tu zini burvju vārdus, lai izsauktu Ēriēlu savā pusē. Šie paši vārdi atvedīs mani un pārējos, ja tev būsim vajadzīgi.

"Mēs nāksim. Mēs cīnīsimies tev līdzās. Bet, lūdzu, nepazaudējiet šo aicinājumu. Lai senie spēki pamostos, ir jābūt neapstrīdamiem pierādījumiem, ka cilvēces gals ir nenovēršams."

"Un kas notiks, ja mēs jūs izsauksim, bet spēki, par kuriem jūs sakāt, ka jums būs, nenāks. Kas tad?" E-Z jautāja.

"Tad mēs mirsim kopā ar jums."

E-Z trāpīja ar dūri pa galdu.

"Redzot viņus darbībā, man asinis vārās. Mums viņi ir jāuzvar."

"Uz! Šeit!" Čārlzs iesaucās.

"Bet vispirms," Sems sacīja, "tev jāpasaka šiem bērniem, pirms sūtīt viņus cīņā. Pastāstiet viņiem, kā tieši jūs un citi erceņģeļi mēģinājāt uzvarēt Fūrijas."

"Kad atklājām, ka viņi ir atgriezušies, mēs viņiem uzlikām slazdus. Tas mūs nodeva, izdeva, un tad viņi pārcēlās uz Nāves ieleju. Nāves ieleja tagad arheņģeļiem ir ārpus pieejas."

"Ārpus robežām? Kas to tā padarīja?"

"Uz šo jautājumu es nevaru atbildēt. Zinu tikai to, ka ārkārtīgi spēcīgu erceņģeļu komanda nespēja izlauzties cauri aizsargbarjerām, ko viņi ir uzstādījuši."

"Bet, ja tā ir, tad tas nav iespējams.

"Un tas ir viss?" Brendija jautāja. "Tas ir viss, ko jūs mēģinājāt, un jūs vēlaties, lai mēs tagad pārņemam varu. Patiesi."

Rafaēls uzlika rokas uz gurniem: "Mēs esam erceņģeļi, un mūsu pilnvaras uz zemes ir ierobežotas." Viņa smējās: "Arī citur mūsu pilnvaras ir ierobežotas."

"Labi, labi," sacīja E-Z. "Mēs to saprotam. Mums nav izvēles, patiesībā nav, bet atstājiet to mums."

"Ļoti labi," teica Rafaēls. "Bet pirms es aizeju, Čārlzs, es gribēju atbildēt uz tavu jautājumu. Erceņģeļi tevi nav izsaukuši vai atbrīvojuši. Mēs uzskatām, ka jūsu atrašanās šeit ir nejaušība.

"Mēs arī nedomājam, ka Fūrijas par jums zina. Iespējams, jūs esat slepens ierocis. Iespējams, tev piemīt milzīgas spējas.

"Tu teici, ka vēlējies, lai tevi atvestu atpakaļ kā pieaugušu vīrieti. Jūsu vecums šodien ir ievērojams. Mēs uzskatām, ka bērnu rokās ir cilvēces nākotne. Tikai bērni var uzvarēt tīro ļaunumu."

"Bet kāpēc tikai bērni?" Čārlzs jautāja.

"Tāpēc, ka viņi piedzimst ar tīru sirdi," sacīja Rafaēls.

Čārlzs apsēdās sēdeklī nedaudz augstāk.

Rafaels turpināja: "Čārlzs Dikensi, nebaidies eksperimentēt un atklāt savu patieso būtību. Tevī var būt durvis, kuras tikai tu pats vari atvērt. Atslēga.

"Pats fakts, ka starp jums, E-Z un Semu ir asinslīnija, ir nozīmīgs. Nebaidieties riskēt, lai atrastu šo atslēgu. Jūs esat šeit, lai palīdzētu glābt cilvēci. Par to nav šaubu. Izmantojiet šeit pavadīto laiku gudri. Veiciet pārmaiņas."

Čārlzs raudāja, jo līdz šim viņš jutās bezjēdzīgs. Pārējie viņu mierināja un mierināja.

"Veiksmi jums visiem," sacīja Rafaels.

POW.

Un viņas vairs nebija.

"Kad mēs to pārdzīvosim," sacīja Lia, "un mēs to pārdzīvosim, mēs sarīkosim vislielāko uzvaras ballīti, kāda jebkad ir bijusi."

"Čārlzs," sacīja E-Z. "Ja Rafaelam ir taisnība, tu varētu kļūt par vissvarīgāko komandas biedru. Lūdzu, veltiet laiku nelielai dvēseles izpētei."

"Kā tas notiek?" viņš jautāja.

"Viens no veidiem ir meditācija," teica Brendija.

"Vai pastaigas dabā," sacīja Lači.

"Laiks vienatnē, vienkārši domājot," piedāvāja Alfrēds.

"Nogulēsimies un turpināsim šo diskusiju no rīta," teica E-Z.

"Nedomāju, ka man izdosies daudz gulēt pēc nabaga Tomija vērošanas," sacīja Lia. "Tas bija vēl sliktāk, nekā es iedomājos."

"Jā, nabaga Tomijs," piekrita Alfrēds.

"Tātad visi vēl ir iekšā?" E-Z jautāja.

No visiem atskanēja "jā".

"Bet kā ir ar Haruto?"

"Es domāju, ka viņš joprojām būs iekšā," sacīja E-Z, "bet es visu paskaidrošu Sobo, un viņa varēs ar viņu par to aprunāties. Es pilnīgi saprastu, ja viņi izstāsies."

"Es nedomāju, ka viņi to darīs," teica Samanta. "Haruto guļ. Viņam bija kauns, jo viņš bija pārāk jauns, lai redzētu to, ko jūs redzat. It kā viņš būtu mazāk svarīgs komandas biedrs."

"Jūs rīkojāties pareizi, aizvedot viņu no istabas," teica Sema. "Tas, ko mēs redzējām, bija briesmīgi."

"Es piekrītu," sacīja E-Z.

Čārlzs sacīja: "Tātad visi par vienu un viens par visiem. Gluži kā filmā "Trīs musketieri"."

"Man vienmēr patika šī grāmata!" Alfrēds teica.

Pat vissmagākajās situācijās grāmatas vienmēr saveda cilvēkus kopā. Katrs PAFHS9 dalībnieks cerēja, ka tā ir viena lieta pasaulē, kas nekad nemainīsies.

NODAĻA 11
DEJA VU

E-Z un Samam vairs nebija daudz laika vienatnē, taču neviens no viņiem par to nesūdzējās. Samanta uztraucās, ka viņi zaudē saikni, un bija apņēmības pilna visu labot, pārsteidzot viņus ar agrās brokastis Annas kafejnīcā.

Viņi ieradās virtuvē vienlaicīgi - jo abi bija saņēmuši īsziņas, lai nekavējoties ģērbjas un ierodas virtuvē.

"Kas notiek?" Sems jautāja.

"Jā, kas notiek?" E-Z jautāja.

"Nekas nenotiek," teica Samanta. "Jums abiem ir rezervēta vieta pie Ann's, tāpēc dodieties uz turieni tieši tagad - pirms visi pamodušies un vēlas jums pievienoties."

Sems noskūpstīja sievu.

“Es domāju, ka ir pienācis laiks arī jums atkal kopā brokastot.”

E-Z apskāva Samantu.

“Mēs paši dosimies turp?”

“Noteikti, tēvocis Sems.”

Sems paķēra mugursomu ar savu klēpjdatoru, un viņi devās ceļā.

Bija skaists pavasara rīts ar daudz putnu dziesmām, kas ceļā uz kafejnīcu viņiem spēlēja serenādes.

“Tava sieva ir diezgan īpaša.”

“Jā, viņa ir viena no miljona.”

Drīz viņi ieradās kafejnīcā. Tā bija gandrīz tukša, un Annas nekur nebija, bet E-Z atpazina viņas māsu Emīliju. Viņš viņu nebija redzējis kopš bērnības.

“Tu neesi daudz mainījies,” sacīja Emīlija, metoties viņam ap rokām.

“Tu arī ne,” E-Z pieklusinātā balsī atbildēja, jo viņa viņu dusināja savā apjomīgajā džemperī. “Un tas ir tēvocis Sems.”

“Es saskatu līdzību,” sacīja Emīlija, stingri spiežot viņam roku. “Man tev ir ideāls galds, seko man.”

Kad viņi pagāja garām viņu ierastajam galdam, viņš apstulboja un paskatījās uz tēvoci. “Vai neiebilstu, ja mēs apsēstos pie šī, Emīlija?”

"Protams!" Emīlija atbildēja, noliekot traukus un pasniedzot ēdienkarti. "Kafiju?" Sems pieskārās, viņa ielēja viņam pilnu krūzīti karstas tvaicējošas kafijas.

"Vai jums ir parastā?" viņa jautāja E-Z. Mana māsa man pastāstīja, kādi tie varētu būt."

"Noteikti."

"Un tas bija šokolādes biezais kokteilis, vai es pareizi saprotu?"

Viņa bija uz vietas.

"Un tu, Sems?" viņa jautāja. "Ko tu šodien ēdīsi?"

"Divi no tā, ko dzer mans brāļadēls," viņš sacīja, "bet pieturoties pie biezā kokteiļa. Kafija ir vienīgais dzēriens, kas man šorīt vajadzīgs."

"Pareizi!" viņa teica un devās uz virtuvi.

Sems atvēra savu klēpjdatoru un atkal to aizvēra.

"Ir jauki ierasties vietā, kur viss vienmēr ir vienāds," teica E-Z.

"Kādu dienu man vajadzētu atvest šeit Semu un dvīņus. Man gribētos atbalstīt vietējos uzņēmumus, un tas ir labs piemērs, ko rādīt Džekam un Džilam."

"Es gribētu atbalstīt vietējos uzņēmumus," teica.

"Noteikti. Šī vieta man ir tikai labas atmiņas," sacīja E-Z. "Bet kādu dienu es grasos iziet uz nebēdu un pasūtīt kaut ko citu. Man taču ir jārāda labs piemērs brālēniem, vai ne?"

Sems pasmējās, tad iedzēra malku kafijas. Pēc brīža Emīlija pienāca klāt un atkal piepildīja krūzīti. "It kā viņai būtu acis galvas aizmugurē."

E-Z smējās. Viņa prātā uzvirmoja kāds temats, ko viņš vēlējās apspriest: Fūrijas. Tajā pašā laikā viņš negribēja uzreiz iesaistīties smagnējā sarunā.

"Tātad." Manai sievai būs pilna māja ar viesiem, kurus jābaro, kad visi celsies augšā.

"Sobo palīdzēs."

"Taisnība, bet es nedomāju, ka mums vajadzētu to izmantot. Es gribētu, lai mēs varētu atkārtot, ja tu saproti, ko es domāju?"

"Noteikti. Tātad, ķersimies pie tā."

Sems atkal atvēra savu klēpjdatoru. Šoreiz viņš to ieslēdza un ierakstīja meklētājā:

Kā sakaut Fūrijas.

E-Z piekodināja, jo viņa priekšā tika nolikts viņa kokteilis. Viņš uzreiz mēģināja iedzert nedaudz no sava biezā kokteiļa, taču tas bija pārāk biezs, lai kaut ko izlaistu caur salmiņu - tieši tā viņam patika. "Vai ir kas noderīgs?"

"Te rakstīts, ka Erinjes jeb Fūrijas var nomierināt tikai ar rituālu attīrīšanu."

"Ko tas nozīmē?"

"Es domāju, ka tas nozīmē, ka tev pēc viņu lūguma būs jāizdara grēksūdze - kā izpirkšana."

"Vai izpirkšana nenozīmē to pašu, ko gandarīšana? Man nepatīk, kā tas izklausās," E-Z sacīja. "Mēs neesam izdarījuši neko tādu, par ko viņiem būtu jāatlīdzina."

"Tas var nozīmēt arī Izpirkšanu. Atmaksa. Atlīdzināšana. Atlīdzināšana."

"Četri "R", tas ir trāpīgi, bet es atkal jautāju, par ko mēs viņiem atmaksāsim?

"Domā neordināri," teica Sems. "Ko, ja jūs varētu kaut ko darīt, lai mudinātu viņus doties pārgājienā un atstāt bērnus un dvēseļu ķērājus?"

E-Z smējās. "Ja būtu veids, tas būtu lieliski. Arī pārāk vienkārši."

Sems pakasīja galvu. "Te rakstīts, ka Fūrijas sodīja vīriešus un sievietes par noziegumiem pēc nāves un viņu dzīves laikā. Tieši to viņi dara tagad - bērnus, nevis pieaugušos. Es to nezināju."

"Bet es nesaprotu, kāpēc. Kāpēc viņas ir atgriezušās tagad? Kas ir mainījies..."

"Visi lieliski jautājumi, uz kuriem es nevaru atbildēt," teica Sems. "Bet, ak, te ir kaut kas interesants. Tur ir teikts, ka kā likteņa dievietes viņas neļāva cilvēkam uzzināt nākotni."

"Kā tieši?"

"Tur nav teikts," teica Sems, tieši tad, kad Emīlija atkal ieradās, lai atsvaidzinātu savu kafijas tasi. "Tikai nedaudz," viņš teica. Viņš baidījās, ka aizpeldēs mājās, ja izdzers vēl kādu kafiju.

"Tavas brokastis būs pēc brīža," viņa teica. "Ceru, ka esi izsalcis!"

"Noteikti esam," sacīja E-Z, mēģinot atkal izdzert savu biezo kokteili un ar zināmiem panākumiem izspiežot daļu caur salmiņu.

Emīlija pasmaidīja un devās sveikt dažus jaunus klientus.

"Pirms tam visa," Sems teica, "es nekad nebiju dzirdējis par The Furies. Te rakstīts, ka gan grieķu, gan romiešu mitoloģijā tās bija taisnīguma un atriebības gari. Viņu otrs vārds Erinyes nozīmē dusmīgās." Viņš ritināja uz leju. "Es redzu dažus pieminējumus spēļu pasaulē. Neviens no īpašības vārdiem, kas tos apraksta, nav pretrunā ar to, ko mēs jau zinām, proti, Fūrijas ir ļaunas, draudīgas būtnes, kas neizrāda žēlastību."

"Es gribētu, lai PJ un Ardens būtu atpakaļ ar mums. Derētu derēt, ka ar savām spēļu burvju zināšanām viņi zinātu, ko darīt. Kopš mēs viņus pazaudējām, es esmu sevi sakodis par to, ka zaudēju saikni. Tas viss tāpēc, ka es pārāk aizrāvos ar supervaroņa statusu. Man patiešām pietrūkst šo puišu."

"Viņi negribētu, lai tu sev sitat pa kājām. Un man arī pietrūkst viņu klātbūtnes."

Emīlija nolika ēdienu uz galda: "Izbaudiet!" viņa teica.

E-Z un Sems ēda alkatīgi, kādu brīdi nerunājot. Pēc daudzām ēdiena baudīšanas skaņām viņi atsāka sarunu.

"Es tikko domāju par plānu - uzvarēt viņus spēles iekšienē. Tas noteikti izklausījās labi - vai arī mēs tā domājām, līdz Rafaels mums pateica pretējo. Taču labi, ka viņa mums to pateica tieši, citādi... nu, es pat negribu domāt par to, kas varēja notikt ar kādu no bērniem."

"Tomēr es turpinu domāt, ka Furijai ir kāds Ahileja papēdis. Vai atceries to stāstu?"

"Atceros. Ja viņiem ir kāda vāja vieta, es nezinu, kas tā ir. Mēs zinām, ka viņas ir mirstīgas kā mēs. Ja viņi var mirt tāpat kā mēs, tad vismaz spēles noteikumi ir vienlīdzīgi." "Ja viņi var nomirt, tāpat kā mēs, tad vismaz spēles noteikumi ir vienlīdzīgi."

"Mazliet vairāk pievērsīsimies viņu vājajām pusēm: dusmām, aizvainojumam, atriebībai."

"Tās ir tās pašas lietas, par kurām viņi soda citus, tad kā gan tās var būt viņu vājās puses?" E-Z jautāja, bāžot mutē pankūku sauju. "Tātad, labi."

Sems pieskārās: "Viņi noteikti ir." Viņš iedzēra vēl vienu malku kafijas. "Tiesa, un tas nozīmē, ka mēs varētu izmantot pret viņiem tās pašas lietas, par kurām viņi soda citus."

"Bet kā?"

"To es nezinu - JĀ."

"Iespējams, mums vajadzēs vairāk nekā vienu šādu kopīgu sesiju, lai visu izrunātu," sacīja E-Z. Viņa priekšā uz galda tika novietots otrais šķīvis ar pankūkām.

"Ann tikko zvanīja un teica, lai es tev atnesu otru pankūku partiju," teica Emīlija.

"Paldies. Un pastāsti Ann, ka ceru, ka viņa drīzumā jutīsies labāk."

"Noteikti. Vēl kafijas?"

Sems pieskārās, un viņa piepildīja viņa krūzi. Kad Emīlija aizgāja, viņš sacīja: "Pēc brīža atgriezīšos," un devās uz vannas istabu.

E-Z pagrieza ekrānu pret viņu un ierakstīja:

KĀ ES VARU NOGALINĀT FŪRIJAS?

Uznirstoši parādījās dažas atbildes, bet visas tās bija saistītas ar to, kā uzvarēt trīs dievietes kā personāžus spēļu pasaulē.

Sems atgriezās. "Atrada kaut ko?"

"Nekā noderīga. Lai gan tur rakstīts, ka Fūrijas saknes varētu būt meklējamas aizvēsturiskos laikos."

"Nu, arī Bēbijas ciltsraksti sniedzas diezgan tālu atpakaļ." "Nu, arī Bēbijas ciltsraksti sniedzas diezgan tālu atpakaļ."

"Tev būtu vajadzējis redzēt, cik ātri viņš apēda to uguns bumbu! Bez mirkļa vilcināšanās."

Beidzot ēst, viņi pateicās Emīlijai un devās mājās. Viņi bija tik sātīgi, ka nedomāja, ka vēl kādreiz ēdīs.

"Bija patīkami pavadīt rītu kopā ar jums," teica E-Z. "Bija sajūta kā vecajos laikos."

"Tas tā patiešām bija. Drīz to darīsim atkal. Pa to laiku vairāk domāsim par to, ko šodien iemācījāmies, jo, kā saka vecais teiciens, kur ir griba, tur ir arī ceļš."

"Taisnība, taisnība, tēvo tēvo tēvoci Semi. Taisnība, taisnība, taisnība."

NODAĻA 12
MĀJĀ

Kad viņi atgriezās mājā, pirmais, ko Sems izdarīja, bija apskāviens sievai. Viņa priecājās viņu redzēt, bet viņas rokas bija pilnas ar brokastu gatavošanu.

"Prieks, ka tev patika," Samanta nopriecājās.

"Vai es varu ar kaut ko palīdzēt?" Sems jautāja, novērtējot situāciju ar dvīņiem.

"Ar visu tiek galā," Samanta sacīja, jo aiz viņas muguras dvīņi izdziedāja vaimanas.

Galvenokārt tāpēc, ka Haruto uz brīdi bija pārtraucis spēlēt savu hon no piku versiju, kas tulkojumā nozīmē peekaboo. Haruto versijā viņš taisīja seju, tad ļoti ātri griezās, līdz pazuda, tad atkal parādījās, un dvīņi ķiķināja.

"Tas ir ļoti radoši!" Sems teica, kad Lači iejaucās, lai pārņemtu izklaidētāja lomu.

Lašijs uzreiz ķērās pie dažām dzīvnieku imitācijām un saņēma no dvīņiem sajūsminātas atsauksmes, kad viņš smējās kā kukaburra:

koo-koo-koo-koo-kaa-kaa-kaa-KAA!-KAA!-KAA!-KAA!

Tad bija Čārlza kārta izklaidēt ar savu stāstu "Trīs laukakmeņi".

"Iwa?" Haruto teica, kas tulkojumā nozīmē "laukakmeņi".

"Jā," teica Čārlzs, kad E-Z un Sems atkāpās pie durvīm, lai arī viņi noklausītos stāstu, kamēr Alfrēds, Sobo, Brendijs, Lia un Samanta turpināja gatavot ēdienu.

"Reiz," sāka Čārlzs, "augstu virs Lamanša atradās kalns. Uz tā bija daudz, daudz laukakmeņu. Patiesībā to bija pārāk daudz, lai tos saskaitītu.

"Šajā konkrētajā dienā pa kalnu brauca liela un smaga kravas automašīna, kas, braucot pa kalnu, čīkstēja un sasmalcināja zobratus. Kad tas sasniedza virsotni, tas iedarbināja laukakmens pacēlāju, kas cīnījās ar katra akmens smagumu. Vairāku stundu laikā tam izdevās savākt pēc iespējas vairāk akmeņu. Līdz kravas automašīnas aizmugure bija pilna. Tomēr ne pārpildīta. Pārpildīšana nozīmēja, ka laukakmeņi, pārvietojoties kravas automašīnai, varētu izkrist no tās, no kā bija jāizvairās par katru cenu.

"Kravas automašīna nobrauca no kalna. Tā iztukšoja laukakmeņus citā lielākā kravas automašīnā. Kravas automašīnai, kas bija pārāk liela, lai vispār varētu uzbraukt kalnā, un tai nebija pacelšanas mehānisma. Kad mazākā kravas automašīna atkal bija tukša, tā devās atpakaļ kalnā. Drīz vien tā atkal bija pilna ar laukakmeņiem.

"Šis process tika atkārtots vairākas reizes, līdz lielākā kravas automašīna bija pilna līdz pašai augšai. Visi atlikušie laukakmeņi bija jāpārved mazākajā kravas automašīnā. Tagad, kad abas kravas automašīnas bija pilnas, smagais darbs bija pabeigts. Bija pusdienas laiks. Vīri ēda sviestmaizes un dzēra termosus ar karstu, saldu tēju.

"Atpakaļ klints virsotnē bija palikuši tikai trīs vientuļi laukakmeņi. Viņi bija skumji, jo bija zaudējuši draugus un jutās atstumti, nevēlami, nevajadzīgi un diezgan dusmīgi vienlaikus. Pārāk daudz emociju vienlaicīgi var mulsināt, taču dalīšanās sajūtās ar draugiem var palīdzēt, tāpēc trīs laukakmeņi pārrunāja savu sarežģīto situāciju."

"Ko viņi dara ar visiem mūsu draugiem?" jautāja pirmais laukakmens, kura vārds bija Rokijs.

"Es nezinu," sacīja otrais laukakmens, kura vārds bija Pebbles. "Iespējams, arī viņiem ir vajadzīgi draugi tur, kur viņi dodas. Man viņu noteikti pietrūks."

"Nē," teica trešais laukakmens, kurš bija vecāks un gudrāks un kura vārds bija Craggy. "Viņi neved viņus prom, lai redzētu pasauli. Ne arī, lai būtu viņu draugi. Vai tu nezini, ka viņi mūs drupina, lai veidotu savus ceļus."

"Nē!" Rokijs un Pebbles iesaucās. "Viņi nevar mūsu draugus pārvērst putraimos!"

"Es gribētu, lai viņi arī mani paņemtu," sacīja Kragijs. "Es esmu pārāk vecs, lai turpinātu sēdēt šeit šajos bargajos laikapstākļos. Skarbie vēji lauž manu ārējo slāni, un es neiebilstu savu nākotni pavadīt kā ceļš. Tad man vismaz būtu kāds mērķis."

"Mērķis?" Rokijs iesaucās. "Tu par mērķi sauc to, ka esi saspiests un katru dienu un katru nakti tev virsū brauc transportlīdzekļi?"

"Tas ir labāk nekā sēdēt šeit, tikai mēs trīs uz visiem laikiem. Es esmu noguris no vēja, lietus un visa pārējā," sacīja Kragijs.

"Nu, ja tev tik ļoti gribas," sacīja Pebbles, "tad viss, kas tev jādara, ir jānogāžas no malas. Tu nokristu uzreiz kravas automašīnas aizmugurē, kas atrodas zemāk, un kopā ar pārējiem mūsu draugiem aizlidotu."

"Ak, tas ir pārāk tālu," sacīja Rokijs, pietuvojoties nedaudz tuvāk malai. "Vai tu tiešām tik ļoti vēlies mūs pamest? Vai tu nevari atrast mērķi, paliekot šeit ar mums? Tu mums esi vajadzīgs. Tu esi vecāks un gudrāks."

Kragijs pietuvojās malai un ielūkojās pāri malai. Tā bija taisnība, kravas mašīna atradās turpat. Pāris sviedru lāsītes pilēja lejup. Vai nu tie bija sviedru pilieni, vai asaras.

"Tas ir šausmīgi garš ceļš uz leju," sacīja Kregijs. "Un no manas puses nebūtu pareizi atstāt jūs divus jauniešus vienus pašus."

Pebbles sacīja: "Un kas būtu, ja jūs aizbrauktu garām kravas mašīnai un sadruptu tur lejā! Mēs būtu šeit augšā, ar šo brīnišķīgo skatu, un jūs paliktu tur lejā pavisam vieni."

"Turklāt," Rokijs sacīja, "kādu dienu viņi varētu pēc mums atgriezties. Pa to laiku mēs varam parunāties, izbaudīt skatu un svaigo gaisu."

Zem viņiem atkal iedarbojās kravas automašīna.

ČUGGA ČUGGA VROOM, VROOM.

"Tagad vai nekad," sacīja Kragijs, kad kravas mašīna aizbrauca prom.

"Mēs vismaz esam kopā," sacīja Rokijs.

"Mēs esam kopā." Trīs laukakmeņi saspiedušies plecu pie pleca. Viņi pagrieza muguras pret vēju, ieelpoja svaigu gaisu un lūkojās uz skaisto skatu, kas paveras uz horizonta rietošās saules.

"Stāsta morāle ir tāda," Čārlzs sāka...

Tie bija pēdējie vārdi, ko E-Z dzirdēja, pirms viņš atkal nonāca bunkurā.

NODAĻA 13
SILO

"Laipni sagaidīts atpakaļ!" sienā atskanēja balss, kas lika E.Z. sasprindzināt plecus, it kā kāds būtu uz tiem uzkāpis. Nesteidzīgi atbildēdams, viņš izlocīja plecus vispirms uz priekšu, tad atpakaļ, cerot mazināt spriedzi.

"DOT. DOT," sienā atskanēja otra balss, taču šoreiz balss bija klusāka, gandrīz čukstus.

Viņš atvēra muti, lai atbildētu, bet nekas nenāca prātā, tāpēc viņš palika kluss, izņemot pirkstu lauzīšanu, kas, kā viņš cerēja, atvieglos viņa saspringto ķermeni.

Pirmā balss mierinošākā tonī jautāja: "Redzu, ka jūtaties saspringts, satraukts. Vai ir kaut kas, ko es varu jums iedot, lai pavadītu laiku gaidīšanas laikā? Dzērienu? Grāmatu? Ceļojums jūsu prātā?"

Viņa bija ļoti uztveroša kā balsij sienā, un tas palīdzēja viņam mazliet atslābināties, tomēr viņš nevēlējās pieņemt viņas piedāvājumu, nenojaušot, ko ietvertu ceļojums prātā.

"Es redzu, ka jūs šaubāties..."

Viņš apsēdās krēslā taisni un augsti, un ar pirkstiem bungināja pa rokām, it kā šūpojoties līdzi Deep Purple dziesmai Smoke on the Water. Viņš un viņa tēvs to bija spēlējuši uz novecojušās Guitar Hero versijas, un viņi bija lieliski izklaidējušies. Tagad, atceroties šo brīdi, viņš jutās tā, it kā tēvs būtu bunkurā kopā ar viņu.

"Vai esat pārliecināts, ka nevēlaties ceļojumu prātā?" sieviete sienā atkal jautāja. "Tev būs brīnums!"

Sprādziens. Viņš nupat prātā bija lietojis šo vārdu, lai aprakstītu ģitārspēlēšanu kopā ar tēvu. Nav šaubu, ka sieviete sienā varēja lasīt viņa domas.

"Kas tieši tas ir?" viņš jautāja. "Nesaku, ka gribu to izmēģināt, kamēr nezināšu vairāk par to, ko tas ietver."

"Kāpēc, tā ir vieta, kur es tevi varu nosūtīt. Īpaša vieta, kur tu vari dzīvot sapni."

Tas izklausījās neticami... un, pirms viņš paspēja atbildēt...

DUH DUH DUH DUH,

DUH DUH DUH DUH DUH

DUH DUH DUH DUH
DUH DUH DUH.

Viņš atradās uz skatuves, spēlējot solo ģitāru, kopā ar grupu, kuru viņš uzreiz atpazina kā oriģinālo Deep Purple.

Galvenais dziedātājs, kurš bija pametis grupu, bet spēlēja oriģinālo solo ģitāru dziesmā Smoke in the Water, šķiet, neiebilda, ka E-Z tagad spēlēja viņa partiju, un arī to darīja ne sliktā līmenī. Dziedātājs pacēla viņam īkšķus, tad devās pāri skatuvei uz vietu, kur E-Z sēdēja ratiņkrēslā. Viņi kopā nospēlēja dažus rifus, kamēr publika kliedza, gavilēja un aplaudēja. Nākamais, ko viņš zināja, bija atkal atpakaļ bunkurā, taču saspringtā sajūta, ko viņš bija izjutis pirms tam, tagad bija pilnībā izzudusi.

"Paldies! Uh, tas bija satriecoši fantastiski! Es nevaru pateikt, cik daudz tas man nozīmēja. Es to nekad neaizmirsīšu. Nekad!" Viņš vilcinājās un domāja, ka vienīgais, kas to būtu padarījis vēl labāku, būtu tas, ka uz skatuves kopā ar viņu būtu bijis viņa tēvs.

"Atvainojos, ka nevarēju iekļaut tavu tēvu... bet tas bija tikai priekšnesums. Un tu esi ļoti laipni gaidīts. Tagad sēdi mierīgi. Gaidīšanas laiks ir viena minūte."

"Es domāju, ka tad īstais priekšnesums man uzspridzinās prātu!" E-Z sacīja, noliecis galvu atpakaļ un vēlreiz izdzīvojis piedzīvoto, jau jūtoties tik pilnīgi atslābis, ka varētu pat pagulēt.

PFFT.

Šoreiz smarža bija citāda, piparmētru un vēl kaut kas cits, ko viņš nespēja īsti saskatīt.

"Tas ir rozmarīns," sienā atskanēja balss.

"Diezgan atsvaidzinoši." Viņa acis bija aizvērtas, un viņš domās jau dreifēja, kad jumts virs viņa galvas iezibsnīja. Viņš pakratīja galvu un atvēra acis, gatavojoties tam, kas bija gaidāms.

Gaismas stari iespīdēja metāla konteinerā, atlēca un atsitās no sienas uz sienu. Viņš aizsedza acis, lai pasargātu tās no satraucošā gaismas šova. Kad atspīdošā gaisma beidzās, pa atvērto jumtu iekšā ienāca figūra. Viņa bija veikusi ieeju. Tas bija Rafaels.

"E, sveiki," viņš teica. "Tas bija diezgan veiksmīgs ienākums."

"Esmu paaugstināts amatā," atzina erceņģelis, "un ir vajadzīgs zināms spožums. Iespējams, šajā gadījumā nedaudz pārspīlēti, bet tas ir salīdzinoši jauns paaugstinājums. Visiem paaugstinājumiem ir mācīšanās līkne."

"Apsveicu ar paaugstinājumu."

"Paldies, tagad pievērsīsimies tam, kāpēc jūs esat šeit."

"Protams."

E-Z pacietīgi gaidīja, kad Rafaels atkal runās, bet kādu laiku tā arī nerunāja. Tā vietā viņa lidoja apkārt kā putns, kas pirmo reizi izmēģina spārnus. Vai viņa izrādījās? Ja jā, tad kāpēc? Tad viņš to ieraudzīja, viņai bija uzliktas pavisam jaunas briļļu brilles. Tās bija lielākas, izteiksmīgākas, ar lielākiem rāmjiem un biezākām lēcām, un padarīja viņu līdzīgu Makgū kunga sievišķajai versijai.

"Ei, jaukas brilles," viņš sameloja.

"Tās nebija mana pirmā izvēle," Rafaels atzina, "bet ar tām būs jāiztiek." Viņa pietuvojās tuvāk vietai, kur viņš sēdēja, un uzkavējās. "Šķiet." Viņa apstājās un neērti pakustējās.

SKIDOO

Atnāca krēsls, kurā viņa uz mirkli apsēdās.

SKIDOO

Un tas bija prom. Viņa atkal pakārās. Uzlika atvērtu plaukstu uz sejas sāniem. "Mūsu uzmanību ir pievērsušas dažas lietas. Es to nedomāju karaliskā nozīmē, es to domāju kā visi erceņģeļi."

"Piemēram?"

Viņa atkal satrakojās.

"Vai man palūgt, lai siena izsmidzina kādu lavandu, lai jūs atslābinātu? Tu izskaties diezgan saspringts."

Un tad viņa viņam ieskrēja sejā, kliedzot: "LAVENDERA ARHANDEĻIEM NEIEDERAS! Tā ir pretīga, cilvēciska..." Viņa dziļi ievilka elpu. "Man ir ļoti žēl."

"Nekas. Es saprotu, tev ir sliktas ziņas, kas man jāstāsta. Labāk noplēst plāksteri. Es gribu teikt, ka vienkārši pateiksiet man to atklāti."

"Ļoti labi. Lūk, tā."

E-Z pieskrēja tuvāk: "Labi, šauj."

No skaļruņiem sienā atskanēja dziesma, kaut kas par šerifa nošaušanu.

Sākumā viņš pamanījās līdzi: "Beidz!" E-Z pavēlēja. "Un saki, kāpēc es te esmu."

"Viņš grib ķerties pie lietas," Rafaels sacīja pats sev. "Tad nu, lūk, tā. Es pāriešu tieši pie lietas būtības."

"Labi, tu to izdarīsi." E-Z sacīja, gribēdams, lai viņa to dara.

"Īsumā," viņa sacīja, "Ēriels ir pieķerts ar sarkanām rokām - spēlējot par abām pusēm."

"Spēlēja ko?" Tad viņa prātā kaut kas sakustējās. "Nē, jūs taču negribat teikt, ka viņš mūs nodeva?"

Viņa pieskārās ar kaulaino pirkstu pie zoda, kamēr E-Z atvēra un aizvēra muti kā minnojs no ūdens.

"Jā. Ēriels bija personīgi atbildīgs par jūsu draudzenes Rozālijas nāvi. Viņš bija atbildīgs arī par Baltās istabas iznīcināšanu. Viss viņš. Viss Eriels."

E-Z to visu uztvēra. Nabaga Rozālija. "Pagaidiet! Vai viņš nestrādāja jūsu labā? Vai tu nebiji par viņu atbildīga? Kā tas varēja notikt tavā laikā? Esmu lasījusi dažas lietas par erceņģeļiem, bet izdot bērnus, kuri brīvprātīgi tev palīdz, ir viszemākais, kā tu vari nonākt. Domāju, ka leopardi nemaina savus plankumus."

"Es nebiju atbildīgs par Ēriēlu. Mēs ar viņu bijām kolēģi, biedri. Mēs strādājām kopā un, manuprāt, cienījām viens otru. Es kļūdījos."

"Un tomēr jūs paaugstināja amatā."

"Es biju, bet šīs divas lietas nebija tieši saistītas. Varu jums pateikt tikai to, ka Ēriels kādreiz bija viens no mums, tagad viņš vairs nav. Pēc tam, kad nodeva mūs un tevi. Pēc tam, kad viņš pagrieza muguru saviem principiem - visam, par ko mēs iestājamies, - viņš ir ārā. Es gribu teikt, uz visiem laikiem."

E-Z nopriecājās. "Vai tu man saki, ka Ēriels mūs ir atmaskojis? Ar mums es domāju mani un manu komandu?"

"Maikls, kurš ir mūsu līderis, ir iztaujājis Ēriēlu. Vajadzēja nedaudz piepūlēties, lai viņš runātu. Bet viņš ir atzinies, ka ir atvedis Fūrijas atpakaļ uz Zemes. To izmantoja, lai veicinātu savu amatu. Nav izpirkšanas. Ēriēlam nav piedošanas."

"Es esmu bez vārdiem. Kā tas notika?"

"Kā? Ja mēs zinātu, kā, tad mēs zinātu arī, kāpēc tas notika, bet mēs to nezinām. Mēs zinām tikai to, ka viņš ir Ēriels, un Ēriels vienmēr rīkojas tā, kā viņam ir vislabāk. Mēs zinājām, ka viņam ir problēmas, un tomēr turpinājām dot viņam iespējas sevi pierādīt - un, kad viņš mūs pievīla, mēs viņam piedevām un devām vēl vienu iespēju un vēl vienu iespēju. Mēs turpinājām viņam ticēt līdz pat šim brīdim. Viņš ir beidzis. Izbeigts."

"Nobeigts? Jūs domājat miris? Vai erceņģeļi mirst? Un kāpēc jūs viņam devāt tik daudz iespēju? Vai tu nezini teicienu: "Trīs pārkāpumi, un esi izslēgts?""

"Jā, esmu dzirdējis šo beisbola terminoloģiju, bet mēs esam erceņģeļi, un no mums visiem tiek sagaidīts, ka mēs visi cietīsim neveiksmi vai kaut kādā līmenī atkārtosimies. Un tev taisnība par to gadījumu Ēdenes dārzā. Mūsu vēsture sniedzas tālu atpakaļ... bet mēs domājām, ka mums klājas labāk, uzlabojamies. Es pats esmu jauniešu, tāpat kā jūs un jūsu draugi, patrons.

"Tieši tāpēc es ierosināju, ka mēs kopā ar jums strādāsim, lai uzvarētu tās briesmīgās Fūrijas. Tieši Ēriels bija tas, kurš mani mudināja to darīt. Viņš ir tas, kurš tevi atklāja. Kurš aizsūtīja pie jums Hadžu un Reiki. Līdz brīdim, kad ieradās šīs briesmīgās māsas, mēs visu jūsu dzīvēm pievienojām kaut ko pozitīvu... Mēs devām jums mērķi. Atceraties brīžus, kad jūs gribējāt padoties? Jūs to nedarījāt, jo mēs palīdzējām jums turpināt."

"Labi, es saprotu, ka Ēriēla ir ļaundare. Ko tas nozīmē man un manai komandai? No manas skatupunkta mūsu misija ir apdraudēta. Tātad mēs esam izslēgti, un es domāju, ka jums vajadzētu pāriet pie plāna B."

"Problēma ir," Rafaels sacīja, tad apstājās, jo griesti virs viņiem atkal atvērās, un Ophaniel pielidoja bez jebkādiem švīkšķiem, peldot lejup pret viņiem.

"Ilgi neredzējāmies," Ophaniel teica, vēršoties pret E-Z. Tad Rafaēlam: "Vai viņš ir gatavs?"

"Jā, ir. Un es noteikti priecājos, ka tu esi šeit, jo viņš vēlas zināt, kāds ir mūsu plāns B."

Ofaniels pieskārās. "Ļoti labi. Skaidri sakot, mums nav ne plāna B, ne C, ne D - jo jūs un jūsu komanda bijāt visi mūsu plāni vienā."

E-Z neticīgi pakratīja galvu. "Vai jūs, erceņģeļi, neesat dzirdējuši frāzi - nevajag visas olas likt vienā grozā?"

Ofaniels smējās. "Jā, tās izcelsme ir no Servantesa varoņa Dona Kihota, bet man tā nekad nav bijusi īsti jēdzīga. Iespējams, tāpēc, ka mēs, erceņģeļi, olas neēdam. Tikai doma par to želejveida dzeltenumu - fuk - man gribas vemt."

"Arī man," Rafaēla aizsedza muti ar plaukstas atzveltni. "Bez to, ka tās izskatās pretīgi, kāpēc vispār olas likt grozā? Kāpēc ne bļodā? Ja jūs gatavojat olas..."

"Piekrītu," sacīja Ofanēla. "Esmu redzējusi, kā Džeimijs Olivers gatavo omleti. Vispirms viņš izmanto bļodu, un tikai pēc tam tās pagatavo."

"Ak, brāli, un es nevaru noticēt, ka jūs, erceņģeļi, skatāties televīziju, nemaz nerunājot par Džeimiju Oliveru." Viņš pakratīja galvu. "Tas nozīmē, ka, ja jūs visas olas saliekat kopā, vienā vietā - piemēram, groziņā, bļodā vai pannā, vai kā jums labāk patīk, - ja jūs to grozlņu, bļodu vai pannu nometīsiet, tad visas olas būs saplaisājušas un sabojājušās ar čaumalām, - tātad brokastīs jums nebūs olu."

"Bet vai cāļi nedēj olas katru dienu? Tātad, ja šodien nesaņemsiet olas, jūs vienkārši atgriezīsieties rīt," sacīja Ophaniels.

"Kas ir viena diena bez olas?" Rafaēls jautāja.

E-Z atvēra roku un sita ar to pret galvu. "Argghh!" Erceņģeļi skatījās uz viņu un gaidīja, kamēr viņš ļoti dziļi ieelpoja un tad ļoti skaļi izelpoja. "Ko mēs darīsim ar šo situāciju ar Ēriēlu?"

"Vispirms," sacīja Ophaniels, "šodien pēc jūsu īpaša lūguma pie jums atgriežas, bungas - divi jūsu draugi..."

POP

POP

Hadžs un Reiki, jeb tas, kas atgādināja abus gribētos eņģeļus, ieradās. Viņi bija melni no sodrējiem no galvas līdz kājām. Viņu ziedlapiņas bija izkropļotas, saplēstas, dažas bija atvērtas un paceltas, dažas bija nokaltušas un nokaltušas. Viņu spārni bija nokrituši, it kā viņi būtu aizmirsuši, kā lidot, vai arī vairs negribētu lidot, un viņu sejas, sejas izteiksme bija ārkārtīgi izmisuma pilna.

"Kas ar viņiem ir noticis?" viņš jautāja.

Ofaniels pietuvojās abiem izstumtajiem eņģeļiem, un viņi atcirta.

"Tagad jūs esat drošībā," Rafaēls sacīja maigā mātišķā balsī, kas lika viņiem pārrauties raudāšanā, kas pārvērtās vaimanās.

Ofanēla aizklāja ausis, tad pietuvojās tuvāk E-Z un čukstēja. "Eriels viņus bija ieslodzījis cietumā. Šoreiz mums vajadzēja kādu laiku, lai viņus atrastu. Biednieces nevarēja sev palīdzēt, jo viņš atņēma viņām spējas."

"Biednieciņi," sacīja E-Z.

E-Z, Ophaniel un Raphael pagriezās pret radībām. Hadžs un Reiki mēģināja pasmaidīt. Viņiem neizdevās pat pietuvoties.

Abi metās apkārt, it kā atvairītu grifu baru.

"Klusējiet," teica Ophaniel.

Hadzs un Reiki pārtrauca kustības. Tagad viņi sēdēja kā netīras lelles, acis pievērsuši nevienam un nekam. Viņi bija sava bijušā tēla ēna.

"Es negribu būt rupjš," E-Z čukstēja, "bet savā pašreizējā stāvoklī viņi mums īpaši nepalīdzēs. Ja vien jūs spēsiet mūs pārliecināt šādos apstākļos turpināt šo plānu."

E-Z vārdi trāpīja abiem eņģeļiem kā pliķis pa seju.

POP

POP

"Cik ļoti rupji un nevajadzīgi nežēlīgi!" Ophaniel nopriecājās, pirms viņa pazuda.

ZAP

"Tu esi parādījis mums ļoti nežēlīgu sava rakstura pusi, E-Z Dikensi, un, ja tava māte un tēvs būtu šeit, viņiem būtu kauns par tevi."

"Atvainojies," E-Z sacīja, "bet nekad nerunā ar mani par maniem vecākiem. Jums, erceņģeļi, viņi ir ārpus robežām. Saproti?"

Rafaēls pieskārās.

"Turklāt es negribēju ievainot viņu jūtas. Protams, mēs tos varam izmantot. Ja mums būs jācīnās ar Fūrijām, tad mums būs vajadzīga visa iespējamā palīdzība. Atgriezieties, lūdzu, Hadz un Reiki. Dodiet man vēl vienu iespēju."

Nekas.

E-Z mēģināja vēlreiz. "Atgriezieties, un jūs būsiet ļoti gaidīti mūsu komandas biedri."

POP

POP

Pāris tagad bija tīrs un kārtīgs kā agrāk.

"Laipni lūgti atpakaļ," sacīja E-Z.

Hadžs un Reiki pielidoja pie viņa. Katrs apsēdās uz viena no viņa pleciem. Viņi neviļus sakustējās, baidīdamies no savām ēnām.

"Viss būs labi," viņš teica. "Tagad jūs esat mūsu komandas biedri, mēs jums atbalstīsim."

Viņi centās smaidīt, un viņš novērtēja viņu pūles.

"Tātad," E-Z sacīja, "ko tieši Ēriēls pastāstīja Furijām par mums?"

"Viņš viņiem teica, ka mēs sūtām bērnus, lai tos sakautu, - tas ir viss."

"Tas ir tas, ko viņš jums teica? Kā mēs varam zināt, ka viņš nemelo? Un kā mēs uzzināsim, kāds ir Furiju galīgais mērķis?"

"Mēs domājam, ka zinām, ka Fūrijas un Ēriēla mērķis bija kontrolēt zemi. Viņi grasījās uzspiest ZEMES PAUZI un pārvērst to par Jauno Hadesu, t. i., elli uz zemes. Kur viņi varētu valdīt, izveidojot dvēseļu komandu, kas būtu viņu nežēlastībā. Jā, viņi ļautu dvēselēm brīvi klaiņot, bet, tiklīdz tām būtu brīvība, - tām būtu no tās jāatsakās."

"Kāpēc viņi piekristu no tās atteikties?" viņš jautāja.

"Tāpēc, ka cilvēki, pat cilvēku dvēseles nespēj uztvert brīvības jēdzienu. Tā vietā viņi labprātāk izvēlas būt ierobežoti. Brīvības trūkums ir cilvēka drošības sega."

"Tas ir meli," sacīja E-Z. "Tas mani tik ļoti sadusmo! Mēs, cilvēki, protam novērtēt savu brīvību. Mums patīk daba, iespēja elpot gaisu, dalīties savās domās un sajūtās ar citiem, novērtēt pasauli un visu, kas mums tajā ir."

"Pietiekami dusmīgs, lai cīnītos par savu un citu cilvēku brīvību?" Ophaniels sacīja.

E-Z pat nebija pamanījis, ka viņa ir atgriezusies.

"Jā," viņš atbildēja. "Bet saki man, šajā viņu jaunajā pasaulē viņi izvēlēsies tikai tās dvēseles, kuras varēs kontrolēt. Kas notiktu ar pārējām?"

"Tās mūžīgi peldētu apkārt bez mājām," Rafaēls sacīja. "Šajā viņu jaunajā pasaulē pēcnāves dzīve tiktu likvidēta. Zeme mūžīgi atrastos pauzes stāvoklī. Dvēseles paliktu ķermeņos, kas vairs nebūtu ne dzīvi, ne miruši. Sirdis vairs nepukstētu. Nebūtu vairs ne mīlestības, ne bērnu, kas varētu piedzimt. Neviena dvēsele vairs nekad nepaceltos."

E-Z klusēja, domādams un visu uztverdams.

Balss sienā jautāja: "Vai kāds vēlas atspirdzinājumu?"

"Nē, paldies," viņš atbildēja, bet bija priecīgs par pārtraukumu, jo tas viņu atgriezās pie šī brīža. "Es saprotu, kam Eriels izmantoja Fūrijas. Fakts paliek fakts, ka viņš ir tāds pats erceņģelis kā jūs, un jūs zinājāt, ka viņam ir problēmas, tomēr devāt viņam iespēju pēc iespējas pat tad, kad viņš to nebija pelnījis. Tāpēc tagad es brīnos, kāpēc mums, man un manai komandai, vajadzētu labot to, ko viens no taviem pašu erceņģeļiem ir sabojājis?"

"Jo..." Rafaels sāka.

"Es vēl nebiju beidzis," E-Z sacīja, "pirms tam, kad tu un Ēriels apmeklējāt manu māju, kad viņš iepazinās ar manu ģimeni un citiem komandas locekļiem, mēs domājām, ka viņš ir mūsu pusē. Viņš redzēja, kur mēs dzīvojam. Viņš visu par mums zina. Viņa dēļ mēs esam nopietni apdraudēti."

"Tā ir taisnība," sacīja Ophaniels.

"Nenoliedzami, un mums ir ļoti žēl," sacīja Rafaels.

"Lai Eriels viņus izsauc. Viņš radīja šo haosu, un viņam vajadzētu to labot." Viņš sadūra savilktus dūrienus uz krēsla atzveltnes, liekot Hadzam un Reiki lēkt un drebēt. Viņš paglaudīja topošajiem eņģeļiem pa galvu. "Nekas, man žēl, ka jūs satraucu."

"Bravo!" Hadzs uzmundrināja.

"Urā!" Reiki iesaucās.

Rafaēls un Ophaniels vienbalsīgi sacīja: "Eriels ir ieslodzīts dziļi zemes dzīlēs. Viņš atrodas vietā, kur nevienam cilvēkam nevajadzētu uzdrīkstēties doties. Īsi sakot, viņš nav sasniedzams."

"Bet mēs reiz izbēguši no raktuvēm," sacīja Reiki.

"Divreiz," sacīja Hadžs.

"Viņš nav raktuvēs, viņš ir citā vietā, dziļāk, ne tik dziļi kā ugunsgrēkos, bet citā vietā, kur ir tik auksti, ka viss pārvēršas ledū, pat asinis, kas plūst vēnās. Vietā, kur neviens cilvēks nevarētu izdzīvot!

"Ēriels arī tur ir bezspēcīgs, jo viņa ir atņemti spēki. Viņš ir zem slēdzenes, viņš nevienu neredz. Viņš neko nedzird. Viņam nekad netiks ļauts iziet no šīs vietas - NEKAD."

"Es gribu ar viņu runāt," sacīja E-Z. "Man vajag uzdot viņam jautājumus - jautājumus, uz kuriem tikai viņš var atbildēt."

Rafaēls un Ophaniels iesaucās: "Tu nevari! Jūs nedrīkstat!"

"Tad es atsaucu savas komandas atbalstu. Lūdzu, atgrieziet mani mājās. Haruto un pārējie var atgriezties pie savām ģimenēm." Viņš pārtrauca runāt, kad viņa prātā uzplaiksnīja PJ un Ardena mirklis. Ja viņš neko nedarīs, viņi būs iesprūduši komās, varbūt uz visiem laikiem.

Viņš atcerējās visas reizes, kad viņi viņam bija palīdzējuši. Viņa pirmā diena skolā, kad viņš atgriezās ratiņkrēslā. Laiku, kad viņi viņu no jauna iepazīstināja ar beisbola spēlēšanu - visi komandas puiši bija ieradušies laukumā, lai viņu sveiktu. Laiku, kad viņi palīdzēja viņam pārdzīvot visu, kad nomira viņa vecāki. Viņam pa vaigu ritēja asara. Viņš to noslaucīja.

"Ņemiet viņu!" sienā atskanēja balss.

Tad pēkšņi kļuva ļoti, ļoti auksts. Tik auksts, ka viņš patiešām sajuta, kā asinis viņa dzīslās pārvēršas ledū.

NODAĻA 14
ERIEL UZ LEDUS

All vienatnē. Tik ļoti vientuļa. Un tik auksts, tik ļoti auksts. Bija sajūta, it kā viņš atrastos ledus kuba iekšpusē. Kad viņš ieelpoja, ledus piepildīja plaušas.

Viņš nonāca pie malas. Viņš ieelpoja tajā. Ledus aizsvīdēja. Tas nebija ledus kubs, tas bija stikla kubs. Un tur bija rokturis. Izskatījās, ka tas ir izgatavots no medaļas. Baidoties, ka viņa āda pie tā pielips, viņš izmantoja savu kreklu un atvēra to.

Iekšpusē atradās siltas segas, segas, džemperi, cepures, cimdi - viss. Viņš aizsniedzās iekšā un uzklāja slāņus.

Ieliekot rokas kardiganā, viņš domās aizlidoja atpakaļ uz laiku, kad viņa tēvs slēpošanas braucienā bija uzvilcis līdzīgu džemperi. Tas bija zaļš, tāpat kā šis, un, no ārpuses taustoties, tas bija skrāpjains, bet iekšpusē - silts kā grauzdiņš. Kad viņš to uzvilka sev ap sevi un aizpogāja priekšpusē, viņa nāsis piepildīja tēva iecienītā skūšanās losjona eļļainā smarža. smaržoja tajā tēva skūšanās losjonu. Viņu pārņēma spēcīga deja vu sajūta, kad viņš iebāza pirkstus melnos samta cimdos - cimdos, kas, viņš zvērēja, piederēja viņa tēvam. Taču tie nevarēja būt, jo ugunsgrēkā viss bija iznīcināts. Viņš apskāva sevi ar rokām, cenšoties sasildīties. Domāja, ka aukstums pārņēma viņa ķermeni un prātu.

Viņš atgrūda dažus citus priekšmetus un kastes apakšā atrada segu, ko uzreiz atpazina. Ar rokām adīta, ko viņa māte nakts pēc nakts adīja uz dīvāna, un, kad tā bija pabeigta, tā ieņēma savu vietu - uz ādas dīvāna atzveltnes. Filmu vakariem un lai aizsegtu acis, ja atgadītos kas biedējošs.

Viņš noņēma cimdus un pieskārās tai, lai pārliecinātos, vai tā ir īsta, un tad pieskārās tai pie vaiga. Mātes smaržu ziedu aromāts sasniedza viņu, mierināja viņu. Pa viņa vaigu aizskrēja asara, kad viņš atkal uzlika cimdus, tad apvilka mātes segu ar tēva kardigānu. Viņš nēsāja segu kā kapuci un ieraudzīja apkārtni.

Virs viņa galvas, bet uz leju vērsti ar saviem asajiem dzelkšņiem bija visdažādāko izmēru un formu stalaktīti no ledus. Ja kāds no tiem nokristu, tie caurdurtu viņa galvaskausa augšdaļu un turpinātu virzīties cauri viņam līdz pat pirkstu pirkstiem. Viņš vēlējās, lai viņam būtu celtnieka cepure -

BINGO

Un uz viņa galvas parādījās dzeltena cieta cepure, tad vēl viena, un vēl viena, un vēl viena. Viņš jutās kā ziņkārīgais Džordžs un pasmaidīja. Tagad viņš bija gatavs visam.

Viņš meklēja durvis, virzīdamies gar kuba sienām. Nebija redzams neviens rokturis. Kādā cietumā viņi viņu bija iemetuši?

Beidzot viņš atrada malas labās sienas vidū. Viņš noņēma cimdu un ar nagu nokasīja virsmu, kas, kā viņš drīz vien atklāja, bija logs. Tas, ko viņš ieraudzīja, nelika viņam justies mazāk nemierīgam. Viņa kubs bija viens no daudziem, kas stiepās gar tuneli, cik tālu vien acs varēja saskatīt. Aiz savu kabīņu stiklotajiem logiem nebija redzams neviens iemītnieks.

Viņš elpoja uz stikla un uzrakstīja vārdu "HELP!", rakstītu otrādi, ja kāds to ieraudzītu. Tad viņš to ātri izdzēsa, atceroties, pie kā viņš bija atnācis: Eriels.

E-Z pārvietojās gar kuba priekšpusi uz tālo pusi un atkal atrada rāmi, par kuru viņš bija pārliecināts, ka tas ir logs. Viņš noskrāpēja virsmu un drīz vien atrada to, ko meklēja: nodevēju.

Kādreiz varenais erceņģelis izskatījās nožēlojami, it kā kāds būtu iedūris viņam ar adatu un izlaidis visu gaisu. Viņa ķermenis bija piestiprināts pie sienas. Sākumā E-Z domāja, ka viņu tur gravitācija vai kāds neredzams spēks, bet tad, ieskatoties tuvāk, viņš saprata, ka viss Ēriēla ķermenis atrodas biezā ledus bluķī. Ēriēla kubs bija veidots atbilstoši viņa ķermenim, tāpēc ledus ūdens piepildīja katru viņa formas kaktiņu, un viņam atšķirībā no E-Z nebija pieejamas segas.

KLANK. CLANK. CLANK.

E-Z pagrieza kaklu uz kreiso pusi, kad sadzirdēja atskanam soļus. Viņš juta, ka lieta tuvojas, taču nevarēja to saskatīt.

CLANK. CLANK. CLANK.

E-Z pakratīja galvu. Viņam vajadzēja koncentrēties, palikt šajā mirklī, un tomēr viņš izjuta vēl vienu dīvainu deja vu sajūtu.

Viņa prātā atgriezās sapnis, kas viņam pirms kāda laika bija par dzimšanas dienas ballīti kopā ar PJ un

Ardenu. Tajā sapnī bija ieradies kāds skaitlis kapuci, kas izdvesa līdzīgu skaņu. Sapnis bija par pazudušās beisbola cepures meklēšanu.

Kad skaņa kļuva arvien skaļāka, viņš ieraudzīja figūru, kas bija karavīrs, lielāks par dzīvību, ar spārniem divu pieaugušu kļavu lielumā. Vienā rokā erceņģelis nesa zelta vairogu, bet otrā - zobenu. E-Z aizsedza acis, kad gaisma trāpīja uz zobena korpusa.

KLANK. KLANK. CLANK.

Arhaņģeļa karavīrs apstājās Ēriēla priekšā, kurš nepacēla acis, lai satiktu jaunpienācēja skatienu.

Kamēr viņš neapstājās, E-Z nebija pamanījis erceņģeļa milzīgos spārnus, kas, kamēr viņš gāja, bija atpūtušies. Tagad karotājs pacēlās tā, ka viņa un Ēriēla sejas bija vienā līmenī.

"Jums ir viesis," viņš teica.

Eriels palika nolaidis acis.

"Tavas acis mani nemaldina," sacīja karotājs. "Tu esi sevi apkaunojusi. Tu esi apkaunojis mūs visus - un tomēr tev nav žēl, un tu nenožēlo savu grēku. Runā ar mani. Pastāsti man, kāpēc man vispār būtu jāļauj tev pie sevis ielaist viesi."

Ēriels turpināja skatīties uz grīdu, kaut ko nedzirdami murminādams.

"Runā skaļi!" karavīrs pieprasīja.

"Es nožēloju!" Ēriels nopriecājās. "Es nožēloju, ka man neizdevās..."

"Klusē!" karavīrs pieprasīja.

KLANK. CLANK. CLANK.

Tagad karotājs stāvēja stikla otrā pusē, aci pret aci ar E-Z.

"Es esmu Maikls," viņš teica.

"Sveiki, es esmu E-Z." Viņš pazina vīrieša balsi. Viņš bija tas, kurš lika Rafaelam un Ophanielam ļaut viņam runāt ar Ēriēlu.

"Celieties," Maikls sacīja.

"Es nevaru staigāt," viņš teica.

"Tu vari, ja es tā saku," atklāja Maikls, "un es tā saku. Celies, E-Z Dikens!"

E-Z jutās kā viens no tiem, kas gatavojas dziedināšanai dievkalpojumā televīzijā. Viņš negribīgi pacēlās no krēsla. Viņa kājas nedaudz pakustējās, galvenokārt no bailēm, nevis neticības. Galu galā Miķelis bija visspēcīgākais erceņģelis. Dažas sekundes vēlāk E-Z jau stāvēja augumā ledus sienas iekšpusē.

"Jūs lūdzāt parunāt ar to lietu, to kritušo lietu tur, pie sienas. Viņš jums nepalīdzēs, jo ir sapuvis līdz pašai saknei. Un tomēr viņam BŪT jāpalīdz jums.

Viņam BŪT jāpalīdz mums visiem, lai glābtu sevi no pārvēršanās par ledus skulptūru - pastāvīgu šīs vietas iemiesojumu."

Ar katru izrunāto vārdu Maikla balss lika E-Z justies stiprākam un pārliecinātākam.

Ēriels pacēla acis.

Uz mirkli E-Z kaut ko tur ieraudzīja. Vai tā bija sakāve? Vai tas bija nožēla?

Ēriels aizvēra acis, kad viņa ķermenis ledus cietumā, kas viņu turēja, atslāba.

"Es domāju, ka viņš nomodā," sacīja E-Z.

KLANK. CLANK. CLANK.

Maikls atgriezās, lai tuvāk aplūkotu savu ledus cietumu. No viņa zābaka augšdaļas izslīdēja čūska un sāka rāpot uz Ēriēla seju. Tas slīdēja uz augšu, uz augšu, ar dakšoto mēli kustēdams uz priekšu un atpakaļ, it kā alktu pēc asinīm.

Maikls sacīja: "Mana drauga ķermenis kūleņo savu ceļu pretī tavai sejai, Ēriel. Vai tu negrasies atvērt acis un sasveicināties?"

Ēriels patiešām atvēra acis, un, ieraugot čūsku, kas mēroja ceļu augšup pa viņa ķermeni, viņš izdzēsa kliedzienu.

"GARUUUUUUUUUUUUUUUMMMMMMMMMMM!"

Maikls lauza pirkstus, un čūska pārtrauca kustību. Izmantojot nagu, Maikls nokasīja ledu. Tajā Eriela ķermenis vibrēja. It kā viņu būtu pārņēmusi elektrība.

"MMMMM,hhhhh,MMMMMMMMM!"

"Apstājies!" E-Z kliedza, aizsedzot ausis. "Lūdzu!"

Maikls pārtrauca skarbu. Viņš pacēla roku, un čūska apvijās un slīdēja atpakaļ uz viņa zābaka iekšpusi.

"Šis zēns tev parāda žēlsirdību, Ēriēls. Tas ir vairāk, nekā tu esi pelnījis."

Ēriels izmisumā turpināja stenēt.

Maikls turpināja, pagriežoties pret E-Z: "Es došu jums piecas minūtes, lai uzdotu Ēriēlam visus jautājumus, kas jums varētu rasties."

Tad Erielam: "Mēs varam piespiest tevi ar viņu runāt, bet es dotu priekšroku tam, ja tu pats no savas gribas izvēlētos viņam palīdzēt. Reiz jūs izvēlējāties glābt šī zēna dzīvību. Viņš savukārt atmaksāja savu parādu. Tagad tu esi mūs nodevis, un tev ir no jauna jāiegūst mūsu uzticība."

Maikls pacēla kāju un iesita ar kāju ledus konstrukcijai, kurā bija ieslēgts Ēriels. Tā satricinājās, taču nesakustējās un nesadrupēja.

"Tu man riebies! Jūs sagaidāt, ka šis cilvēku zēns labos jūsu kļūdas. Patiesībā labot jūsu kļūdas. Tomēr viņš vēlas dot tev iespēju atbildēt uz viņa jautājumiem. Tāpēc palīdzi viņam. Šī ir tava vienīgā iespēja, vienīgā iespēja pierādīt mums, ka tevī vēl ir kaut kas glābšanas vērts. Kāda jūsu daļa, kas vēl nav sapuvusi līdz pašam kodolam."

Ēriels pacēla acis: "Kungs." Viņš atkal nolaida acis.

"Tev var tikt piedots, bet, ja izvēlēsies viņam nepalīdzēt, tava nesadarbošanās tiks pienācīgi atzīmēta."

Ēriēla acis palika pievērstas grīdai.

"Vai jūs saprotat?" Maikls jautāja. Kad Ēriels neatbildēja, Maikla balss atskanēja: "Vai jūs saprotat?"

E-Z šķita, ka ledus visapkārt satricina un dreb, izdzirdot Maikla balsi, un viņš atkal bija pateicīgs par visām ķiverēm, kas aizsargāja viņa galvaskausu. Viņš cerēja, ka ar tām pietiks, citādi viņš uz visiem laikiem tiktu apglabāts šajā vietā kopā ar Ēriēlu un Maiklu, un viņš nekad vairs neredzētu ne tēvoci Semu, ne savus draugus.

Ēriels pieskārās.

"Piecas minūtes," teica Maikls.

KLANK. CLANK. CLANK.

Un viņš pazuda.

Viņš un Ēriels palika vieni.

E-Z pietuvojās Ēriēlam un jautāja: "Kā mēs varam pārspēt Furiju?"

Ēriels atvēra muti, lai runātu, bet neko neteica. Viņš aizvēra acis.

"Lūdzu," E-Z lūdza. "Lūdzu, palīdzi mums."

KLANK. CLANK. CLANK.

Maikls jau bija atgriezies. Nevarēja būt pagājušas piecas minūtes - vēl ne. Viņš no Ēriēlas neko nebija iemācījies, vispār neko.

Ēriels ar sakostiem zobiem un čivinot čukstēja trīs vārdus: "Izmantojiet Rafaēla brilles."

"Ko?" E-Z kliedza, dauzīdams ar dūri pret ledus sienu. "Kā?"

Nākamais, ko viņš saprata, bija atkal atpakaļ virtuves durvju ailē. Viņš vairs nebija ģērbies vecāku drēbēs, bet tēva skūšanās losjona un mātes smaržu apvienotās smaržas bija saglabājušās. Viņš apskāva sevi un klausījās, kā Čārlzs skaidro sava stāsta morāli.

"Mana stāsta morāle," teica Čārlzs, "ir tāda, ka viss ir labāk, ja tev ir draugi, ar kuriem to dalīties."

"Ak," teica E-Z, kad Samanta paziņoja, ka brokastis ir pasniegtas.

"Stājieties rindā šeit. Paņemiet šķīvi, salvetes un galda piederumus. Pasniedziet sev," viņa teica. "Tā ir šmorgasbord."

Sobo teica: "Sumogasubodo!" Haruto, kurš sajūsmā nopriecājās.

"Es pagatavoju suši," teica Samanta. "Tā bija mana pirmā reize."

"Paldies, bet nākamreiz es tev palīdzēšu." Sobo piekodināja: "Paldies, bet nākamreiz ļauj man tev palīdzēt."

Samanta piekodināja: "Tas būtu brīnišķīgi."

E-Z pavirzīja savu krēslu uz priekšu.

Tēvocis Sems čukstēja, ejot viņam līdzās: "Kur tu aizgāji? Jūs taču bijāt tur, un jūsu krēsls bija tur, bet jūs taču bijāt arī kaut kur citur, vai ne?" "Ne," viņš teica.

"E, jā, es paskaidrošu vēlāk. Man vajag laiku, lai apstrādātu visu, kas notika. Dodiet man dažas minūtes. Un, starp citu, paldies."

"Par ko?" Sems jautāja.

"Par brokastīm, tas bija kā vecajos laikos. Jautri."

"Pārliecināsimies, ka mēs to drīzumā atkārtosim."

"Noteikti," viņš teica, dodoties uz savu istabu.

NODAĻA 15

MĀJAS, SALDĀS MĀJAS

Na vientulībā, un bija labi apzināties, ka Ēriels vairs nerada viņiem fizisku draudu. Viņš bija kļuvis nespējīgs, pateicoties Maiklam, bet tikai pēc tam, kad bija visus nodevis.

Ēriels bija aizgājis pārāk tālu, bet kāpēc? Kāpēc viņš būtu nodevis savu sugu? Labi zinot, ka Maikls bija spēcīgāks par viņu. Tam nebija nekādas jēgas.

POP.

POP.

"Laipni lūgti mājās!" viņš teica.

Hadžs un Reiki piezemējās viņam priekšā uz gultas: "Paldies, E-Z. Tu vienmēr pret mums izturies laipni."

"Man žēl, ka Ēriēls bija tik briesmīgs pret jums. Labi, ka viņš tagad ir ieslodzīts. To viņš ir pelnījis."

"Ko tu par viņiem domā?" Hads jautāja.

"Nezinu, ko jūs domājat."

"Mēs nosūtījām kasti."

"Ak, varbūt tas nesanāca," sacīja Reiki.

"Tas bijāt jūs?" E-Z acis asaroja.

"Priecājos, ka tas droši ieradās," teica Hadžs, kad gribētāju eņģeļu pāra smaids izstiepās pa viņu sejām tā, ka šķita, ka pārējās iezīmes ir mazinājušās.

"Liels paldies. Es domāju, ka viss, kas piederēja maniem vecākiem, ugunsgrēkā ir iznīcināts." Viņš dziļi ievilka elpu, cīnoties ar asarām. "Es tikai vēlos, lai es to būtu varējis paņemt līdzi. Lai gan tas daudz ko nozīmēja, kaut vai tikai tas, ka..."

ZAP.

"Viss, kas jums bija jādara, bija tikai jāsaka vārds. Galu galā tie ir tavi," viņi teica.

Tā bija tur, viņa gultas galā. Viņa vecāku kastīte jeb tā dēvētā segu kaste. Tajā bija dārgumi, kurus viņš bija pārcilājis bērnībā. Un tagad tās bija viņa. Taustāma dārgumu lāde, kas piepildīta ar atmiņām par vecākiem.

"Bet kā?" viņš jautāja.

"Mums izdevās izglābt dažas lietas, ieskrienot un izskrienot, kad māja dega," teica Hadžs.

"Mēs nolēmām tās glabāt tev drošībā, līdz tu būsi gatavs tās saņemt atpakaļ. Mēs ceram, ka laiks bija īstais."

Viņš kā sapnī pavirzījās pret lādīti un atvēra vāku. Kā apskāviens viņu sagaidīja tēva muskusaini dūmakainā skūšanās pēc skūšanās, kas sajaucās ar mātes saldi kroniskajām smaržām. Uzmanīgi, lai tas viss neizplūstu vienā reizē, viņš viegli aizvēra vāku.

"Es nevaru jums abiem pietiekami pateikties. Es nekad nespēšu jums pateikties. Es visu iztirzāšu citreiz. Vēlreiz jums abiem liels paldies." Viņš izstiepa rokas, un abi topošie eņģeļi ielidoja tajās.

"Viņš kļūst pārāk somisks," sacīja Hadžs.

"Vai kāds tev ir teicis, ka tev vajag frizēt?" Reiki jautāja.

E-Z ar pirkstu izķemmēja matus un noglāstīja vidējo daļu, kas, pateicoties atrašanai sasalušās zemes dzīlēs, bija sastingusi kā sari birstes slotiņā. "Labāk?"

"Nedaudz," sacīja Hadžs.

"Labi, man vajag koncentrēties. Pārējie drīz ieradīsies šeit, lai uzzinātu jaunāko informāciju par Ēriēlas situāciju. Man viņiem jāstāsta par Maiklu. Domāju, ka viņi būs pārsteigti, ka es viņu satiku?"

"Nav svarīgi, vai viņi būs pārsteigti," teica Hadžs. "Svarīgākais ir tas, vai Ēriels tev pastāstīja kaut ko vērtīgu?"

"Jā, bet es joprojām mēģinu saprast, ko viņš ar to domāja."

"Pastāsti, varbūt mēs varēsim atrisināt šo noslēpumu!"

"Ko kurš domāja?" Alfrēds pajautāja, ieurbdams savu knābi istabā.

"Nāc iekšā," sacīja E-Z.

Alfrēds ienāca. Bija riesta sezona, un aiz viņa plīvurēja dažas spalvas. "Sveiki, Hadz, sveiki, Reiki."

"Sveiki," viņi atbildēja.

"Ilgs stāsts, bet, lai nonāktu tieši pie lietas, mani izsauca atpakaļ uz bunkuru, kur Rafaels un Ofaniels mani informēja par situāciju saistībā ar Ēriēlu. Viņš ir darbojies uz visām pusēm. Izliekas, ka ir mūsu, erceņģeļu un Fūrijas sabiedrotais. Neuztraucieties, viņa nodevība tika atklāta, un viņš tika notverts un ieslodzīts. Viņu sargā galvenais erceņģelis Mihaēls, kurš ļāva man īsi aprunāties ar Ēriēlu."

"Un ko Eriels teica?" Alfrēds jautāja.

"Man bija laiks uzdot viņam tikai vienu jautājumu. Es viņam pajautāju, kā mēs varētu uzvarēt Fūrijas. Tāpēc es ierados šeit, lai pārdomātu, ko viņš teica."

"Ah, tātad tu vēlējies palikt viens?" Alfrēds jautāja. "Nāciet, Hadžs un Reiki, dāvāsim E-am mieru un klusumu." Viņš devās durvju virzienā, bet viņi palika turpat, kur bija.

"Atrisināta problēma ir kopīga problēma," viņi dziedāja.

"Taisnība. Tā bija Čārlza stāsta morāle."

"Labi, pulcējieties." Viņš apstājās, tad teica: "Eriels teica, ka mums vajadzētu izmantot Rafaēla brilles."

"Pareizi, tas ir tas?" Alfrēds teica. "Es saprotu, kāpēc tu neesi pārliecināts, ko viņš ar to domāja. Tas ir ļoti neskaidrs."

"Es zinu. Un viņš neteica, kā tos izmantot."

Hadžs noliecās un kaut ko čukstēja Reiki.

POP.

POP

Un tie bija pazuduši.

"Varbūt jāsāk no sākuma. Pastāsti man, ko tieši Eriels tev teica."

"Es jau teicu. Viņš teica, lai izmanto Rafaēla brilles. Tas bija viss. Maikls mums bija uzlicis laika pulksteni.

Sākumā es domāju, ka Ēriels neteiks ne vārda. Viņš pateica tos trīs vārdus, un laiks beidzās. Nākamais, ko es sapratu, bija atkal šeit.”

Alfrēds soļoja un pamanīja gultas galā novietoto segas kastīti. “Kas tad tas ir?”

“Tā piederēja maniem vecākiem,” E-Z sacīja, cīnoties ar asarām. “Hadžs un Reiki izglāba to no ugunsgrēka. Viņi man tikai teica, ka izglāba to manis dēļ - pat apdraudēja savu dzīvību.”

“Tas bija tik,” viņš raudāja, ”apdomīgi no viņu puses. Vai tu jau esi to pārdzīvojusi?”

“Nē, bet es to darīšu.”

“Kāds bija Maikls?”

“Viņš staigājot daudz klaigāja. Tas man atgādināja sapni, kas man bija par PJ, Ardenu un giljotīnu.”

“Ak, es atceros, ka tu stāstīji mums par to sapni. Vai viņš bija tikpat biedējošs kā kats?”

“Maikls bija ļoti noskumusies, un tas bija pareizi. Eriels viņu nodeva, visi erceņģeļi un mēs. Bet es nesaprotu, kas varētu būt šāda riska vērts?”

“Varas - daži cilvēki būtu gatavi uz visu, lai to iegūtu. Bet mums ir jānoskaidro, kā mēs varam izmantot Rafaēla brilles, lai apturētu plānu, ko Eriels un Fūrijas ieviesa.”

E-Z noņēma tās no sejas. Kad viņš tās valkāja, asinis nepulsēja un nekustējās rāmjos, kā tas notika, kad tās valkāja Rafaels. Uz viņa tās bija gluži kā jebkuras citas brilles.

"Pavēli brillēm kaut ko darīt," ierosināja Alfrēds.

"Brilles pazūd," pavēlēja E-Z.

Viņš tās nometa, un tās nokrita uz grīdas.

E-Z atvilka elpu. Šajā gadījumā divas galvas noteikti nebija labākas par vienu. Viņš pasmējās.

"Bija patīkami redzēt Hadžu un Reiki atpakaļ. Vai viņi te paliks? Es domāju, lai mums palīdzētu?"

"Viņi ir, bet pēdējā laikā viņi ir daudz ko pārdzīvojuši, un, iespējams, cieš no PTSD - tas ir posttraumatiskā stresa sindroms." "Viņi ir, bet viņi ir daudz ko pārdzīvojuši pēdējā laikā, un, iespējams, cieš no PTSD - tas ir posttraumatiskā stresa sindroms."

"Jā, es zinu. Kas notika?"

"Eriels, tas ir tas, kas notika. Viņš ir radījis haosu un postījumus uz Zemes un visur citur, cik tas izklausās pēc skaņas." E-Z apstājās. "Ko darīt, ja es izmantoju brilles, lai mainītu savu veidolu?"

"Un ko?"

"Ja es varētu mainīt savu veidolu, es varētu apmeklēt Fūrijas kā Ēriels."

"Tas darbotos tikai tad, ja viņi nezinātu, ka viņš ir noķerts," sacīja Alfrēds.

"Jā, bet, ja viņi nezinātu. Padomā, kādu kaitējumu es varētu nodarīt. Es varētu tur ieiet. Viņi domātu, ka esmu viņu pusē. Un es varētu vērsties pret viņiem. BAM, es viņus varētu izsist no parka!"

POP.

POP.

"Tas būtu pārāk bīstami!" Hadzs sašūpojās.

"Ļoti pārāk bīstami!" Reiki atkārtoja.

"Turklāt mums ir cita ideja."

"Pastāstiet mums," sacīja E-Z.

"Viņi ir atveidojuši Balto istabu, tāpēc mēs tur atgriezāmies, lai noskaidrotu, vai tur ir kādas grāmatas par Rafaēla brillēm." "Mēs tur atradāmies.

"Un? Vai tur bija grāmata?"

"Nē," teica Hadžs.

"Bet mēs atradām šo," sacīja Reiki.

Tā bija maza grāmatiņa, aptuveni E-Z rādītājpirksta gala lielumā. Uz muguriņas bija uzraksts: *Rafaēla pirmā Enoha grāmata.*

Hadžs un Reiki pāršķirstīja lapaspuses, jo grāmatiņa bija ideāla izmēra, lai viņi abi varētu turēt to kopā.

"Šeit ir rakstīts," Hadzs skaļi nolasīja, "Rafaēla mērķis bija dziedināt zemi, kuru bija apgānījuši kritušie eņģeļi."

"Atceries, Rafaēls teica, ka es varu viņu piesaukt tikai tad, kad tuvojas gals? Iespējams, ka brilles atklās man savas spējas tikai tad, kad tās arī būs vajadzīgas."

"Tieši tā," Hads un Reiki piekrita.

"Es domāju, ka mums kopā ar pārējiem ir vajadzīga prāta vētra, bet tava ideja mainīt savu izskatu uz Ēriēlas izskatu ir laba," teica Alfrēds. "Mums tikai būtu jāizdomā, kā tevi atbalstīt, kad tu to darīsi, lai tu būtu drošībā."

"Tā ir slikta ideja," sacīja Hadžs.

"Ļoti slikta ideja!" Reiki sacīja.

"Kā tā?" Alfrēds jautāja.

"Pirmkārt, jūs nezināt, ko zina Fūrijas."

"Vai arī nezina."

"Otrkārt, tas varētu būt slazds."

"Ēriēla un Fūrijas sarīkotas lamatas."

"Trešķārt, un vissvarīgākais no visiem,"

"Ēriēls baidās no Maikla."

Vienbalsīgi viņi teica: "Rafaēla brillēm jābūt atslēgai uz visu. Ēriels meklē piedošanu un izpirkšanu pie Mihaēla un citiem erceņģeļiem. Tā ir viņa vienīgā cerība. Tu esi viņa vienīgā cerība. Tāpēc mēs ticam, ka viņš jums teica patiesību.”

“Bet ko darīt, ja Fūrijas nezina par Ēriēla - situāciju? Kamēr viņi ir neziņā, mums šeit ir priekšrocības,” Alfrēds sacīja.

“Es piekrītu,” sacīja E-Z.

Lia ielaida galvu istabā, un tai sekoja pārējā banda. “Kas notiek?” viņa jautāja.

“Nāc iekšā, un es paskaidrošu. Un aizver aiz sevis durvis.”

“Izklausās apšaubāmi,” teica Lia. Viņa pamanīja Hadžu un Reiki un pamāja viņiem ar roku. Tad viņa aizvēra aiz viņiem durvis un aizslēdza tās.

NODAĻA 16
KO DARĪT…

"**S**ēdieties, iekārtojieties ērtāk," viņš teica, kad visi sakrāvās uz viņa gultas. "Vispirms tiem, kas ar viņiem vēl nav iepazinušies, - šis ir Hadžs, un šī ir Reiki. Viņi ir draugi un vēlas būt eņģeļi. Viņi ir iecelti, lai mums palīdzētu."

Haruto paklanījās, Lāči teica: "Labu dienu!" Čārlzs un Brendijs paspieda viņiem rokas.

Pēc tam, kad visi bija oficiāli iepazīstināti, komanda apsēdās gar gultas malu. E-Zam šķita, ka viņi izskatās pēc pasažieriem, kas gaida autobusu.

"Mēs visi esam šeit, lai uzvarētu Furiju. Bet mums ir kāda aktuāla informācija, kas mums jāņem vērā. Pirms mēs virzāmies uz priekšu."

"Ko jūs ar to domājat?" Lia jautāja. "Vai jūs domājat, ka mēs varētu atteikties?"

E-Z attīrīja rīkli.

"Vislabāk būs, ja ļausiet man jums visu izstāstīt, tad varēsiet uzdot jautājumus. Droši vien man vajadzēja sākt ar to. Bet es pats visu vēl apstrādāju." Viņš vilcinājās. "Ar to es gribu teikt, ka dodiet man mazliet vaļības, jo šī ir sarežģīta situācija, un vēl sarežģītāk to izskaidrot."

Visi klanījās, tāpēc viņš turpināja.

"Eriels ir aizturēts arhaņģeļu gūstā. Viņš ir nodevis viņus un ir nodevis arī mūs. Viņš vairs mūs neapdraud, taču viņš ir kompromitējis mūsu misiju. Problēma ir tā, ka mēs nezinām, cik ļoti. Taču mēs zinām vairāk par viņa nodomiem - iegūt kontroli pār Zemi ar jebkādiem līdzekļiem. Lai to paveiktu, stājoties pretī erceņģeļiem, viņš riskēja - pat tad, ja viņa pusē bija Fūrijas."

Ikviena dzirdama nopūta lika viņam uz mirkli vai diviem apstāties, pirms viņš turpināja.

"Erceņģeļi ir novērsušies no viņa. Es tikos ar Mihaelu, kurš vada erceņģeļus, un viņš bija pret Erielu nosodīts. Un Ēriels bija nobijies no viņa."

Vēl vairāk dzirdamas nopūtas.

"Mūsu plāns A bija ieslodzīt Furiju spēļu vidē. Ēriels zināja par šo plānu. Patiesībā viņš mudināja mūs to īstenot. Tātad mums jāpāriet pie plāna B. Jau tas, ka viņš zināja par plānu A, ir pietiekami, lai mēs to noraidītu."

Vēl vairāk nopūtas un "Ak nē!"

"Tātad plāns B. Es zinu, ka jūs domājat acīmredzamo: t. i., mums nav plāna B. Nu, mums tā arī nebija. Bet tagad mums ir. Vai jūs šokēs, ja uzzināsiet, ka mūsu plāns B ir nācis no mūsu nodevējas mutes?"

Visi mājināja ar galvu.

"Kā jau teicu iepriekš, es tikos ar Maiklu. Tas bija viņš, kurš ieteica Ēriēlam, ka viņam var piemērot iecietību tikai un vienīgi tad, ja viņš mums palīdzēs.

"Maikls atvēlēja mums kopā tikai piecas minūtes. Un lielāko daļu šī laika Ēriels neko neteica. Tad, kad tā jau bija tuvu beigām, viņš pateica trīs vārdus: "Izmantojiet Rafaēla brilles" - un tas bija viss. Es kaut kad vēlāk atcerējos, ka Rafaels bija teicis, ka Čārlzs varētu būt mūsu slepenais ierocis, tātad ar brillēm mums varētu būt divi ieroči, par kuriem viņi nezina."

Čārlzs aizturēja elpu.

E-Z atzina Čārlzu ar mājienu.

"Bet, pirms mēs sašaurināsim loku un veiksim smadzeņu vētru, mums jāskatās uz kopējo ainu un jāizlemj, vai šī ir mūsu cīņa. Vai tā ir kaut kas tāds, kurā mēs joprojām vēlamies kā komanda iesaistīties.

"Pateicoties Ēriēlai, es šodien esmu dzīvs. Viņš mani izglāba un pēc tam teica, ka esmu viņam un citiem erceņģeļiem parādā. Lai atmaksātu šo parādu, es pabeidzu vairākus pārbaudījumus. Alfrēds un Lia nāca līdzi, un mēs kopā izveidojām Trijotni. Un tad pēc viņu lūguma mēs izšķīrāmies.

"Mēs izveidojām savu supervaroņu tīmekļa vietni un palīdzējām cilvēkiem. Līdz arhaņģeļi lūdza mūsu palīdzību, lai sakautu Dvēseļu ķērāju pirātus. Ar laiku mēs uzzinājām, kas viņi ir: Fūrijas, varenās un ļaunās grieķu dievietes, kas bija atgriezušās.

"Hadžs un Reiki aizveda mani uz izlūkošanu, lai parādītu man viņu galveno mītni Nāves ielejā. Tur es pats savām acīm redzēju, kā tiek uzglabāti konteineri, kas piepildīti ar bērnu dvēselēm. Vēlāk PJ un Ardens tika no mums aizvesti. Viņu stāvoklis nav mainījies. Un, pateicoties Rafaelam, mēs paši savām acīm redzējām, kā darbojas šīs pretīgās dievietes.

"Fūrijas ir cienīgi pretinieki. Ja mēs ar tām cīnīsimies, mēs varam iet bojā. Tā, protams, nav jaunākā informācija, bet vai ir vērts riskēt ar dzīvību tagad, kad Ēriels mūs ir nodevis?

"Ņemot visu vērā, un jo īpaši to, ka mūsu pusē ir divi slepeni ieroči. Kaut arī tie ir ieroči, kurus mēs nezinām, kā varam izmantot. Iespējams, mēs esam labā situācijā, lai uzvarētu šajā cīņā. Ja vien mēs turēsimies kopā un atbalstīsim viens otru. Ja esam gatavi likt uz spēles savas dzīvības, lai cīnītos par lielāku labumu. Zemes labā, glābjot Zemi. Ko jūs sakāt?"

Nākamais, ko viņš zināja, bija tas, ka visi - izņemot Alfrēdu - lēkāja pa gultu, sakot: "Viens par visiem un visi par vienu!"

E-Z pacēla roku. "

"Visi, kas ir par cīņu pret Fūrijām, sakiet, jā."

Lēmums bija vienbalsīgs.

Sobo klauvēja pie durvīm un jautāja: "Varbūt arī es varu palīdzēt."

NODAĻA 17

ASK CHARLES DICKENS

Bredijadzirdami nopriecājās, liekot visiem telpā skatīties viņas virzienā. Tagad, kad viņai bija pievērsta visu uzmanība, viņa jautāja: "Un kā tu, vecāka gadagājuma pilsone, gatavojies palīdzēt mūsu supervaroņu bērnu komandai uzvarēt trīs spēcīgas ļaunās dievietes?"

Visā telpā atskanēja nopūta, kas lika Haruto ātri pārvietoties uz Sobo pusi. Viņš satvēra viņas roku un piespieda to pie sirds.

Sobo, kuru Brendijas nezināšana nesatrauca, čukstēja mazbērnam nomierinošus vārdus japāņu valodā.

"Atvainojies," pieprasīja E-Z.

"Viss ir kārtībā," sacīja Sobo. "Viņai ir taisnība, es varbūt neesmu supervaroņa lomā kā jūs visi, bet ikvienam šajā dzīvē ir kaut kas, ko dot." Viņa atvainojās.

"Atvainojies, Sobo," teica Brendija. Viņa neapstājās. "Es gribēju teikt..."

"Aizveriet to!" Lia iesaucās. "Nāc iekšā, Sobo."

"Mums noderēs visa palīdzība, ko varam saņemt," sacīja E-Z.

Čārlzs piecēlās, piedāvājot savu vietu Sobo un Haruto.

"Paldies," sacīja Sobo, un viņi ar mazdēlu dažus mirkļus sēdēja viens otram blakus, nerunājot.

"Vai tu jūties pietiekami labi?" Haruto jautāja.

"Jā, mazais," Sobo teica. "Arī man ir superspēja. Šo superspēju sauc par transformāciju. Es esmu nodzīvojis daudzas dzīves un nospēlējis daudzas lomas... katrā dzīvē es iemācos ko jaunu. Es esmu atvērts mācībām, tā ir dzīves būtība. Es piedāvāju savu dzīvi; es darītu visu, lai jūs glābtu. Jūs visus."

"Pat mani?" Brendija jautāja.

Sobo smējās. "Īpaši tu, bērns."

Brendija šķērsoja istabu un apskāva Sobo ap kaklu. "Paldies. Bet kāpēc tieši man?"

Haruto piecēlās un ar rokām uz gurniem iesaucās: "Tāpēc, ka tu esi traks!"

Visi smējās, arī Brendija.

Sobo atbildēja: "Jo tu esi bezbailīgs. Jā, bezbailība ir spēcīga emocija, bet tev ir jāiemācās pacietības. Lai izdzīvotu šajā pasaulē, tev vajadzīgas abas. Ar abām jūs kļūsiet vēl lielāks spēks, ar ko jārēķinās. Dzīve ir par to, kā mainīties, pašam no iekšpuses uz āru, no ārpuses uz iekšpusi. Mācīties. Augt. Mums ir jābūt kā kokiem, kas mainās līdz ar gadalaikiem, locās līdz ar vēju."

"Tik skaisti," teica Čārlzs.

"Bet pasaulē ir gan labais, gan ļaunais," sacīja Sobo. "Tai ir jābūt tādai. Vienam ir jāeksistē, lai varētu pastāvēt otrs. Un mums, tev un man, un visiem šeit klātesošajiem, ir jācīnās tikai labā pusē. Šajā pasaulē var būt tikai viens uzvarētājs. Un šim uzvarētājam ir jābūt visas cilvēces labā."

Sobo pārstāja runāt. Kamēr viņa atvilka elpu, pārējie klusēja, gaidot, kad viņa turpinās.

"Es esmu šeit," Sobo turpināja, "lai atnestu sveicienus no Rozālijas."

"Tu un Rozālija, Sobo, bet kā?" Lia jautāja.

"Rozālija atnāca pie manis sapnī. Kā es uzzināju, ka tā bija viņa? Tāpēc, ka viņa man tā teica. Sapņi ir spēcīgi vienotāji. Gari šķērso pasaules un sajaucas ar mums, lai būtu kopā ar mums, vai lai pastāstītu mums lietas, ko mēs nezinām, piemēram, brīdinājumus, priekšnojautas. Rozālija vēlējās palīdzēt mums cīnīties, cīnīties un uzvarēt."

"Jā," sacīja E-Z. "Es bieži sapņoju par saviem vecākiem. Reizēm viņi man atklāj lietas vai stāsta lietas, par kurām viņi nevarēja zināt. Ja vien viņi nedalās ar mani manā dzīvē."

"Jā, mīlestība ir spēcīga emocija, kurai nav robežu. Tie, kurus tu mīli, meklēs tevi, atradīs tevi, palīdzēs tev pat vissmagākajos brīžos."

"Vai viņa," Lia jautāja, "ir laimīga?"

Sobo pasmaidīja. "Laime nav viss. Ļaujiet man jums pateikt, ka viņa ir pati par sevi. Tas ir viss, kas jums patiešām jāzina. Un kā pati par sevi, kā kuģis, kas arī cīnās tikai labā pusē, viņa tic jums, Čārlza Dikensa kungs. Jūs esat mūsu spēks."

"Es?" Čārlzs jautāja.

"Jā, Čārlzs. Aizved mūs uz bibliotēku. Bibliotēka mākoņos."

"Es par to nekad neesmu dzirdējis. Es nevaru jūs tur aizvest. Viņa mani droši vien ir sajaukusi ar kādu no pārējiem."

"Kādu bibliotēku?" Brendija jautāja.

"Un kāpēc tā ir mākoņos?" Lia jautāja.

"Es tur esmu bijis," sacīja Sobo. "Tā ir ļoti sena un aizsargāta... tikai tie, kas to zina."

"Es neesmu viens no tiem," teica Čārlzs.

"Tev vienkārši vajag nedaudz palīdzēt," sacīja Sobo. "Dodiet viņam Rafaēla brilles, un tad viņš būs zinošs."

"Pagaidi," sacīja E-Z. "Kā jūs tur nokļuvāt?"

"Vai jūs man neticat?" Sobo pasmaidīja. "Rozālija mani tur aizveda sapnī... viņa ir gars... un viņa mani vadīja kā sapņu gājējs."

"Vai tu esi pārliecināts, ka tās nebija atmiņas, kurās viņa stāstīja par Balto istabu?"

"Noteikti ne. No kurienes es to zinu?" Sobo jautāja. "Tāpēc, ka Rozālija man teica, ka nekad negribēja atgriezties vietā, kur viņu nogalināja tās ļaundarīgās māsas."

"Tas ir loģiski, un tomēr kaut kas, ko Rafaels teica par to, ka nekad un nevienam nenodos brilles, liek man uztraukties, ka es varētu rīkoties pretēji viņas vēlmēm."

"Ko darīt, ja Rozālija nav viena no tiem, kas zina?" Sobo jautāja. "Vai mums ir jāizlaiž šī iespēja palielināt mūsu izredzes uzvarēt Furiju, noraidot jaunāko informāciju, ko sniegusi uzticama draudzene un uzticības persona Rozālija?"

"Vispirms pastāstiet," E-Z sacīja: "Kāda tā bija?"

Sobo aizvēra acis. "Iedomājies laiku, kad tu ieslēdz karsto ūdeni tikai dušā vai vannā, bez ventilatora un atvērta loga. Jūs izgājāt no istabas, lai kaut ko paņemtu, un aizvērāt durvis. Kad vēlāk tās atvērāt, telpa bija pilna tvaika, un, kad iegājāt iekšā, jūs neko nevarējāt saskatīt - sākumā. Bet acis pielāgojās, un tad jūs varējāt redzēt visu. Man bija tāpat, kad pirmo reizi iegāju Mākoņu bibliotēkā."

Viņa atvēra acis. "Iedomājieties mākoņa iekšpusi, kur bija grāmatas. Katra uzrakstītā, izdotā grāmata, kas turpat tavā priekšā. Pieejama lasīšanai, ņemšanai, mācībām. Tā tas bija Mākoņu bibliotēkā. Un mums visiem tagad ir jāiet un jāredz tas pašiem. Šodien."

"Tas izklausās maģiski," teica Čārlzs. "Es gribu iet. Es gribu jūs visus tur aizvest."

"Tas izklausās pārāk labi, lai būtu patiesība," teica Brendija.

Sobo pasmaidīja.

E-Z vilcinājās, pirms noņēma brilles un pasniedza tās Čārlzam.

"E-Z," Sobo teica, "Rozālija man teica, ka Rafaēla noteikuma izņēmums ir Čārlzs. Atceries? Un viņa bija tā, kas atklāja, ka Čārlzs ir mūsu slepenais ierocis."

E-Z pieskārās un atdeva brilles Čārlzam.

Čārlzs bez vilcināšanās tās uzlika. Kad viņš aizbāza tās aiz ausīm, uz briļļu rāmīšiem pulsēja visas cilvēkam zināmās krāsas. Visās krāsās, izņemot sarkano. Kad brilles nostājās zaļās zāles tonī, Čārlza kakls savijās pa kreisi pa labi pa kreisi pa labi pa kreisi pa kreisi. Viņš iztaisnojās, ieskatījās priekšā.

"Es esmu gatavs," viņš teica. "Turieties par rokām, lai mēs visi esam savienoti, un es jūs aizvedīšu turp."

"Pagaidiet mūs!" Hadžs un Reiki kliedza, lecot uz E'Z pleciem un turoties uz tiem kā par dzīvību. Bija pagājuši mirkļi, un neviens nekur nebija aizgājis.

NODAĻA 18

KAS NOTIKA NEPAREIZI?

"Es to nesaprotu," teica Čārlzs. "Es to redzēju savā prātā. Varbūt man vajadzīgas instrukcijas vai burvju vārdi. Vai Rozālija tev pateica kaut ko īpašu, kas man jādara, izņemot to, ka jāuzliek brilles Sobo?" Čārlzs jautāja.

Sobo pakratīja galvu. "Pamēģini kaut ko citu."

"Aizved mūs uz Mākoņu istabu!" viņš pieprasīja.

Šoreiz visi kā grupa šūpojās, it kā kāds būtu atvēris logu.

"Aizveriet acis," teica Čārlzs. "Visi gatavi?" Visi klanījās. Viņš aizvēra acis, kad supervaroņu grupa plus Sobo sadrumstalojās.

"Kaut kas ir savādāk," sacīja Lači, atverot acis. "Es jūtos citādāk."

Arī E-Z, atverot acis, jutās dīvaini. Hadz un Reiki tagad krākstēja. Viņiem šķita dīvains laiks, lai snauduļotu. Un kas vēl bija citādāks? Rafaēla brilles bija bezkrāsainas. Kāpēc? Nekad agrāk tā nebija noticis. Un kas vēl? Alfrēds - kur, pie velna, bija Alfrēds?

"Alfrēds? Kur tu esi?"

Lia izplūda asarās.

"Kāpēc tu raud?" E-Z jautāja.

"Tāpēc, ka es neko neredzu, ne ar rokām. vairs ne."

"Čārlzs. Brilles," teica Brendija.

"Kā ar tām?" Viņš tās noņēma.

Viņi aizklāja ausis, jo Sobo atgāza galvu un kliedza kā bānšeja, līdz maigā orķestra mūzika pārņēma viņas kliedzienus, un visi aizmiga.

✳✳✳

Tagad, kad dvīņi gulēja, Samanta un Sems interesējās, kā norit tikšanās E-Z istabā. Kad viņas ieradās, durvis bija aizslēgtas, un, kad viņas pieklauvēja, neviens neatbildēja.

"Tas ir dīvaini," teica Sems. "E-Z nekad neaizslēdz durvis.

"Paņem atslēgu," teica Samanta.

Samam bija slikta sajūta, kad viņš iebāza atslēgu slēdzenē.

Sems un Samanta skatījās, kā Sobo, Brendija, Lia, Lači, Haruto, Čārlzs un E-Z raugās priekšā kā manekeni veikala skatlogā.

"Viņi tikko elpo," teica Sems.

"Un kur ir Alfrēds?"

"Un kāpēc Čārlzs valkā Rafaela brilles?"

"Man ir bail," Samanta teica, paņemot vīra roku savā.

"Es nedomāju, ka mums šeit vajadzētu kaut ko traucēt," teica Sema. "Man ir sajūta, ka notiek kaut kas tāds, par ko mēs nezinām."

"Tas ir biedējoši."

"Kas tas ir?" Sems jautāja, pamanījis kasti E-Z gultas galā. "Es neticu! Tas tā nevar būt." Viņš noliecās, pacēla lādes vāku, ko daudzkārt bija redzējis brāļa istabā. Kumode, par kuru viņš bija domājis, ka ugunsgrēkā tā ir gājusi bojā. Tāpat kā tas bija noticis ar E-Z, atmiņas, ko radīja iekšā esošās smaržas, uzplaiksnīja, un viņu pārņēma emocijas.

"Ejam prom no šejienes," teica Samanta. "Tu vari man pastāstīt vairāk par lādīti ārā."

"Dosim tam nedaudz laika. Viņi drīz pamodīsies un…"

"Es nedomāju, ka mums ir kāda cita izvēle," teica Samanta, kad viņi aizvēra aiz sevis durvis.

NODAĻA 19
MĀKOŅU TELPA

Kharls brīdi stāvēja, iedziļinoties apkārtējā vidē. Vai viņš viņus bija atvedis uz nepareizo vietu? Viņš un pārējie (kuri visi gulēja) atradās augstu debesīs, bez neviena mākoņa. Viņi bija piezemējušies stikla platformas vidū. Viņš nezināja, kā tā turējās. Viņš pamanīja, ka E-Z ratiņkrēsls ripo uz priekšu, tāpēc steidzās pie viņa un pamodināja viņu.

"Kur mēs esam?" viņš pajautāja, pamodinot Hadžu un Reiki, kuri joprojām atradās viņam uz pleciem un gulēja cieši aizmiguši.

"Pamosties! Pamosties!" Čārlzs pavēlēja.

Viens pēc otra viņi atvēra acis, tad, sapratuši, cik augstu atrodas, viņi pieķērās viens otram, cenšoties nekustēties. Mēģināja neskatīties uz leju caur stikla stiklu, kas viņus atturēja no nogrūšanas uz zemes.

"Vēlētos, lai šai lietai būtu margas!" Lia iesaucās. Tagad viņa varēja visu redzēt, bet daļa viņas vēlējās, lai tā nebūtu.

"Kas to tur augšā, to es nevaru saprast," teica Čārlzs.

"Es nekad nebiju b-bija liela augstuma cienītāja," sacīja Brendija, satverot tuvāko pieejamo roku, kas piederēja Čārlzam.

"Ak," viņš teica, sajutis, cik auksta ir viņas roka.

"Es aizlidos tur un paskatīšos," sacīja E-Z un aizlidoja, pārvietojoties pa platformu, kas šķita kā izaugusi no gaisa, bez nekā, kas to turētu, un bez enkura, kas to turētu savā vietā.

Haruto turējās pie vecmāmiņas rokas. Viņa pamodās lēnāk nekā pārējie. Kad viņa šķita pilnībā pamodusies, viņa tikai teica: "Ak, nē," bija viss, ko viņa teica. Atkal un atkal.

"Tas nav Mākoņu kambaris, kur Rozālija tevi aizveda, vai ne?" Čārlzs jautāja.

Sobo spēra vienu, divus soļus, kamēr bērni piekērās viņai. Viņa aizvēra acis, cieši saspieda tās, tad atkal atvēra.

"Ko tu dari?" Brendija jautāja.

"Es meklēju grāmatas," sacīja Sobo. "Ja šī ir šī vieta, tad šeit vajadzētu būt grāmatām. Daudz grāmatu. Es neredzu nevienu. Nevienu."

E-Z, kurš joprojām pētīja platformas struktūru, jautāja: "Vai ir sajūta, ka esam īstajā vietā? Vai grāmatas varētu būt aizsegtas? Vai kāds tās redz?"

Visi noliecās noliedzoši, pat Hadžs un Reiki, kuri līdz šim brīdim savā starpā nebija izteikuši ne vārda.

"Man ir slikta, slikta sajūta par šo vietu," Hadzs un Reiki vienbalsīgi nopūtās.

Čārlzs vilcinājās, pirms sāka runāt. "Es redzēju bibliotēku savā galvā, kad uzliku brilles, un tā bija tāda, kā Sobo mums to aprakstīja. Nebija stikla platformas. Šī vieta nav tāda, kādu es to iztēlojos. Sākumā es domāju, ka brilles ir kļūdījušās, bet tagad, ja Hadžam un Reiki ir slikta sajūta, un Sobo arī, es domāju, ka tā." Sobo pieskārās, un viņš pamanīja, ka viņa trīc. "Es domāju, ka mums ir jādodas prom no šejienes - un ātri."

E-Z pamanīja, ka trūkst Alfrēda. "Vai kāds zina, kas noticis ar Alfrēdu? Mēs visi bijām savienoti ar pieskārienu, kad ieradāmies šeit. Kā viņš varēja pieķerties?" Tagad viņš pamanīja, ka Hadžs un Reiki, šķiet, ir ārā. Gandrīz tā, it kā viņi būtu lietojuši narkotikas, jo viņu acis bija nolaidušās atpakaļ galvās, un viņiem bija grūti noturēties nomodā.

"Gulbjiem nav pirkstu, kuriem pieskarties," abi topošie eņģeļi dziedāja vienbalsīgi. Viņi izplūda smieklos un griezās riņķī, līdz bija pārāk apreibuši, lai noturētos virs ūdens, un ar šļakstienu nokrita uz stikla grīdas.

"Labi, Čārlzs, ar to man pietiek. Aizved mūs atpakaļ uz mājām - tūlīt."

Čārlzs, kurš bija noņēmis Rafaēlam brilles, tagad atkal uzlika tās atpakaļ ar nodomu izpildīt E-Z rīkojumu, iesaucās: "Ak, tur tās ir!"

"Tagad jūs varat redzēt grāmatas?" Sobo jautāja.

"Kad mēs ieradāmies, es nevarēju, bet tagad es varu. Ko man tagad darīt?"

"Nav nekādas jēgas," sacīja Sobo, "kāpēc tās tev būtu maskētas, bet pēc tam atklātas? Rozālija neminēja šīs lietas."

"Es domāju, ka gaiss šeit augšā ietekmē mūsu smadzenes," sacīja E-Z. "Es sāku justies kā apstulbusi, vieglprātīga. Labāk mums vajadzētu tikt prom no šejienes, un pronto, citādi mēs nokļūsim uz platformas ar seju uz leju kā Hadžs un Reiki."

Čārlzs izstiepa roku, un tajā ielidoja grāmata, ko viņš iebāza kreklā. "Aizved mūs atpakaļ!" viņš iesaucās. Tāpat kā pirmajā reizē, kad viņi mēģināja to izdarīt, nekas nenotika.

"Varbūt mums vajag turēties rokās," sacīja Sobo. "Un atkal aizvērt acis."

Viņi to izdarīja, un uzreiz uz platformas viņus sāka plosīt milzīgas vēja brāzmas. Viņi saspiedušies kā futbola komanda pirms lielās spēles, turoties viens pie otra. Spiežot kājas uz platformas, cerībā, ka tās neaizlidos.

E.Z. lauzīja galvu, mēģinot izdomāt izeju. Vai vienīgā izeja bija izmantot vienīgo iespēju izsaukt Rafaēlu, lai viņš atnāk palīgā? Viņš paskatījās uz Čārlzu, kurš, šķiet, bija izplūdis un pazudis. "Čārlzs!" viņš iesaucās, un tad pāri plecam pamanīja, ka viņiem strauji tuvojas Bērniņš, Mazā Dorita un Alfrēds.

Alfrēds kliedza: "Mums ir jāved jūs no šejienes - tūlīt. Šī vieta ir kā bāka, kas jūs izgaismo visai pasaulei, arī Fūrijām!" "Mēs esam kā bāka," viņš teica.

Sobo nopriecājās: "Es nezināju, ka viņi izmantoja Rozāliju kā slazdu."

"Čārlzs redzēja grāmatas, un viņš pat vienu dabūja. Nokļūsim drošībā. Neviens nav vainīgs. Jūsu nodomi bija labi," sacīja E-Z.

"Paldies," sacīja Sobo, kad viņa sāka izplūst un pazust, tāpat kā Čārlzs. Brendija satvēra viņas roku un cieši turēja to, līdz Sobo vairs nepazuda.

Alfrēds teica: "Nāc!"

Lašijs uzlēca Baby uz muguras, velkot trīcošo Čārlzu uz klāja līdzi, un viņi aizlidoja. Viņa krekla iekšpusē grāmata, ko viņš tur turēja, izpletās, un divas krekla pogas noskrēja. Ar vienu roku viņš stingri turēja grāmatu, bet ar otru - Lašiju, kamēr Bērziņš palielināja tempu.

Mazā Dorita noliecās, nepieskarasot platformai, lai pārējie varētu iekāpt, bet E-Z sagrāba Hadžu un Reiki. Viņi lidoja, Alfrēdam un E-Z lidojot plecu pie pleca, jo debesis mainījās no zilām uz melnām, no melnām uz melnām, uz melnām, un parādījās zvaigznes, bet tās nebija zvaigznes. Tās bija acu āboli. Boogera šaujošās acis, tādas pašas kā tās, ar kurām viņš bija sastapies Nāves ielejā, kad pirmo reizi sastapās ar Furiju.

SPLAT. SPLAT. SPLAT.

SPLAT. SPLAT. SPLAT. SPLAT.

SPLAT. SPLAT. SPLAT. SPLAT. SPL-

Čārlzs kliedza no visas sirds: "MĀJA!" Un šoreiz tas izdevās. Viņi atkal bija mājās. Droši.

Haruto apskāva savu vecmāmiņu.

"Tik priecīgs atkal būt mājās," viens otram teica.

Brīdi vēlāk ieradās Sema un Samanta.

✳✳✳

"Mēs redzējām, ka jūsu ķermeņi guļ jūsu istabā. Mēs nezinājām, ko darīt," teica Sems.

"Tas ir garš stāsts," sacīja E-Z.

Sobo jautāja Čārlzam: "Vai jums izdevās noturēt grāmatu?" "Protams, ka izdevās," Čārlzs teica, turot to rokās. Tas bija liels sējums cietos vākos, ar biezu mugurkaulu, kuru varēja saskatīt un izlasīt visi -

Čārlza Dikensa**"Lielās cerības"** .

"Jūs atvedāt vienu no savām grāmatām?" Brendija iesaucās.

Lašijs nopriecājās.

"I..." Čārlzs sacīja. "Tu man teici, lai es izvēlos jebkuru grāmatu, un šī bija tā, ko es paņēmu nejauši."

"Visam ir kāds iemesls," teica Lia.

"Bet tas ir ļoti pārspīlēti," Brendija iesaucās.

"Visi nomierinieties," teica E-Z. "Čārlzs darīja visu, kas bija viņa spēkos, ņemot vērā apstākļus, un vismaz

JĀ varēja redzēt grāmatas. Neviens no mums to nevarēja."

"Lielās cerības," sacīja Alfrēds, "ir grrr-ēdama grāmata!" Viņš izklausījās pēc Tonija Tīgera britu versijas graudaugu reklāmās.

"Viņam taisnība," Sam un Samanta piekrita. "Tas ir viens no labākajiem romāniem, kādi jebkad sarakstīti."

Čārlzs noņēma Rafaēlam brilles un atdeva tās atpakaļ E-Z, kurš nekavējoties uzlika brilles. Viņš pakratīja galvu, bet grāmatas nosaukums, ko Čārlzs joprojām turēja rokās, bija cits. Viņš skaļi nolasīja jauno nosaukumu,

" V. P. Kinsellas "*Sapņu lauks*"."

"Ļaujiet man pamēģināt," sacīja Lia, sniedzoties pēc Rafaela brillēm.

"Pagaidi!" E-Z kliedza, kad Lia noņēma tās no viņa sejas. "Nenovelk tās. Atceries, Rafaels teica, ka tās drīkst valkāt tikai man, bet es izdarīju izņēmumu Čārlzam Sobo sapņa dēļ, bet es nedomāju, ka mums vajadzētu tās pasniegt apkārt. Turklāt mēs jau zinām atbildi uz jautājumu, ko mēs visi sev uzdodam. Tā ir grāmata, kas kļūst par tādu nosaukumu, kādu lasītājs vēlas redzēt." "Tā ir grāmata, kas kļūst par tādu nosaukumu, kādu lasītājs vēlas redzēt.

"Vai vajag redzēt," Sobo teica.

"Bet es negribēju vai man nav nepieciešams redzēt "Lielās cerības". Es par to nekad neesmu pat dzirdējis!"

"Bet iedomājies," teica Sems, "kāda bibliotēka tā varētu būt nākotnē. Mums tikai jāizdomā grāmatas nosaukums, un voila, un mēs turam to rokās."

"Taču autoriem tas nebūtu pārāk labi, es domāju, kā viņi varētu saņemt samaksu?" Samanta jautāja.

"Es nezinu, kā tas viss darbotos, un varbūt mēs te kaut ko lielu palaižam garām," teica Alfrēds.

"Kas liels?" E-Z jautāja.

"Ko tad, ja grāmata būtu tā, kas izvēlas lasītāju, nevis otrādi?" "Tas būtu grāmata, kas izvēlas lasītāju?" - "Tas būtu grāmata, kas izvēlas lasītāju.

"Doo-doo-doo-doo-doo-doo," dziedāja Brendija, kas bija mūzika no "Krēslas zonas".

"Atgādināsim. Sobo bija sapnis, kurā Rozālija viņai parādīja Mākoņu bibliotēku, un ar Rafaēla brillēm Čārlzs varēja mūs tur aizvest. Ko viņš arī izdarīja, taču vieta nebija tāda, kā gaidīts. Grāmatas varēja redzēt tikai Čārlzs, viņš vienu no tām paņēma, un pa ceļam atpakaļ mums uzbruka kņadu šaujošas acis, līdzīgas tām, kas uzbruka Hadžam Reiki un man Nāves ielejā." "Tas ir īsumā," teica Brendija.

"Mani interesē, vai Ēriēla pastāstīja Fūrijām par to, ka Rafaels deva E-Z viņas brilles," jautāja Lači.

"To mēs, iespējams, nekad neuzzināsim," sacīja E-Z, "jo Maikls deva Ēriēlai tikai vienu iespēju ar mani aprunāties." "Tas ir kaut kas tāds, ko mēs, iespējams, nekad neuzzināsim," sacīja E-Z. Viņš piegāja pie loga un paskatījās ārā. "Es brīnos," viņš teica.

"Ko brīnīties?" visi iesaucās.

"Vai Fūrijas zina par brillēm un to spējām. Ja viņi mūs ar Rozālijas starpniecību pierunāja apmeklēt Mākoņu bibliotēku, tad viņiem noteikti ir jāzina par Čārlzu. Tas nozīmē, ka viņš vairs nav slepenais ierocis. Kā viņi to varēja zināt? Un vēl, acu ērcītes - tā ir pārāk liela sakritība." "Un vēl, acu ērcītes - tā ir pārāk liela sakritība."

"Ēriels tev teica, lai tu lieto brilles," Alfrēds teica.

"Es redzēju, kā viņš tika aizturēts, un nebija iespējams, nebija iespējams, ka viņš būtu varējis nosūtīt ziņu Furijai... ne tad, kad Maikls sargāja katru viņa kustību." E-Z pagriezās atpakaļ, kur atradās pārējie. "Starp citu, Alfrēdi, kā tu no mums atdalījies?"

"Es biju apmaldījies melnā mākonī, līdz izsaucu Mazo Doritu un Bērniņu, lai viņi man palīdz, un pārējo jūs zināt."

"Tas bija tik dīvaini," teica Čārlzs. "Vienu brīdi es neredzēju grāmatas, es noņēmu brilles, uzliku tās atpakaļ, un tās bija visur. Tomēr es biju vienīgais, kas tās varēja redzēt."

"Es tās redzēju," sacīja Bēbija. "Šī viena lidoja man pretī," viņš meta to Čārlzam, kurš to noķēra ar diviem pirkstiem.

Tā bija miniatūra grāmatiņa ar sīku virsrakstu uz muguriņas, ko visi lasīja skaļi:

"Viss, ko jūs jebkad gribējāt uzzināt par Fūrijām, bet baidījāties jautāt", autors - Anonīms."

"Punkts!" Brendija iesaucās.

Viņi sapulcējās ap mazo grāmatu, kamēr Čārlzs to tik uzmanīgi atvēra. Priekšējais vāks bija tukšs, tāpat kā pirmā lappuse. Viņš pāršķirstīja nākamo lappusi, kur bija vārdi, kas uzreiz sāka kustēties, šūpoties. Vārdi peldēja pa lapu, sajaucoties un pārjaucoties, it kā būtu aizmirsuši, kādus vārdus un kādu valodu tiem vajadzēja atveidot.

E-Z, kurš joprojām nēsāja Rafaēla brilles, sajuta reiboni, kad vārdi pārvietojās, un viņš tās noņēma.

"Tu pamēģini," viņš teica Čārlzam, nododot brilles.

Čārlzs tās uzlika un atkal ātri noņēma, steidzoties pie loga, lai paelpotu svaigu gaisu. Viņš tās atdeva atpakaļ E-Z.

"Tagad tu," viņš teica Sobo, kurš tāpat kā Haruto atteicās uzlikt brilles."

"Es pamēģināšu," sacīja Lia, bet drīz vien pievienojās Čārlzam pie loga.

"Lāči?" E-Z jautāja.

"Protams," viņš atbildēja, uzliekot brilles, bet pēc tam tūlīt atkal tās noņēma. "Nekā nav," viņš teica, nogāžoties uz gultas.

"Ļaujiet man pamēģināt!" Brendija sacīja, kad E-Z ielika brilles viņai rokā, un viņa uzlika tās uz sejas. "Pagaidi," viņa teica, "man šķiet, ka es kaut ko redzu, tas ir tas..." un viņa izšļakstīja zaļu vielu, kas par laimi trāpīja sienā, nevis cilvēkā.

"Ej ar mums," Sema un Samanta teica Brendijai, "mēs palīdzēsim tev nomazgāties." Brendija atteicās.

"Uh, paldies," sacīja E-Z, pagriežot savu krēslu Alfrēda virzienā, tad uzlika brilles uz knābja.

"Gulbis ar brillēm. Smieklīgi!" Alfrēds teica.

"Tu izskaties ļoti centīgs!" Čārlzs teica.

"Tu izskaties kā profesors Ludvigs fon Drake!" Brendija iesaucās.

Sems sacīja: "Viņš bija Donalda pīles skolotājs."

"Ak," teica tie, kas bija pārāk mazi, lai būtu dzirdējuši par Donaldu Daku.

"Ak, ak," sacīja Alfrēds, kad vārdi pārstāja virpuļot un atgriezās tādā veidā, kā autors tos bija uzrakstījis. Viņš izlasīja pirmās divas lappuses, tad nākamo, nākamo un vēl vienu. Viņš pārlidoja cauri visai grāmatai ar ātrlasītāja vieglumu, un, kad viņš bija pabeidzis, grāmata aizcirta.

POOF

Un tās vairs nebija.

"Nu, tas bija interesanti," teica Alfrēds, atdodot brilles atpakaļ E-Z un neļaujot sev apgāzties.

"Jūs gribat teikt, ka jūs to visu izlasījāt?" Sems teica. "Šīs brilles ir ievērojamas."

"Es visu atceros, bet man ir jāapstrādā informācija un jāatpūšas. Es negribu sēdēt šeit un nolasīt jums to visu pilnībā. Būs labāk, ja es sakārtošu, ko uzzināju, un tad mēs par to parunāsim." Sems uzklausīja, ko es esmu uzzinājis.

"Ko darīt," Brendija jautāja, "ja tu kaut ko nokavēsi, ko kāds no mums nebūtu nokavējis? Nekā personīga."

Alfrēds smējās. "Tas, ka es tagad esmu gulbja formā, nenozīmē, ka savā mūžā neesmu izlasījis daudz, ļoti daudz grāmatu. Patiesībā jaunībā es mācījos Oksfordas universitātē un to pabeidzu ar izcilību. Esmu studējis literatūru un mākslu.”

E-Z sacīja: ”Jūs neizvēlējāties grāmatu - grāmata izvēlējās jūs. Neviens no mums nespēja izlasīt tajā nevienu vārdu.”

”Paldies, ka noticējāt man.”

Lia sacīja: ”Cik daudz laika vēlies muldēt? Mēs varam iet un noskatīties to filmu?”

Samanta sacīja: “Man vajadzēs pagatavot vēl popkornu. Mēs jau apēdām otru kausu.”

”Stresa ēšana,” Sams pasmaidīja.

”Paldies,” teica Alfrēds. ”Es atgriezīšos pie tevis, tiklīdz varēsim.”

”Paņemiet tik daudz laika, cik jums vajag,” sacīja E-Z, ”nāciet un pievienojieties mums, kad būsiet gatavi.”

Banda devās uz dzīvojamo zonu un gatavoja filmu. Samanta mikroviļņu krāsnī pagatavoja vēl popkornu. Visi sapulcējās apkārt, lai skatītos filmu.

Alfrēds kādu brīdi gulēja savā ierastajā vietā, bet sapņoja sapņus, lielākoties murgus, un galu galā viņš aiznesās uz dārzu, lai paelpotu svaigu gaisu. Visi bija no viņa atkarīgi, un spiediens viņu nomāca, jo prātā virmoja miniatūrās grāmatiņas saturs.

NODAĻA 20
VĒSTĪJUMS NO FRANCIJAS

E-Z noskatījās filmas pirmo pusi kopā ar pārējiem, pēc tam, sajūtot nemieru, nolēma paspēt paveikt kādu darbu. Viņš iegriezās savā istabā, cerot atrast Alfrēdu, kurš mierīgi gulēja, taču viņš nekur nebija atrodams. Satraukts, viņš devās pie aizmugurējām durvīm un, paskatījies ārā, ieraudzīja gulbi, kas mierīgi gulēja, izstiepies uz zāliena krēsla. Viņš aizvēra durvis un atgriezās savā istabā, atvēra klēpjdatoru un pieteicās.

Viņš vairākas reizes prātā pārlaidās turp un atpakaļ, izlemjot, vai varētu koncentrēties uz romāna rakstīšanu, vai arī viņam vajadzētu pavadīt šo laiku, vairāk pētot viņu ienaidniekus Fūrijas. Lēmumu par to viņam palīdzēja pieņemt ziņa, kas ienāca ienākošajā pastkastītē. Tam bija sarkana ķeksīte, kas apzīmēja steidzamību, un, lai gan tajā nebija pielikumu, viņš uz tā nespieda. Tā vietā viņš to izlasīja priekšskatījumā. Vai arī mēģināja to izlasīt. Ziņa bija pilnīgi citā valodā. Viņš pamanīja dažus vārdus, kurus atpazina kā franču valodā, tāpēc nokopēja tekstu, iegāja meklētājā un ielīmēja šādu ziņu tiešsaistes tulkotājā:

Cher E-Z Dickens,

Je m'appelle François Dubois et j'ai sept ans. J'habite à Paris, en France, et j'aimerais faire partie de votre équipe de Superhéros. Vous vous demandez peut-être quelles compétences j'apporterais à l'équipe. C'est une bonne question et je serai heureux d'y répondre. Mais je me demande si ce site est sécurisé.

Si vous souhaitez me parler davantage, vous pouvez m'envoyer un courriel directement. Mon adresse de courriel est jointe. J'ai hâte d'avoir de vos nouvelles.

Votre ami,

Francois

Viņš nospieda sūtīt, un pienāca šāds tulkojums:

Dārgais E-Z Dickens,

Mani sauc Francois Dubois, un man ir septiņi gadi. Es dzīvoju Parīzē, Francijā, un es vēlos būt jūsu supervaroņu komandā. Jūs varētu pajautāt, kādas prasmes es varētu dot komandai. Tas ir labs jautājums, un es labprāt uz to atbildēšu. Bet man interesē, vai šī vietne ir droša?

Ja vēlaties ar mani aprunāties sīkāk, varat rakstīt man tieši uz e-pastu. Mana e-pasta adrese ir pievienota. Es ar nepacietību gaidu, kad jūs uzklausīšu.

Jūsu draugs,

Francois

Ieintriģēts, viņš vairākas reizes pārlasīja ziņu, domājot par tās laiku. Domāja, vai viņš nav paranoisks, domājot, ka šis puisis no Francijas varētu būt sazvērējies ar Furiju. Pat ja viņš bija pārlieku piesardzīgs, viņam bija tiesības būt piesardzīgam, un viņam kā komandas vadītājam bija jāpārliecinās, ka šādi pieprasījumi ir likumīgi. Lai to pārbaudītu, viņam būs vajadzīga tēvoča Sema palīdzība, bet pagaidām viņš izlaidīs dažus ziņojumus un skatīsies, kas atbildēs.

Viņš uzrakstīja ātru ziņu, to netulkojot. Puisis varēja izmantot meklētājprogrammu, to pašu, ko viņš, un atrast tulkotāju, un pēc vairākkārtējas pārlasīšanas nospieda Sūtīt.

Dārgais Fransuā,

Paldies par jūsu ziņu. Kā jūs par mums uzzinājāt?Ar cieņu,

E-Z.

Fransuā atbilde atnāca tik ātri, ka tas lika E-Z justies vēl aizdomīgākai. Šoreiz tā bija angļu valodā:

Cienījamais E-Z,

Paldies par jūsu ātro atbildi.

Mana skolotāja redzēja jūsu tīmekļa vietni, un mēs mācījāmies par jums un jūsu komandu kā daļu no mūsu pašreizējo notikumu stundas.

Ceru, ka drīz no jums uzklausīsim.

Jūsu draugs,

Fransuā.

Tas noteikti izklausījās likumīgi. Viņš ierakstīja vēl vienu ziņu, jautājot Fransuā, kādas supervaroņa spējas viņš varētu piedāvāt savai komandai, lai viņš varētu to ar viņiem apspriest. Brīdi vēlāk Fransuā nosūtīja viņam šādu ziņu:

Dārgais E-Z,

Paldies par doto iespēju pastāstīt par savām supervaroņa spējām.

Pirmkārt, tāpat kā jūs, es ne vienmēr esmu bijis supervaroņa lomā. Tas ir kaut kas mums kopīgs. Tāpēc es domāju, ka es labi iederēšos jūsu komandā.

Tā vietā, lai jums stāstītu, es gribētu jums parādīt. Pielikumā ir privāts uzaicinājums apskatīt mūsu YouTube kanālu - man palīdzēja mans tētis. Saite ir pieejama tikai jums, un ielūgums skatīties beigsies pēc divdesmit četrām stundām.

Es gaidu, kad jūs to noskatīsieties.

Jūsu draugs,

Fransuā.

Ziņkārīgs un bez vilcināšanās E-Z noklikšķināja uz saites. Uznirstošā ziņa lūdza atbildēt uz jautājumu, uz kuru viņam nebija problēmu atbildēt, jo tas bija saistīts ar beisbolu.

Tiklīdz viņš noklikšķināja uz klipa, palielināja skaļumu, un tas nekavējoties sākās.

Pirmā persona, ko viņš ieraudzīja, bija bērns, kurš, izmantojot tekstu, kas no viņa tika tulkots ekrāna apakšā, sevi iepazīstināja kā septiņus gadus veco Fransuā Duboī.

Bērns bija garš, ļoti garš. Patiesībā viņš stāvēja blakus vairākiem mērlentēm. Viņa tēvs palielināja attēlu, lai parādītu, ka septiņu gadu vecumā Fransuā jau bija 163 cm garš. Bez auguma Fransuā izskatījās kā jebkurš cits septiņgadīgs bērns - ar sarkanīgi brūniem matiem, biezām brillēm ar tumšiem riņķiem uz deguna, pledotu kreklu, ziliem džinsiem un melniem skrejceļiem.

"Bonjour E-Z!" Fransuā teica, smaidot, kas atklāja, ka viņam trūkst divu priekšējo zobu.

E-Z pasmaidīja pretī, pēc tam vēroja, kā Fransuā un viņa tēvs apspriež kādu jautājumu franču valodā bez tulkojuma. Pēc viņu roku žestiem un sejas izteiksmes šķita, ka viņu diskusija ir karsta. Viņš cerēja, ka Fransuā negrasījās mēģināt izdarīt ko bīstamu.

E-Z vēroja, kā Fransuā turpināja ceļu uz Parīzes, Francijas, pazīstamāko apskates objektu - Eifeļa torni. Zīme ārpusē norādīja, ka ieejas maksa ir 5 eiro personām vecumā no 12 līdz 24 gadiem. Fransuā aizvēra acis un atkal tās atvēra. Pagaidiet mirkli. Kaut kas bija mainījies, varbūt tas bija apgaismojums.

Viņš turpināja vērot, kad Fransuā nostājās blakus citai zīmei, uz kuras bija uzraksts:

Parīzes Pasaules izstāde, 1889. gada 15. maijs.

"KAS!" E-Z iesaucās, mēģinādams saprast, ko viņš tikko bija redzējis. Ceļošana laikā?

Fransuā aizvēra acis un atkal atradās pie oriģinālās zīmes 12-24 gadi 5 eiro.

Kamera kļuva neskaidra. Ekrāna apakšā parādījās vārdi: "Lūdzu, vienu mirkli."

Ar klikšķi kamera atkal sāka griezties, bet šoreiz Fransuā stāvēja pie Parīzes Notre-Dame de Paris katedrāles. Kopš 2019. gada lielā ugunsgrēka tā tika pārbūvēta, un tajā cītīgi strādāja sastatnes un celtņi.

Tāpat kā iepriekš, Fransuā aizvēra acis un tad atkal tās atvēra.

"Nekādā gadījumā!" E-Z iesaucās.

Fransuā bija 1163. gadā, tajā pašā dienā, kad tika ielikts pirmais akmens lielajai Notredamas katedrālei.

E-Z nospieda pauzi. Vai tas varētu būt viltojums? Protams, ka varēja. Ar mūsdienu tehnoloģijām ikviens var viltot jebko. Un tomēr kaut kas iekšēji viņam teica, ka tas ir likumīgi. Tomēr viņam bija vajadzīgs otrs viedoklis. Viņam bija vajadzīgs tēvocis Sems.

Skatoties uz ekrānā apturēto Fransuā, E-Z noklikšķināja uz "Start". Kad klips beidzās, Fransuā pamāja ar roku.

E-Z noklikšķināja un atgriezās savā iesūtnē. Viņš nospieda atbildēt un uzrakstīja Fransuā šādu e-pasta vēstuli:

Dārgais Francois,

Paldies, ka ļāvāt man apskatīt jūsu superspēju. Man vajag aprunāties ar komandu. Ja mēs nolemsim jūs pieņemt, cik drīz jūs varēsiet mums pievienoties?

Jūsu draugs,

E-Z

Pirms nospieda sūtīt, viņš mirkli pagaidīja un vēlreiz izlasīja savu ziņu. Viņš apsvēra iespēju mainīt tekstu IF uz KAD. Neizlēmīgs, viņš apsvēra Fransuā superspēju ceļot laikā. Šis puisis būtu lielisks papildinājums komandai.

Tomēr viņam bija jāpajautā otrs viedoklis. Pirms domāja par to tālāk. Viņš uzrakstīja īsziņu Samam: "Vai tev ir brītiņš?"

Viņa pastkastītē parādījās jauns e-pasts ar vārdiem:

SVEIKI, E-Z,

Ja tu mani pieņemsi komandā, vai vari atbraukt un paņemt mani?

Tavs draugs,

Fransuā.

Par to viņam nācās nedaudz padomāt.

Viņš atbildēja:

Atgriezīšos pie jums pēc iespējas ātrāk.

Jūsu draugs,

E-Z.

Sems ienāca virtuvē: "Kas notiek, mazulis?"

"Atvainojos, ka aizvedu tevi prom no filmas."

"Es tik un tā biju aizmigusi, tāpēc priecājos par izklaidi."

"Es saņēmu e-pasta vēstuli caur mūsu tīmekļa vietni no kāda puiša no Francijas, kurš lūdza pievienoties mūsu komandai. Viņš un viņa tētis uzņēma klipu, es to jau esmu noskatījies. Viņam ir iespaidīgas prasmes. Paskatieties un dodiet man zināt, ko domājat."

Sems visu laiku klusēja. Kad filma beidzās, viņš lūdza to noskatīties vēlreiz.

Kad tas beidzās otro reizi, E-Z jautāja: "Ko tu domā?"

"Es domāju, ka redzētais ir iespaidīgs. Laikā ceļojošs zēns no Francijas."

"Mums tiešām noderētu tāds superspējīgs cilvēks mūsu komandā."

"Tieši tā," teica Sems. "Un tieši tāpēc man ir aizdomas par to. Vai esat sarakstījušies ar šo puisi?"

E-Z pārlaida līdz šim sacīto.

"No kurienes viņš zina, ka tev visu mūžu nav bijušas superspējas?" viņš jautāja.

"Jā, es arī tā domāju. Bet es domāju, ka tas ir pamatots pieņēmums. Viņš ir gudrs bērns."

"Taisnība," teica Sems. "Neiebilstu, ja es klikšķināšu apkārt un paskatīšos, ko varu atrast?"

E-Z piekodināja, un Sems pārņēma kontroli pār savu klēpjdatoru. Viņš pārbaudīja IP adresi, kas šķita legāla. Viņam nebija problēmu izsekot tās atrašanās vietai Parīzē.

Viņš sameklēja Fransuā vārdu, uzzināja, kurā skolā viņš mācās. Uzzināja, ka viņš spēlē basketbolu. Uzzināja, ka viņš ir gudrs pareizrakstībā. Šķiet, ka nebija iekļuvis nepatikšanās.

Tad Sems atrada paziņojumu par Fransuā mātes nāvi, kura bija mirusi, kad viņam bija pieci gadi. Nāves cēlonis nebija norādīts, bet bija lūgts ziedot Parīzes krūts vēža fondam.

"Šķita, ka viss ir likumīgi," teica Sems.

"Tomēr, kā mēs varam būt droši? Es nevēlos lieki riskēt."

"Vienīgais veids, kā pārliecināties, ir iztaujāt šo puisi klātienē." Viņš vilcinājās: "Hm, viņš jautāja, kad jūs varat atbraukt un viņu paņemt. Tagad, kad es par to domāju, tas ir diezgan dīvaini, ko ierosina ar laiku ceļojošs bērns."

"Jā, es par to nebiju tā domājis."

"Viens ir skaidrs, E-Z, ja kāds viņu dabūs, tad es. Tu esi šeit vajadzīgs."

"Es novērtēju piedāvājumu, tēvo tēvo tēvocis Sems, bet tava dzīvība briesmās nav risinājums."

"Labi," teica Sems. "Vai esi ko dzirdējis no Alfrēda?"

Alfrēds ieskrēja virtuvē. "KAS?" viņš jautāja.

ZAP

Atnāca mazs balts pūkains kaķēns.

"Bonjour E-Z, je m'appelle Poppet. Francois m'envoie."

"Ak, brīnums," bija viss, ko teica E-Z.

Tūlīt pienāca e-pasts no Francois, kurā bija rakstīts: "Vai viņa droši ieradās?"

Tēvocis Sems teica: "Nu, tas ir atbilde uz mūsu jautājumu."

E-Z ierakstīja: "Jā, viņa ir šeit."

ZAP

Poppet pazuda.

"Tas ir tik forši," ierakstīja Fransuā. "Kad būsiet gatavi, ja vēlaties mani savā komandā, es arī pats to izmēģināšu."

"Pagaidām turies cieši," teica E-Z.

"Kā Poppet uzzināja, kur mēs dzīvojam?" Sems jautāja.

"To es nezinu."

NODAĻA 21
FRANCOIS LĒMUMS

Nākamajā dienā E-Z sasauca ārkārtas grupas sanāksmi. Kad visi bija sasēdušies, viņš uzreiz ķērās pie darba.

"Potenciāls jauns dalībnieks ir lūdzis pievienoties mūsu komandai. Sems un es esam pārbaudījuši viņa pieteikumu, un viss izskatās likumīgi."

"Es pievienojos šim viedoklim," teica Sems.

"Fransuā ir ceļotājs laikā." E-Z pieskārās.

"Vau!" Lia teica.

"Satriecoši!" Lači teica.

Arī pārējiem bija līdzīgi komentāri, izņemot Čārlzu, kurš jautāja: "Kas ir ceļotājs laikā?"

"Tu esi!" Brendija teica.

"Tas ir cilvēks, kas ceļo no viena laika uz citu," teica Lia.

"Varbūt tikai paskatieties šo klipu, un jūs labāk sapratīsiet, mēs visi labāk sapratīsim, ko viņš var izdarīt." Viņš paskatījās uz Alfrēdu: "Bet, pirms mēs runājam par Fransuā, es gribētu nodot vārdu Alfrēdam, lai viņš mūs iepazīstina ar to, ko viņš atklāja grāmatā. Tev, Alfrēdi."

Trompetists gulbis nodzēra rīkli, jo visas acis pievērsās viņam.

"Es pārstaigāju visu, uz priekšu, atpakaļ, uz sāniem, un baidos, ka tas neko daudz nepalīdzēs. Tā kā Fūrijām tika dots īpašs mandāts - un viņas to ievēro (kaut arī apgāž noteikumus), es pat nedomāju, ka Dzeuss varētu tās sodīt par to, ko viņas dara."

"Vai tu saki, ka tas ir bezcerīgi?" Brendija jautāja.

"Nē, es nesaku, ka tas ir bezcerīgi, bet es vienkārši neredzu izeju. Tas ir, ja vien viņi nezina to, ko mēs zinām."

"Kas ir?" Brendija jautāja.

"Ēriēla plāns. Kā viņš viņus izmantoja. Kur atrodas Ēriels. Kā viņš ir nesazināms."

"Taisnība, viņi droši vien brīnās, kāpēc viņš ar viņiem nesazinās," sacīja Lači.

"Un tas varētu radīt neuzticību," piebilda Brendija.

"Ko darīt, ja," teica Sems, "šī informācija viņiem noplūstu?" "Es domāju par to pašu," teica Samanta. "Varbūt bez viņa viņi pagrieztu asti un bēgtu."

"Taču tas varētu iet pretējā virzienā. Bez viņa, kas tur viņus pie pavadas, viņi varētu. Nu, kas zina, ko viņi darītu!" E-Z teica.

"Viņi jau ir savākuši daudz dvēseļu," teica Lia. "Es domāju, ka E-Z ir taisnība. Zinot, ka viņš ir prom no redzesloka, viņi varētu kļūt drosmīgāki."

Alfrēds pamanīja, ka saruna ietriecas mūrī: "Tātad, parunāsim par Fransuā superspējas prasmēm. Viņš ir ceļotājs laikā. Kā viņš varētu mums palīdzēt?"

"Vēl viena lieta," sāka E-Z, "un to pamanīja tēvocis Sems, tāpēc varbūt viņš būtu labākais, kas to varētu izskaidrot." "Un tas ir tēvocis Sems, kurš to pamanīja, tāpēc varbūt viņš būtu vislabākais cilvēks, kas to varētu izskaidrot."

"Nē, tu turpini," teica Sems.

"Fransuā atsūtīja šeit kaķēnu."

"Kaķēnu?" Sobo jautāja.

"Jā. Viņas vārds bija Poppet, un viņa ieradās virtuvē. Es uzreiz saņēmu ziņu no Fransuā, kurā viņš jautāja, vai viņa ieradusies sveikā. Viņa teica: "Labdien, jā, viņa varēja runāt. Pēc apstiprinājuma, ka viņa ir ieradusies droši, viņa atkal izskrēja ārā. Vēlāk Sems uzdeva jautājumu, no kurienes viņa zināja, kur mēs dzīvojam?"

"Pagaidiet," teica Čārlzs. "Vai kāds man neteica, ka jūsu adrese ir publicēta internetā?"

"Arī es to dzirdēju," sacīja Brendija.

Sems sacīja: "Vau, šķiet, ka tas notika pirms gadsimta, bet tā ir taisnība."

Viņi sapulcējās ap Semu un redzēja, ka viņu māja tiešsaistē ir pieslēgta tīmekļa vietnei, lai to varētu redzēt visi pasaulē.

"Nu, par to nav šaubu. Ja viņi zina, kas mēs esam, tad viņi arī zina, kur mēs atrodamies," teica Sems. "Ja vien..."

"Ja vien kas?" E-Z jautāja.

"Ja vien viņi nav tik zinoši, kā mēs domājam."

Sobo teica: "Nekad nenovērtē ienaidnieku par zemu. Tā necienīgi ļaundari kļūst par varoņiem."

"Labi, vispirms noskatīsimies, kā Fransuā ceļo laikā, un tad veiksim prāta vētru par to, kā viņš varētu mums palīdzēt sakaut Furiju," teica E-Z.

Viņi klusībā noskatījās klipu. Kad tas beidzās, E-Z teica: "Es uzrakstīšu sarakstu. Kurš vēlas sākt?"

"Nē," teica Sems. "Es domāju, ka mums vajadzētu to uzrakstīt vecmodīgā veidā. Ziniet, ar pildspalvu un papīru." Viņš aizsniedzās virtuves atvilktnē un izvilka piezīmju blociņu, ko viņi izmantoja pārtikas produktu sarakstiem, un pildspalvu. "Tu turpini prāta vētru, es būšu sekretāre. Un tev pat nav jāmaksā man alga."

Pāris smiekli un nopūtas, tad idejas sāka plūst:

#1. Fransuā varētu atgriezties pagātnē, noskaidrot, kas noticis ar PJ un Ardenu, un apturēt to.

#2. Fransuā varētu atgriezties laikā un apturēt visu bērnu nogalināšanu.

#3. Francois varētu atgriezties laikā un apturēt E-Z vecāku nogalināšanu, apturēt viņa negadījumu.

#4. Tas pats attiecas uz Lia negadījumu.

#5. Ditto attiecībā uz Alfrēda ģimenes negadījumu.

#6. Ditto attiecībā uz Lačlana ieslodzīšanu būrī.

Interlūdija.

Haruto bija laimīgs ar savu jauno ģimeni. Stāsta beigas.

Brendija bija apmierināta ar iespēju nomirt un atkal atgriezties dzīvē, lai gan viņa jautāja, vai atgriešanās uz noklausīšanās dienu ir reāla iespēja. Šis lūgums tika vienbalsīgi noraidīts.

Čārlzs arī nenožēloja neko.

Prāta vētras sesija atsākās:

#7. Fransuā varētu atgriezties laikā pirms Furiju radīšanas, lai nodrošinātu, ka tām tiktu piešķirts Ahileja papēdis.

#8. Fransuā varētu atgriezties atpakaļ laikā, uz pirmo dienu, kad Ēriēla tikās ar Fūrijām. Viņš varētu būt spiegs. Vai arī viņš varētu panākt, lai viņas vispār nekad nesatiktos?

#9. Ja Poppet varēja ienākt un izlēkt, vai Fransuā varētu darīt to pašu?

Alfrēds teica: "Pagaidiet. Tas ir pilnīgi traki, bet kas būtu, ja Fransuā atgrieztos un anulētu Fūrijas no eksistences?" "Tas ir pilnīgi traki, bet kas būtu, ja Fransuā atgrieztos un anulētu Fūrijas no eksistences.

"Vau, tā ir lieliska ideja!" E-Z teica. "Bet visos stāstos, ko esmu lasījis par ceļošanu laikā, spēlēšanās ar dzīvībām un notikumu maiņa vienmēr tiek nosodīta." "Bet, ja es esmu lasījis par ceļošanu laikā, tad tā vienmēr tiek nosodīta.

"Jā, es to atceros no "Atgriešanās nākotnē". Bet no personīgās pieredzes," skaidroja Brendija, "kad es nomirstu un atgriežos, ir tā, it kā notikumi, kas noveda pie manas nāves, nekad nebūtu bijuši. Tas ir kā sapnis, ja saproti, ko es domāju."

"Sems izstaipījās un iezobās. "Mazuļi drīz pamodīsies. Es negribu pārkāpt E-Z vadīšanas robežas, bet, manuprāt, mums ir jāpavada laiks pārdomām, pirms mēs veicam jebkādus pasākumus."

"Piekrītu. Paldies visiem par lielisko prāta vētras sesiju," sacīja E-Z.

Un sanāksme tika pārtraukta.

NODAĻA 22
WARM MILK

Lia un pārējie pavadīja dienu, nodarbojoties ar savām lietām. Vakarā, nogurusi, viņa mētājās un griezās, bet nevarēja aizmigt. Neapmierināta pēc stundām bez miega un nemitīgām raizēm, viņa devās lejā, lai iedzertu nedaudz silta piena.

Viņa iebāza krūzīti mikroviļņu krāsnī, nospieda 40 sekundes un nospieda "Start". Kamēr pulkstenis skaitīja uz leju, viņa vēroja skaitļus 39, 38, 37, 36 utt., līdz parādījās skaitlis 33. Tas bija pēdējais skaitlis, ko viņa redzēja.

"Ei, sveika, Mazā Dorita," viņa teica, vēloties uzvilkt halātu. "Kur mēs dodamies?"

"Mēs esam misijā," sacīja vienradzis. "Kurp mēs dodamies?"

"Tu nezini, pie kā?"

“Nē. Es rūpējos par savām lietām, kad tu mani izsaucāt, Lija, vai tu neatceries?”

“Es tevi nesaucu,” sacīja Lia. “Es vēl nebiju gulējusi. Tas ir dīvaini.”

Vienradzis sastinga gaisā.

KASKOŠS

Mazā Dorita pacēlās pilnā ātrumā.

“Argghh!” Lia kliedza, turoties pie dzīvības. “Kas notiek? Kāpēc tu brauc tik ātri?”

“Es nezinu,” sacīja vienradzis. “It kā kāds vai kaut kas būtu pārņēmis kontroli pār mani.” Viņa mēģināja apstāties, kā to bija izdarījusi tikai pirms brīža. Tagad, lai ko viņa darītu, viņa nespēja apstāties. Viņa arī nevarēja palēnināt tempu.

“Turieties cieši!” Mazā Dorita kliedza, kad viņas ķermenis sāka ripot uz priekšu ar galvu uz papēžiem. “Ak, nē!”

Lia kliedza, bet turējās kā par dzīvību. Beidzot viņi pārstāja ripot, bet tā vietā, lai palēninātu tempu, paātrinājās vēl straujāk.

Tālāk un tālāk viņi lidoja, kamēr nakts pārvērtās par dienu. Saulei kāpjot debesīs, attālums starp viņiem un sauli samazinājās.

“Man šķiet, ka mana āda deg!” Lia iesaucās.

"Tāpat kā mans kažoks," sacīja mazā Dorita. "Ļaujiet man vēlreiz mēģināt mūs pagriezt." Viņa tiešām pamēģināja, un, tāpat kā iepriekš, viņi griezās ar galvu, ar galvu, samazinot attālumu starp viņiem un karsto sauli.

"Mums jāgriežas atpakaļ!" Lia kliedza. "Ja mēs to nedarīsim, mums ir gals."

"Bet es nevaru apstāties. Man šķiet, ka es neko nevaru izdarīt. Pagaidi, es palūgsim Baby palīdzību."

Uz liesmojošās saules fona parādījās trīs spārnotas būtnes. Tās turējās rokās, melnbaltajām drēbēm virpuļojot un savijoties ap viņu ķermeņiem.

SNAP!

SNAP!

SNAP!

atskanēja skaņa, kas piepildīja gaisu ar pātagas pukstēšanas skaņu, kad Lia un Mazā Dorita tika vilktas uz to kā uz traktora stara. Pērkons rūca, lai gan vētras nebija redzamas, jo saules nagi stiepās pret viņiem, draudot sagraut viņu eksistenci.

"Mums ir gals!" Lia sacīja. "Paldies, ka mēģinājāt mūs glābt." Viņa apskāva vienradzi. "Es noteikti gribētu, lai tev būtu jostas. Tad varbūt es varētu tevi pagriezt."

ZAP!

Parādījās jostas.

Lia apņēma tās ar rokām, bet, pirms viņa paspēja pārņemt kontroli pār tām, tās izkusa.

"Tev taisnība, man šķiet, ka mums ir beigas," sacīja Mazā Dorita. No viņas acīm aizplūda stikla asaras.

BONJOUR

Fransuā parādījās: "Vai es varētu palīdzēt?"

"Tu noteikti vari," Lia iesaucās. "Aizved mūs no šejienes!"

"Aizver acis un cieši turies," teica Fransuā.

Lia un mazā Dorita trīcēja no bailēm.

DING. DING. DING.

Mikroviļņu krāsns. Virtuve.

Lia nokrita uz grīdas.

Mazā Dorita droši piezemējās vēsā strautā, kur viņa šļakstījās apkārt un tad devās mājup.

"Kur tu esi bijusi?" Mazulis jautāja.

"Domājams, tu nesaņēmi manu ziņu. Nekas. Es esmu pārāk nogurusi," sacīja Dorīte. "Es tev par to pastāstīšu no rīta."

NODAĻA 23
NĀKOŠĀ DIENA

B **ija**Sobo kārta gatavot brokastis, un tieši viņa atrada Liju, kas gulēja uz grīdas, satītu kā izšķīduša vilnas bumba.

Sobo kliedza: "Ātri nāc! Mūsu Lia vajag palīdzību!"

Samanta ieradās pirmā. Viņa uzreiz pieskāra lūpas pie Liaas pieres, lai pārbaudītu temperatūru, un tad sauca, lai vīrs atnes termometru, lai vēlreiz pārbaudītu.

"Viņas temperatūra ir 107,7," apstiprināja Sema. "Mums viņu jāved uz slimnīcu."

Samanta nospieda 911, kamēr Sems pacēla Lia, nesa un lika viņu uz dīvāna, un viņi gaidīja ātro palīdzību.

"Es pieturošu cietoksni," teica Sems, kamēr viņa sieva un Sobo sekoja mediķiem, kuri uz nestuvēm nesa bezsamaņā esošo Lia.

Kad ātrās palīdzības mašīna ar sirēnas pukstēšanu atkāpās no apmales, Lia atvēra acis un mēģināja apsēsties.

"Es jūtos labi," viņa teica.

Feldšeris vēlreiz pārbaudīja viņas temperatūru, un tā bija normāla. Viņš paraustīja plecus.

Līdz brīdim, kad viņi ieradās slimnīcā, Lia jau bija atgriezusies pie sava vecā "es" un vēlējās atgriezties mājās - tūlīt.

"Lai gan viņas dzīvības rādītāji tagad ir labi, tā kā jūs mūs izsaucāt, mums ir jāseko līdzi. Lia tiks uzņemta slimnīcā, un, kad dežūrējošais ārsts būs dežūrējošajam dežurantam dežūrējošajam dežurantam dežūrējošajam ārstam devis atļauju doties mājās."

"Nu, vismaz ļaujiet man iet iekšā," teica pavadone, kad šoferis atvēra durvis.

"Nē, mazā dāma, jūs palieciet uz vietas," viņš sacīja, kad viņi gatavojās ienest nestuves un to iemītnieci iekšā, bet Samanta un Sobo sekoja viņiem.

Samanta nosūtīja Samam īsziņu ar jaunāko informāciju. Viņš atbildēja ar uz augšu paceltu īkšķi emodži, tieši tad, kad viņa praktiski ietriecās PJ un Ardena vecākos, kuri bija ceļā ārā.

"Viņi ir pamodušies! Mūsu zēni ir pamodušies!"

"Abi?" Samanta iesaucās, nododot šo jaunāko informāciju Samam, kurš pamodināja savu brāļadēlu, lai pateiktu viņam labās ziņas.

"Būsi turpat!" E-Z teica, izsaucis taksometru.

HOSPITAL

E-Z bija ceļā pie saviem diviem labākajiem draugiem. Taksometrā viņš prātā atkal un atkal atkārtoja labas ziņas. Tik daudz kas bija noticis. Tik daudz ko viņi bija palaiduši garām. Tik daudz lietu, kas viņam viņiem bija jāstāsta. Gribēja viņiem pastāstīt.

"Vai jūs zināt, kurā numurā?" jautāja medmāsa.

Viņš atbildēja, ka nē, un viņa ātri to atrada. Pateicies viņai, viņš aizbrauca ar liftu un devās uz viņu istabu, domājot, vai viņam vajadzētu viņiem kaut ko nopirkt. Ziedi? Konfektes. Viņš nolēma pajautāt, vai viņiem kaut kas vajadzīgs.

Ierodoties turpat pie viņu durvīm, iekšā viņš dzirdēja viņu balsis, un dažus mirkļus uzklausīja viņu balsis, pirms paziņoja par savu klātbūtni. Tad viņš dziļi ievilka elpu, cenšoties noturēt savas emocijas, lai tās viņu nepārņemtu - viņš negribēja kļūt muļķīgs un apgrūtināt sevi...

"Nāc iekšā, tu, lielais mīkstais!" PJ teica.

"Ahhhhhh, viņš mūs palaida garām!" Ardens teica.

"Vai jums, puiši, nevajadzētu izskatīties labāk pēc visa tā skaistuma miega? Starp citu, jums abiem vajag noskūties!"

"Mēs negribam jūs aizēnot, un es it kā dzīvoju, kā jūtos ar savām bārkstīm," teica Ardens.

"Mēs zinām, ka jums patīk uzmanība! Redzam, ka arī tavai pudeles birstei būtu vajadzīgs apcirpšana!"

PJ mamma, kas tikko bija atgriezusies istabā, čukstēja E-Z, ka viņi negrib, lai zēni pārspīlētu, jo ir nomodā tikai dažas stundas.

Pēc neilgas tērzēšanas E-Z apskāva abus draugus un teica, ka viņam jāiet. "Es atgriezīšos," viņš apsolīja, "un es paslepus paēdīšu vienu vai divus burgerus - esmu dzirdējis, ka slimnīcas ēdiens ir ļoti ļoti ļoti slikts."

"Tu to nedarīsi!" Ardena māte sacīja, kad arī viņa atgriezās istabā.

Viņš atliecās krēslā, Ardena mātei stāvot pret viņu, abi draugi sadevušies rokās, lūdzot viņu, lai viņš atnes viņiem ēdienu.

Dodoties pa gaiteni, viņš nevarēja noticēt, cik ļoti viņš viņus bija nokavējis - un cik labi viņi izskatījās. Viņš ar liftu nokāpās uz avārijas telpu, kur atrada Samantu un Sobo.

"Kādas ziņas?" E-Z jautāja.

"Viņai viss bija labi, ka viņi lika viņai palikt, lai viņu pārbaudītu," Samanta sacīja. "Bet es jutīšos labāk, kad viņa saņems apstiprinājumu un mēs varēsim tikt prom no šejienes."

"Man arī," sacīja E-Z. "Ļaujiet man iet un paskatīties." Viņš virzījās gar koridoru. Ejot viņš ieklausījās balsīs, kas skanēja aizkaru aizklātajā zonā, kuru viņš uzskatīja par pirmspieņemšanas staciju. Beidzot viņš iekšā sadzirdēja Lia balsi un iegāja iekšā.

"Lūdzu, pagaidiet ārā," sacīja māsa.

"Bet viņa ir mana māsa."

"Es gribu doties mājās - tūlīt!" viņa pieprasīja, pēc tam sakrustojot rokas uz krūtīm.

"Jūs izrakstīs, tiklīdz ārsts teiks, ka jūs drīkst izrakstīt. Un ne mirkli ātrāk."

"Kā tev klājas? Mamma par tevi uztraucas."

"Es atstāšu jūs abus vienus, lai parunātos," sacīja medmāsa. "Dakterim vajadzētu ierasties pavisam drīz. Un pārliecinieties, ka viņa ir mierīga."

"E, paldies," E-Z sacīja.

Kad viņa bija aizgājusi, viņi apskāva viens otru.

"Mēs ar mazo Doritu gandrīz sadedzinājāmies saulē!" viņa teica. Viņa izstāstīja E-Z visu, kā tas notika no sākuma līdz beigām.

"Interesanti, ka tevi izglāba Fransuā."

"Es nezinu, kā viņš to zināja. Mēs ar mazo Doritu domājām, ka mums ir beigas. Tas noteikti bija Furija. Viņi gribēja mūs sadedzināt! Mēs bijām sadeguši. Tās ir briesmīgas, ļaunas raganas!"

"Vai tur bija čūskas?" E-Z jautāja

"Čūskas un pātagas."

"Izklausās pēc Fūrijām." E-Z vilcinājās. Viņš mainīja tēmu. "Vai esi dzirdējis par PJ un Ardenu?"

Viņa pakratīja galvu.

"Viņi pamodās!"

"Nekādā gadījumā! Tā ir dīvaina sakritība, tev nešķiet? Viņi mēģina iznīcināt Mazo Doritu un mani, un tikmēr pamostas divi draugi, kas atrodas komatozā stāvoklī."

"Tev taisnība, es domāju, ka tas viss ir saistīts."

Samanta atgrūda aizkaru: "Kas ir saistīts?" Viņa apskāva meitu. "Kā tu tagad jūties, bērniņ?"

"Es neesmu bērns," teica Lia. "Bet es jūtos labāk un vēlos doties mājās. Pēc tam, kad apmeklēšu PJ un Ardenu."

Sobo ienāca. Viņa apskāva Lia.

"Kas ar tevi notika?" viņa jautāja.

Lia atkal visu paskaidroja. Viņas māte to neuztvēra tik labi kā Sobo. E-Z piesteidzās un ielēja Samam glāzi ūdens. Savukārt Sobo bija daudz jautājumu. "Tu sildīji pienu mikroviļņu krāsnī?"

Lia pieskārās.

"Un tieši tad jūs aizdzēsa no virtuves?"

"Jā, un uzreiz uz Mazās Dorrites muguras. Mazā Dorita teica, ka es viņu izsaukusi, bet es to nebiju darījusi."

"Un kas tad notika?" Sobo jautāja.

"Nu, Mazā Dorrit lidoja, un mēs sarunājāmies, un, kad neviena no mums nezināja, kur un kāpēc ejam, mēs domājām pagriezties atpakaļ. Nākamais, ko mēs zinājām, bija tas, ka Mazā Dorita un es bijām spiesti doties arvien tuvāk un tuvāk saulei, bez spēka pagriezties."

"Bet jūs ar Mazo Doritu neatbilstat Furiju kritērijiem. Viņām nevajadzētu spēt pieskarties nevienam no jums!" E - Z iesaucās.

Samanta sacīja: "Varbūt tā ir tikai sakritība.

Bet mēs nevaram to novērtēt." Sobo atkārtoja savu iepriekšējo padomu: "Nekad nenovērtē ienaidnieku par zemu."

Kad Lia saņēma atļauju doties mājās, viņa un E-Z pārsteidza PJ un Ardenu ar čīzburgeriem un frī kartupeļiem, kurus viņi slepus ieveda.

Ceļā uz mājām taksometrā kopā ar Samantu, Sobo un Lia, E-Z domāja tikai un vienīgi par vienu lietu. Fūrijas bija uzbrukušas Lia un Mazajai Dorritai, un tās bija cietušas neveiksmi. Ne tikai viņiem nebija izdevies - pateicoties Fransuā -, bet kaut kā, kaut kā Visums bija atsūtījis atpakaļ PJ un Ardenu.

Sakritība? Viņš domāja, ka nē. Tā vietā viņš gribēja ticēt, ka Furiju spēki mazinās, ja tās iziet ārpus savām pilnvarām.

Jebkurā gadījumā viņam un viņa komandai bija jābūt gataviem jebkurā brīdī izmantot situāciju.

Šī varētu būt viņu vienīgā iespēja.

Vienīgā priekšrocība viņu labā.

NODAĻA 25
SOBO

"Man ir jā** uzdod vēl viens jautājums," Sems jautāja E-Z, pirms visi ieradās uz sanāksmi.

"Labi, uzdodiet," sacīja E-Z.

"Es gribētu zināt, kāpēc Rozālija nezina par Fransuā?" "Nu, es gribētu zināt, kāpēc Rozālija nezina par Fransuā."

"Es," - tik tālu E-Z nokļuva, pirms virtuvē ienāca Brendija un Lia.

"Neuztraucieties par mums," teica Brendija, turpinot atvērt ledusskapi, izņemt no tā apelsīnu sulu un uzdzert to, pirms izmest trauku atkritumu tvertnē.

"Tev vispirms vajadzētu to izskalot," teica E-Z, un Brendija to izdarīja. Tad viņa iesēdās krēslā un noslaucīja muti ar roku.

"Atvainojiet, es negribēju būt rupja, jūs zināt, apstājoties tik pēkšņi, kā es to izdarīju. Es gribēju, lai mēs visi būtu šeit, lai apspriestu tēvoča Sema bažas."

"Godīgi," sacīja Lia, apsēžoties blakus Brendijai.

Pārējie cits pēc cita ieradās un ieņēma savas vietas pie galda.

E-Z sāka, informējot visus par PJ un Ardena brīnumaino atveseļošanos, kam sekoja visu, arī to, kuri viņus vēl nebija iepazinuši, aplausi.

"Nākamais darba kārtības jautājums, un es domāju, ka šie divi punkti varētu būt saistīti, - Lia un Mazā Dorita tika viltīgi piespiestas pamest māju, un viņu dzīvības tika pakļautas briesmām. Ja nebūtu bijis Fransuā, Fūrijām, kuras mēs uzskatām par atbildīgajām, tas varētu būt izdevies."

"Bravo, Fransuā!" Čārlzs sacīja.

"Kā jūs apmānīja?" Brendijs jautāja.

"Kur tas notika?" Lāči jautāja.

"Lia, vai tu gribi to pastāstīt?" E-Z jautāja. Viņa pakratīja galvu, nē. "Ja es kaut ko palaižu garām," viņš teica. Viņš devās uz priekšu un paskaidroja, kas notika un kāpēc viņi domāja, ka par notikušo ir atbildīgi Furiji.

"Kopš tā laika es esmu domājis par Fūrijām un viņu pilnvarām. Kā mēs zinām, viņiem tā ir jāievēro. Kad viņas mēģināja nogalināt Lia un Mazo Doritu, viņas pārkāpa noteikumus. Kādu iemeslu tās varēja norādīt, lai mēģinātu nogalināt Lia vai Mazo Doritu? Viņi ne tikai rīkojās pretēji savām pilnvarām, bet arī cieta neveiksmi. Tagad apsveriet, kas notika tieši tajā pašā laikā - es, protams, domāju PJ un Ardenu - viņi iznāca no komas. Sakritība? Es domāju, ka nē.

"Un jo vairāk es tos savā prātā savienoju, jo vairāk es domāju, ka Fūrijas varētu vājināties. Ja man ir taisnība, tad tagad varētu būt īstais laiks, lai mēs viņus nokautu."

"Tas ir iespējams," sacīja Alfrēds, "bet es atceros, ka skolas laikos lasīju par Einšteinu - kas varētu pierādīt pretējo. Es domāju, ka tas nemaz nebūtu varējuši būt Fūrijas. Iespējams, ka tie ir bijuši laika un telpas kontinuuma traucējumi. Tā kā Fransuā varēja viņus glābt un neviens no mums nezināja, ka tas notiek, tā šķiet iespēja, ko būtu vērts izpētīt, vai ne?"

Sems soļoja. "Ņemot vērā visu, ko mēs zinām par Furijām, un to, ko es atceros no mācībām par Einšteinu, - lai vispār būtu iespēja izkropļot laika-attāluma kontinuumu, Lijai un Mazajai Doritai būtu bijis jābrauc ātrāk par gaismu - 186 282 jūdzes sekundē. Ja jūs brauktu tik ātri, jūs pārvietotos laikā atpakaļ, nevis uz priekšu.”

“Mēs ceļojām ātri, bet ne tik ātri,” teica Lia.

“Pastāstiet mums vēlreiz, kas notika, Lia. Kadrs pa kadram. Līdz pat brīdim, kad parādījās Fransuā,” teica Alfrēds.

Lijas stāsts sākās virtuvē un beidzās slimnīcā.

Paceļot rokas, visi nobalsoja, ka uzskata, ka atbildīgas ir Fūrijas, tomēr neviens nespēja paskaidrot, kāpēc Fransuā zināja vai kā viņš tika izsaukts.

“Vai jūs viņu izsaucāt?” E-Z jautāja. “Es domāju, kā viņš to uzzināja? To es grasos viņam pajautāt.”

“Tas mani atgriež tur, kur mēs šodien sākām,” teica Sems. “Un mans jautājums ir, kāpēc Rozālija nezināja par Fransuā.”

“Un kā ir ar mazo Doritu?” Sobo jautāja.

“Nezinu, kā ir ar Fransuā, bet vienradze gulēja, kad es šorīt izskrēju ārā pēc zāles.”

“Ak, tas ir labi,” teica Lia.

“Varbūt ārstiem ir kāds izskaidrojums, kāpēc PJ un Ardens pamodās tieši tad, kad pamodās?” Sems jautāja.

"Tas tiesa, iespējams, viņi to varētu, bet es neredzu, kāda mums tam ir nozīme. Patiesībā ne. Galvenais ir tas, ka viņi ir pamodušies, un mēs joprojām nezinām, vai Fūrijas ir atbildīgas par viņiem. Tomēr mums ir pierādījumi tam, ko viņi ir darījuši ar citiem bērniem, un tā vai citādi mums ir jāpanāk, lai viņi samaksā. Un mums viņi ir jāpārtrauc."

"Varbūt ārstiem ir kāds izskaidrojums, kāpēc PJ un Ardens pamodās, kad pamodās?" Sems jautāja.

"Tā ir taisnība, iespējams, ka viņi to varētu izskaidrot, bet es neredzu, kāda mums tam ir nozīme. Ne īsti. Galvenais ir tas, ka viņi ir pamodušies, un mēs joprojām nezinām, vai Fūrijas ir atbildīgas par viņiem. Tomēr mums ir pierādījumi tam, ko viņi ir darījuši ar citiem bērniem, un tā vai citādi mums ir jāpanāk, lai viņi samaksā. Un mums viņi ir jāpārtrauc."

"Šeit! Šeit!" Čārlzs iesaucās, sitot ar roku pa galdu.

"Vai mēs varam vēl mazliet parunāt par Fransuā," Brendija jautāja.

"Ko darīt, ja viņš nevēlas mums neko stāstīt," Čārlzs jautāja, "ja vien mēs viņu nepieņemsim par komandas biedru?" "Ne," viņš atbildēja.

"Čārlzs pamatoti norāda," sacīja E-Z. "Es esmu gatavs to izmantot kā pārbaudi ar Fransuā. Ja viņš negrib mums pastāstīt, ko viņš zina, tad, iespējams, viņam nav lemts būt vienam no mums."

"Ko darīt, ja viņš ir patiešām labs melis?" Brendija jautāja. "Un daži cilvēki ir izcili melis."

Lija teica: "Kāpēc mums neveikt Zoom zvanu? Mēs visi varam ar viņu aprunāties, paskatīties, kāds viņš ir, un tad varam par to balsot? Es jau esmu gatava balsot par."

"Nē," sacīja E-Z. "Es negribu, lai viņš zinātu par Čārlzu, Haruto, Lači vai Brendiju. Viss, ko viņš šobrīd zina, ir tas, ko viņš var atrast internetā."

"Un tomēr," iejaucās Sems, "Poppete varēja ieskriet mūsu mājā."

"Jā, tas ir tas," sacīja E-Z.

"Turklāt viņš izglāba Mazo Doritu un mani - tātad viņš zina par viņu."

""Man šķiet, ka mēs riņķojam pa apli," sacīja Alfrēds. "Tikmēr arvien vairāk bērnu mirst un nonāk Dvēseļu ķērājos, kas pieder citiem mirušajiem," sacīja Alfrēds. "Es tik ļoti cerēju, ka pēc tam, kad es atšifrēju grāmatā sniegto informāciju, mēs būsim tikuši tālāk."

"Pagaidiet," sacīja E-Z. "Vai kāds šodien ir redzējis Hadžu un Reiki?"

Neviens nebija redzējis.

E-Z iezvanījās telefons. Atnāca gara īsziņa no PJ un Ardena:

"Nejautājiet mums, kā, bet mēs zinām, ka Furijas tuvojas jūsu ceļā. Un jā, mums ir plāns. Mums ir jāzina, tiklīdz jūs viņus ieraudzīsiet. Nosūti mums īsziņu - un Haruto."

E-Z atbildēja. "Ko????"

"Uzticieties mums," PJ uzrakstīja īsziņu.

Abi apmainījās ar uz augšu paceltiem īkšķiem emocijzīmītēs, tad viņš paskaidroja Haruto un pārējiem situāciju.

Zinot, ka Fūrijas bija gatavas sākt cīņu tagad, ienaidnieka teritorijā un bez sava līdera Ēriēla, E-Z jutās satraukts. Tomēr, pateicoties PJ un Ardenam, viņi bija zaudējuši pārsteiguma momentu.

Joprojām sēdēt un gaidīt, kad viņi ieradīsies, nebija labākā stratēģija.

Taču tagad viņiem bija priekšrocības. Viņiem atlika tikai sēdēt un gaidīt - un cerēt.

NODAĻA 26
NEGAIDĪTI APMEKLĒTĀJI

Viņi visi nodarbojās ar savām lietām, cenšoties būt aizņemti, kamēr gaidīja. Tad cauri pat ķieģeļu sienām ieplūda neizbēgama smaka.

"Kas tas ir?" Lija iesaucās, ar pirkstiem aizspiežot degunu. "Es joprojām to jūtu!"

Brendija ar labo roku darīja to pašu, un ar kreiso viņa izsmidzināja pa istabu gaisa atsvaidzinātāju, kas tā vietā, lai mazinātu smaku spēku, šķita, ka padara gaisu biezāku un pastiprina to.

"Ejam ārā!" Lači teica. "Varbūt ārā ir labāk?" Viņš atvēra durvis, lai gan loģika viņam teica, ka, ja smaka iekšā ir slikta, tad ārā tai jābūt vēl sliktākai. Sākumā viņa maņas bija apmānītas, un viņš neko nejuta. Vai viņš bija pieradis? Vai Fūrijas bija izsmārdījušas mājas iekšpusi?

Tad viņš ieraudzīja Mazo Doritu un Mazulīti, kas riņķoja virs viņa. "Šeit augšā nav labāk!" Bērniņš sacīja.

"Nav svarīgi, kā mēs ejam!" Dorīte piebilda.

Tad tas atkal viņu pārsteidza, smārds bija kā pliķis sejā, un viņš uz brīdi zaudēja līdzsvaru. Viņš pamanīja veļas auklu un naglas un skrēja to virzienā. Viņš piespieda vienu pie deguna, un voila, viņš vairs neko nejuta. Viņš pamāja Mazajai Dorritai un Bērniņam, lai viņi nokāpj lejā, un, kad viņi to izdarīja, viņš pielika vajadzīgās naglas (viņu deguniem bija vajadzīgas vairākas), līdz arī viņi vairs nejuta smirdīgo smaku.

"Paldies," sacīja Mazā Dorita un Bērniņš, kad viņi pacēlās no zemes. "Mēs sekosim līdzi."

Lašijs uzlika viņiem īkšķus, tad pamanīja, ka pa celiņu virzienā uz žogu dārzā atkal notiek neliels troksnis. Kāda radību grupa bija izveidojusi apli, it kā rīkotu sapulci. Viņš devās viņam pretī, kad pūce pacēlās no zara un piezemējās viņam uz pleca.

"E, sveiki," viņš teica, skatoties pūcei acīs. "Vai mēs jau esam tikušies?" Pūce pieskārās, un tad viņš atpazina, kas tā bija. Tas bija Sobo. "Kad tu teici, ka tava superspēja ir transformācija, es par tevi tā nedomāju!"

"Haruto nezina," viņa teica. "Vismaz es nedomāju, ka viņš mani atceras - pagaidām." Viņa aizlidoja atpakaļ pie radību grupas: "Nāc pie mums," viņa teica.

Lašija staigāja starp tiem, un viņu vienu pēc otra iepazīstināja ar briedi vārdā Oboe, jenotu vārdā Čārlijs, lapsu vārdā Luīze, putnu (zilā sojene) vārdā Lenijs un otru putnu (kardināls) vārdā Pērsijs.

"Mēs esam atnākuši, lai palīdzētu," sacīja briedis Oboe, "bet mēs ļoti baidāmies no Fūrijām."

"Ļaujiet man uz tiem!" uzsauca jenots Čārlijs. "Es izurbu viņiem acis ar nagiem."

"Un es izurbu viņiem rīkles!" sauca lapsa Lūsa.

"Vau! Pagaidi!" Lāči teica. "Šī nav tava cīņa. Lai gan es augstu vērtēju jūsu biroja vēlmi palīdzēt, kāpēc gan jūs vispirms nedosiet mums iespēju pamēģināt? Ja mums būs vajadzīga tava palīdzība, es svilpšu, un tad tu varēsi ierasties?"

"Viņam ir taisnība," Sobo teica. "Lai gan viņš nedomā mani." Viņa paskatījās uz Lači, lai pārliecinātos, ka viņas pieņēmumi ir pareizi, un atbildēja ar mājienu. "Man jāaizsargā mazdēls un pārējie."

Lenijs un Pērsijs, abi pārējie putni, čivināja savā starpā.

Sobo, kurš bija mierīgs, tagad sāka plīvot visneparastākajā veidā, atkārtojot: "Sliktas lietas nāk! Briesmīgas lietas tuvojas! Briesmīgas lietas tuvojas!"

"Ššš, Sobo," sacīja Lači, mēģinot viņu nomierināt. "Mēs esam gatavi, un viņi nezina, ka mēs zinām, ka tās tuvojas."

TRĀPĪT TRĀPĪT TRĀPĪT TRĀPĪT TRĀPĪT TRĀPĪT TRĀPĪT

TUMP TUMP TUMP TUMP TUMP TUMP

TRĀPĪT TRĀPĪT TRĀPĪT TRĀPĪT TRĀPĪT TRĀPĪT TRĀPĪT

Tā bija skaņa, ko zeme zem viņu kājām izdvesa, pulsējot kā sirds, kas mēģina izlauzties no krūtīm.

Tupēšanai sekoja bungas.

Pēc tam sekoja bungšana.

"Fūrijas tuvojas!

Fūrijas tuvojas!

Fūrijas tuvojas!"

Kamēr debesis virs viņiem viļņojās

un griezās.

Un dega.

No spoži zilas līdz asiņaini oranžsarkanai.

Kaimiņi, kā jau kaimiņi mēdz darīt, izskrēja ārā, lai paskatītos, kas ir tā smirdīgā smaka. Daži trokšņojoši parkošanās iemaldījās, kad viņu sajūtas bija pārņemtas, un daži iznesa uz lieveņa popkornu, lai ēstu un skatītos.

Viņiem nebija ne jausmas, kādas briesmas viņiem draudēja.

Un tomēr bija norādes.

Dzirdama čukstus.

Dzirdēja tupus tupus tupus tupus tupus tupus tupus.

Tomēr daudzi neatgriezās iekšā savās mājās, lai būtu drošībā.

Tā vietā viņi ēda popkornu un dzēra limonādi, visu laiku gaidot.

GAPING

Bez **ESKAPŠANAS.**

Kamēr zeme zem viņu kājām bija

DUNGO   DUNGO   DUNGO   DUNGO   DUNGO DUNGO

TRINK TRINK TRINK TRINK TRINK TRINK TRINK

DUNGO   DUNGO   DUNGO   DUNGO   DUNGO DUNGO

Pēc tam tupieniem sekoja bungas.

Tad bungšana.

"Fūrijas tuvojas! Fūrijas tuvojas! Fūrijas tuvojas!"

****

"Dosimies ārā!" E-Z iesaucās. "Un stāsimies viņiem pretī!" Viņš plaši atvēra ieejas durvis, lai tās atsittos pret sienu.

Brendija, Lia, Haruto, Čārlzs un Alfrēds atradās viņam aiz muguras, gatavi rīkoties, tiklīdz saņems pavēli.

Viņš paskatījās pāri plecam, lai ieraudzītu, ka Sema un Samanta ir ceļā ārā: "Ne jūs," viņš teica. "Bērniem vajag tevi iekšā. Atstājiet to mums."

Sems un Samanta atkāpās.

Tagad visi četri karavīri atradās viens otram blakus uz priekšējā zāliena un gaidīja. Svešiniekam viņi varēja izskatīties pēc bērnu grupas, kas parastā skolas dienā gaida, kad atbrauks skolas autobuss. Taču šī nebija parasta diena. Šī bija Armagedona diena.

Lijas rokas trīcēja un drebēja, kamēr viņa meklēja savu prātu, atvērās savam prātam, cerot, ka viņas superspējas ļaus viņai piekļūt Fūrijām. Ka viņa spēs sevi pakļaut un atrast kādu pavedienu, kādu informāciju, kas palīdzētu viņas komandai, - taču viņas prāts palika tukšs.

Alfrēds teica: "Es uzlidoju uz jumta. Redzēšu, ko es varu ieraudzīt."

E-Z piekodināja. "Esi drošībā. Un paskaties, vai vari atrast Lači un Sobo." Viņš jau bija pamanījis vienradzi un pūķi, kas lidoja augstu virs viņiem. Viņš rādīja viņiem īkšķus uz augšu.

Izskanēja skaļš svilpiens, un Sobo nolaidās lejā, Lači uzlēca viņam uz muguras, un abi kopā viņi pievienojās Alfredam uz jumta. Blakus viņiem piezemējās pūce.

"Tas ir Sobo," sacīja Lači.

"Redzi kaut ko?" E-Z jautāja.

Alfrēds izpletis spārnus: "Mūsu virzienā tuvojas milzīgs aisberga lieluma plaukts, bet tas virzās ātri." Alfrēds atsteidzās.

E-Z mēģināja to iztēloties prātā, taču nespēja, jo kā, pie velna, viņš un viņa komanda būtu varējuši apturēt šādu lietu? Kā?

"Tas virzās uz mums kā cunami," teica Alfrēds.

"Bet tas nav veidots no ūdens," sacīja Lači. "Izskatījās, ka tas ir no smiltīm. Smilšu vilnis. Nes trīs melnās drēbēs tērptas sievietes."

Smilšu vilnis, jā, tagad viņš to varēja iztēloties. "ETA? Tas ir, paredzamais ierašanās laiks?" E-Z jautāja.

"Grūti pateikt," sacīja Alfrēds. "Minūtes…"

Visu laiku zem viņu kājām turpināja **bungot** zeme.

Un **dungoja.**

"Fūrijas tuvojas! Fūrijas tuvojas! Fūrijas tuvojas!"

$$\text{✳✳✳}$$

"Ejet iekšā!" E-Z kliedza uz ziņkārīgajiem kaimiņiem. "Aizveriet durvis, aizslēdziet tās. Un kāds ievieto paziņojumu sociālajos tīklos. Lai visi paliek telpās. Teiksiet viņiem, lai viņi vairs neiznāk ārā, kamēr no manis nesaņems piekrišanu! Tagad ejiet!"

SLAM.

SLAM.

Viņam pāri plecam Alfrēds, pūce, Lači un Mazulis lūkojās ārā, vērojot, kā viļņošanās aizšķērso attālumu starp Furiju un viņa komandu, kamēr Mazā Dorita uzmanīgi vēroja no augšas.

Bija jau par vēlu izstrādāt plānu. Pārāk vēlu, lai darītu jebko citu, kā vien cerētu, ka viņi būs gatavi, jo vējš viņus pūta un stumdīja, un zeme dauzījās sinhroni ar viņu sirdsdarbību.

KRĀŠS.

Aiz muguras ieejas durvis atlauzās un izlidoja no eņģēm. Tās atsitās un aizskrēja gar ielu, līdz beidzot atslāba līdzenumā.

Sems izkāpa ārā. E-Z pagrieza krēslu pret viņu, neticēdams savām acīm.

Sems bija uzvilcis kostīmu vai vairākus kostīmus, izveidojot savu supervaroņa tēlu. Uz viņa galvas bija uzvilkta bruņinieka ķivere ar uz augšu paceltu masku. Kad viņš pavirzījās uz priekšu, tā nolaidās, un viņam nācās to aizspiest atpakaļ savā vietā. Viņš bija uzklājis acu aizsegus - tādus, kādus valkā beisbola spēlētāji, lai izskaustu atspīdumu zem acīm. Viņa krūtis bija izspūrušas, it kā viņš zem krekla valkātu bruņuvestu, un aiz muguras vilkās garš melns apmetnis. Apakšējā daļā viņam bija melni džinsi un viņa iecienītākie skriešanas apavi.

Supervaroņu komanda centās nesmieties, kad viņš devās viņiem līdzās, un viņi pamanīja, ka viņa supervaroņa vārds - SAM THE MAN - bija iešūts audumā pāri viņa pleciem.

Mazā Dorita nolēca lejā un pārmeta Brendiju uz muguras. Pēc tam Lači uzlēca uz Mazulīša muguras un aizskrēja. Viņš paskatījās uz jumtu. Mazās Dorrit tur vairs nebija. Alfrēds un pūce pacēlās no jumta. Visi piezemējās līdzās E-Z un pārējiem.

"Visi par vienu!" viņi teica. "Un viens par visiem!"

"Bet kur ir mans Sobo?" Haruto jautāja.

Sobo uzlidoja viņam uz pleca, un viņš uzreiz saprata, ka tā ir viņa. Tad viņa pārtapa savā cilvēka veidolā.

Bērnu komanda bija redzējusi, kā tēvocis Sems pārvēršas par Semu Cilvēku un Sobo no pūces pārvēršas par vecmāmiņu, taču nevienu no viņiem tas nesatraucēja.

Jo zem viņu kājām zeme turpināja DRŪMOT.

Un **GRŪMOJOŠA.**

Bet vārdi bija mainījušies.

"Fūrijas ir gandrīz klāt.

Fūrijas ir gandrīz klāt.

Fūrijas ir gandrīz klāt."

✳✳✳

E-Z un viņa komanda vēroja, kā milzīgs smilšu vilnis, līdzīgs okeāna laineerim, kas iebrauc ostā, ienāca ostā. Bet šī lieta plosījās pa ielām, nolīdzinot mājas, kokus un visu dzīvo, kas atradās tās ceļā. Un tā nemaz nepamazināja tempu.

Nebija pietiekami daudz laika, lai viņi varētu pacelties, turklāt viņus apstulbināja tās milzīgais izmērs. Tā tomēr apstājās, un Fūrijas valdīja pār viņiem, viņu balsīm kliedzot smieklos, kad tās pirmo reizi pievērsa acis saviem ienaidniekiem.

“Vai viņi vispār ir īsti?” Tisi jautāja. “Tās izskatās kā miniatūras lelles, kas gaida, kad uz tām uzkāps.”

“Es redzu, ka viņiem ir pūķis un vienradzis. Un gulbis. Ak, jā!” Ali nopriecājās.

“Atceries, kāpēc mēs esam šeit,” sacīja Meg. “Tagad jūs abi uzvedieties pieklājīgi, kamēr es eju lejā un aprunājos ar vadoni. Kā viņu sauc?”

"E-Zeds," Tisi iesmējās.

"E-Zeds," sauca Ali.

Viņi visi kopā teica vārdu E-ZED, E-ZED, E-ZED."

"Viņi tevi sauc par E-Z," sacīja Brendija, kad viņa atlēca.

"Nē!" E-Z sauca. "Gaidi manu rīkojumu!" Taču bija par vēlu, Mazā Dorita un Brendija jau bija lidojumā, bet viņi neaizlidoja tālu, atrodot vietu uz jumta.

E-Z un pārējā komanda turējās uz vietas.

"Ko viņi gaida?" Sems jautāja.

Čārlzs atbildēja: "Viņi cer, ka viņu smārds paveiks darbu viņu vietā. Viņš pasmaidīja, un visi izsmējās. Visi, izņemot Sobo, kas pārvērtās atpakaļ savā pūces stāvoklī un uzlidoja uz jumta līdzās Brendijai un Mazajai Dorritai.

Furijām, kurām bija lieliska dzirde un kurām bija plāns un kuras grasījās tam sekot, nepatika, ka tās ir supervaroņu bērnu joku ņirgāšanās un viena pēc otras pacēlās gaisā. Viņām tuvojoties, smārds pastiprinājās, jo viņu melnās drēbes plīvurēja vējā.

"Noķer!" Lašijs iesauca, metot katram komandas dalībniekam drēbju kociņus.

Tagad vairs ne tik smirdīgās raganas lidoja tuvāk, lai bērni apakšā varētu tās aplūkot sīkāk. Personīgi viņas bija lielākas par dzīvību, burtiski, pateicoties čūskām, kas slīdēja un slīdēja pa šiem ķermeņiem. Čūskas, kas spļāva ar dakšām, pavadīja pīšļu laušanas skaņa, kas bija izcils psiholoģiskās cīņas paraugdemonstrējums.

Saskaņā ar sākotnējo plānu tieši Meg bija tā, kas lauza ledu, kliedzot: "Kur ir Ēriels? Mēs zinām, ka viņš ir pie jums! Atdodiet mums viņu, TAGAD!"

Viņas kliedzošās balss augstā skaņa lika bērniem aizbāzt ausis, jo no stikla izgatavoti priekšmeti, piemēram, ielu lukturi, lieveņu lampas, logi un pat skapīšu stikls, saplīsa kilometriem tālu un tālu.

Kad viņš bija pārliecinājies, ka Meg vairs nerunā (jo viņas mute bija aizvērta), E-Z atbildēja: "Viņš ir tur, kur tiek turēti nodevēji. Tāpēc tagad jūs varat rāpties atpakaļ uz to caurumu, no kura jūs trīs izlīdāt!". Un, kad viņš pabeidza runāt, viņa pacēlās no zemes, viņam sekoja Alfrēds, Sobo, Mazā Dorita ar Brendiju Bēbīti un Laši uz klāja.

"Šī ir mūsu teritorija. Tie ir mūsu cilvēki - un jums šeit nav nekāda darīšana. Patiesībā jums vispār nav nekāda darījuma šeit uz zemes. Jums nekad nav bijis. Jums šeit nav vietas," sacīja E-Z. "Un mēs esam noguruši no jūsu manipulācijām. Jūs esat pārspīlējuši.

Jūs esat ļaunprātīgi izmantojuši savas pilnvaras. Tu esi nicināms. Un mēs liksim tev par to atbildēt."

"Ko tāds mazs zēns kā tu ar mums izdarīs?" Tisi, kurš bija ieskrējies Megai blakus, iesaucās: "Pārbraukt mums pāri?"

Viņas smieklu šalts piepildīja gaisu, liekot zemei zem pārējās komandas kājām sadalīties plaisās. Lia, Haruto, Čārlzs un Sems saspiedušies starp spraugām, lai būtu drošībā.

Meg pievienojās vārdu nosaukšanas jautrībai: "Varbūt gulbis mūs noskandinās līdz nāvei? Protams, mēs varam viņu noplūkt - un apēst pusdienās!"

Komandas locekļi, kas nelidoja, vēl ciešāk saspiedušies cits pie cita. Haruto, kurš būtu varējis sprukt prom, bija pārāk nobijies, lai kustētos. Turējās tālāk no vaļējiem zemes spraugām, kas draudēja viņus aprij.

"Un tu, meitenīte," Alli sacīja Lia. "Mēs mēģinājām tevi izkausēt saulē. Toreiz tev izdevās izbēgt. Bet ko tu ar mums izdarīsi tagad? Vai tu skatīsies uz mums ar savām rokām un pārvērtīsi mūs statujās?"

Fūrijas atkal iesmējās no smiekliem, bet zeme zem tām sarāvās, it kā mēģinātu kaut ko dzemdēt.

"Nu jau garlaicīgi," sacīja Meg.

Pārējās divas māsas bija neparasti klusas, it kā nedomātu, kādam jābūt viņu nākamajam solim.

"Mēs te velti tērējam laiku!" Meg pielidoja mazliet tuvāk E-Z, rokas uzspiedusi uz gurniem: "Mēs te velti tērējam laiku! Mēs neesam ieradušās šodien cīnīties ar jums. Ne bez mūsu vadoņa. Mēs tikai gribam zināt, kur viņš ir? Ļaujiet viņam iet. Ļaujiet viņam iet - tūlīt. Un mēs saglabāsim kauju citai dienai."

"Tev tas patiktu, vai ne!" Alfrēds kliedza.

Tas lika Allijai satraukties.

"Nāc pie manis, mazais šūpuļbērniņš. Tevi gaida katls - tu, spalvu briesmonis!"

"Viņš ir gulbis, nevis zosis, idiote!" Brendija sacīja, virzot mazo Doritu viņai pretī.

E-Z laimīgs par izklaidību saņēma īsziņu no PJ un Ardena, un deva Harutam īkšķa signālu.

Haruto pagriezās neredzams un skrēja ātrāk nekā ātri uz slimnīcu, kur satikās ar PJ un Ardenu, kuri jau gaidīja spēles iekšpusē. Tagad katrs no viņiem veica slepkavību. Kad Haruto ieradās, viņi veica vēl divus nogalinājumus.

Fūrijas alkatība pēc vairāk bērnu dvēselēm sūtīja viņu esences spēlē.

"Mēs esam tevi saņēmuši!" trīs dievietes kliedza.

"Tagad!" PJ kliedza, jo Ardens nospieda SAVE uz USB, un, kad tas bija saglabāts, viņš nospieda EJECT. Viņš aizlīmēja USB ar līmlenti, pēc tam ielika to hermētiskā maisiņā.

"Aiznes to uz E-Z!" Ardens teica.

Haruto nokāpa uz zemes, signalizēja vecmāmiņai, kura satvēra USB savā knābī un aiznesa to uz E-Z.

PJ uzrakstīja īsziņu. "Furiju esences ir USB."

E-Z droši ievietoja USB savās džinsu kabatās, un nākamreiz, kad viņš paskatījās uz Fūrijām, skats Rafaēla brillēs bija mainījies. Trīs māsu ķermeņi bija izplūduši un izplūduši, bet čūskas ne. Tad viņš saprata, kas bija viņu Ahileja papēdis. "Čūskas uztur viņām dzīvību!" viņš kliedza. "Mums ir jāiznīcina čūskas."

Brendijs jau bija pietiekami tuvu, lai uzbruktu Alli. Diemžēl viņa bija arī pietiekami tuvu, lai Alli čūska varētu viņai iekost - un tā arī notika. Viņa saslējās, un Mazā Dorita metās bēgt, taču bija par vēlu, Brendija jau bija mirusi.

"Aizvāciet viņu no šejienes!" E-Z kliedza, un Mazā Dorrit aizlidoja debesīs, raudādama.

"Ar viņu viss būs kārtībā," teica E-Z.

"Nedomāju," Alli smējās. "Mūsu čūskas nav no šīs pasaules. Ja tev viena no tām iekodīs, neatkarīgi no tā, kādas spējas tev būs, tās nedarbosies. Bet mēs paliksim apkārt un gaidīsim, ja vēlaties? Tad, kad viņa neatgriezīsies, mēs uzspridzināsim pārējo jūsu komandu!"

"Jūs, kuces!" E-Z iesaucās.

Sobo metās darbībā, uzbrūkot un izvelkot čūskas acis vienu pēc otras un nogāžot tās uz zemes. Kad viņa bija beigusi ar Alli, viņa pārgāja pie Megas, tad pie Tisi. Kad viņa pabeidza savu uzdevumu, vecmāmiņa bija pārāk nogurusi, lai darītu ko citu, kā vien piezemētos pie sava mazdēla un atgrieztos savā cilvēka veidolā.

"Bet Sobo," sacīja Haruto, "es arī gribu cīnīties."

"Ļauj viņiem darīt pārējo," viņa teica. "Es esmu pārāk nogurusi, lai tevi nestu."

Sobo un Haruto noskatījās, kā pārējie komandas biedri nokauj čūskas.

Fūrijas atvēra un atkal aizvēra muti, bet no tām neiznāca nekāda skaņa. Bez tam, ka viņu ķermeņi bija bez balss un izsīkuši, tie centās noturēties virs ūdens, kamēr asinis dzīslās pilēja un pilēja.

E-Z ratiņkrēsls pārvietojās zem viņiem, uztverdams pilienus un sajaucot Furiju asinis ar citiem savāktajiem paraugiem.

"Viņi ir miruši," E-Z apstiprināja, kad Fūrijas tukšās drēbes kā melni spoki peldēja pret zemi.

Bet tas vēl nebija beidzies.

***

Aiz E-Z smilšu vilnis pacēla galvu, un, ieraugot visapkārt caururbtas acis - visu savu bērnu acis, - šī visu čūsku māte lēnām atdzīvojās.

Sems, kurš pirmais pamanīja kustību, kliedza: "Uzmanies, E-Z!" Un, kad viņš savu saucienu nedzirdēja, Lia, Čārlzs, Haruto un Sobo pievienojās.

Lāči dzirdēja viņu saucienus un ieraudzīja čūsku, kā viņas dzirdētā slīdēja E-Z virzienā. Viņš paskatījās čūskai acīs un teica: "NĒ!"

Uz sekundi vai divām čūskas māte pārstāja kustēties, un izskatījās, ka viņa dzirdēja un saprata Lači komandu, tad viņš pamanīja mirdzumu viņas acīs. "Pīkst E-Z!" viņš iesaucās, kad Mazulis atvēra muti un raidīja uguni E-Z un čūskas mātes virzienā.

E-Z mati aizdegās, un viņš tos aizpļāpāja, tad viņa krēsls nokrita uz zemes.

Mazulis turpināja spert uguni uz milzīgo čūsku māti, līdz tā sadega līdz kvēlam apdegumam. Fūrijas radītās smakas vietā gaisā tagad bija jūtama vistas gaļas smarža, kāda varētu būt jūtama jebkurā piemājas grila grilā.

"Uh, paldies, Mazulis un visi," sacīja E-Z, bīdams pirkstus pa matu vidu. Tas bija noņēmis sariņiem līdzīgo daļu.

"Tas ataugs atpakaļ," teica Sems, kad zeme zem viņu kājām atkal sāka sarauties.

THRUM

UN DUNGOJA

E-Z ratiņkrēsls pats no sevis pacēlās no zemes, un tas sāka līt asins pilienus zemē atvērtajos krāteros.

"Kas notiek?" Alfrēds jautāja.

Zem viņa ratiņkrēsls turpināja asiņot, jo strūklas strūklas dzina viņu no vietas uz vietu. "Mazs pilienītis šeit un mazs pilienītis tur," viņš deklamēja domās. Uz zemes viņa komanda teica tos pašus vārdus, kas skanēja viņa galvā: "Mazs pilienītis šeit un mazs pilienītis tur," tad kopā viņi pabeidza dzejoli: "Mazs pilienītis, visur," un tad sāka visu no jauna. Viņš pakratīja galvu... vai viņi visi lasīja viņa domas?

Zem viņu kājām zeme turpinājās.

DRUMMING
DRUMMINGS.
GANDARĪŠANA.
SADARBINĀŠANA.

Lia pacēlās no zemes, atplešot rokas tik plaši, cik vien tās varēja, ar galvu, kas atliecās atpakaļ, un acīm, kas bija pievērstas debesīm. Un virs viņas debesis atvērās. Sākās lietus, bet, nokrītot uz bruģa, plankumi kļuva sarkani. Debesis raudāja asiņainas asaras, kamēr Lia šūpojās un griezās gaisā kā marionete bez stīgām.

Pārējie, neskaitot Bēbiju un Laši, skrēja uz lieveņa, lai izvairītos no asiņainā lietus, nespēdami neko darīt ar Lia, kura joprojām bija pakārusies un atradās transā.

"Mēs parūpēsimies, lai viņa nenokristu," sacīja E-Z, "pārējie slēpieties."

PULSINGS.
PUSHING.

Tad atskanēja **zibens.**

Seko **pērkons.**

Erceņģelis Mihaēls izlauzās cauri barjerai un lidoja lejup, līdz bija tuvu E-Z.

"Es saprotu, ka jūs kontrolējat situāciju, - sacīja Maikls.

"Jā, Fūrijas esences ir šajā USB."

"Izmetiet to man," sacīja Maikls.

E-Z, gluži kā metot beisbola bumbu uz otro bāzi, raidīja USB virzienā uz Maikla, kurš izstiepa roku, noķēra to un ietvēra ledū. "Man, Ēriēlam, būs kompānija," teica Maikls. "Viņi visi paliks uz ledus līdz mūža galam. Ak, un, starp citu, visiem labi veicies!" Tad tikpat ātri, kā bija atlidojis, viņš aizlidoja prom.

"Kas notiks ar Lia?" E-Z kliedza, bet Maikls neatbildēja.

Zeme sāka pulsēt un griezties, lai gan Furiju uz tās vairs nebija, un asinis vairs netecēja ne no debesīm, ne no viņa ratiņkrēsla.

Lia joprojām peldēja ar acīm, vērstām uz debesīm, jo tās pašas no asiņainām asarām pārvērtās zilās, un zem viņu kājām zemes krāteri apauga ar zāli, koku ziediem.

Tad viss apklusa, jo Lia, joprojām transā, peldēja atpakaļ uz zemes. Guļus guļus uz zemes, ar joprojām plaši izplestām rokām, viņa sajuta, kā uz muguras slejas zāle, un nogurusi smaidīja, jo samazinājās un atgriezās savā patiesajā vecumā, kas bija deviņi ar pusi gada.

"Vai ar tevi viss kārtībā?" E-Z jautāja, kad lapsa, zilā sojīte, jenots, kardināls un briedis sapulcējās apkārt.

Lia atvēra acis, un viņa varēja no tām redzēt. Viņa paskatījās uz savām rokām, un tās bija kā agrāk.

"Es esmu labi," viņa teica, kad Lačija palīdzēja viņai piecelties.

Sems uzreiz pamanīja, ka meitas drēbes viņai vairs neder. Viņš noņēma savu supervaroņa apmetni un apmeta to viņai ap pleciem.

"Paldies, tēti," teica Lia.

Tā bija pirmā reize, kad viņa viņu tā nosauca, un viņš nekad nejutās tik lepns, jo pa viņa vaigu aizskrēja asara.

****

Zilā krāsa debesīs šķita spožāka, it kā zvaigznes mirkšķinātu acis, lai gan bija diena, un zāle uz zemes šķita dejojoša saules staros, it kā tajā būtu dimanta rasa.

Ne E-Z, ne kāds no viņa komandas locekļiem nespēja runāt. Neviens negribēja pārtraukt klusumu vai traucēt skaistumu, kura liecinieki viņi bija.

ŠĶĪKSTS.

ČUKSTUS ČUKSTUS.

ČUKSTUS ČUKSTUS ČUKSTUS ČUKSTUS.

Lapas, vējā pūšot. Radot cilvēkam līdzīgu skaņu. Taču tas nebija vējš, tā bija bērnu balss visā pasaulē, kas atdzimst no jauna.

Tiem, kurus bija paņēmuši Fūrijas, izstūmuši viņu ķermeņus no zemes un atklājuši, ka viņu balsis ir atgriezušās.

Bērni no jauna iemācījās staigāt, skriet vai rāpot, un viņu kliedzieni atbalsojās visā pasaulē:

"Es gribu savu mammu!" - kliedza atdzimušie, bet dvēseli zaudējušie bērnu ķermeņi.

"Es gribu savu tēti!" šie atdzimušie bērni kliedza vienā balsī:

"VAH, VAH, VAH, VAH!"

"WAH, WAH, WAH!"

"WAH, WAH, WAH!"

Bezdvēseļu mazulīši pārvietojās uz malām, ceļoja uz vietām, viņu kustības bija ātrākas par gaismas ātrumu, turpinot vaimanāt:

"Es gribu savu mammu!"

"Es gribu savu tēti!"

"WAH, WAH, WAH!"

"WAH, WAH, WAH, WAH!"

"WAH, WAH, WAH, WAH!"

Nāves ielejā, kur tika glabāti un uzglabāti Dvēseļu ķērāji,

POP

POP

Durvis kā ieroči izlidoja vaļā, un dvēseles iznāca ārā, meklējot ķermeņus, kuros tām vēl bija lemts atrasties, un tās sekoja bērnu kliedzieniem.

"Es gribu savu mammu!"

"Es gribu savu tēti!"

"**WAH, WAH, WAH**!"

"**WAH, WAH, WAH, WAH**!"

"**WAH, WAH, WAH, WAH**!"

Dvēseles lidoja no bērna uz bērnu. Meklējot mājas, kurās tai piederēja. Tas bija kā vērot bērnus, kas spēlējot izlozes spēli, kad katra dvēsele pietuvojās ķermenim, kurā tā bija piedzimusi, un iegāja tajā. Dvēseles un ķermeņi atkal kļuva par vienu.

SHHHHHHHHHH.

Uz mirkli mazie atkal bija laimīgi bērni, un gaisu piepildīja sajūsmas skaņas.

Atgriežoties Nāves ielejā, Hadžs un Reiki pāradresēja bezpajumtnieku dvēseles visā pasaulē, kas bija paslēpušās, jo tām nebija savu Dvēseļu ķērāju. Viena pēc otras dvēseles ienāca, un zeme sāka dziedināt pati sevi.

Samanta iznāca no mājas, uz rokām nesot savus mazuļus Džeku un Džilu, vienlaikus maigi dziedot viņiem: "Klusu, mazs bērniņ, nerunā." Samanta iznāca no mājas, uz rokām nesot savus mazuļus Džeku un Džilu.

POP.

POP.

Hadz un Reiki parādījās: "Mēs to izdarījām!"

E-Z un viņa komanda metās viens otram ap rokas. Viņi raudāja, viņi smējās. Tad viņi atkal raudāja, jo zaudēja vienu no savas komandas. Par viena no viņiem zaudējumu: Brendija.

Lijas tālrunis pinkšķināja. Tā bija ziņa no Brendijas: "Es ierados tirdzniecības centrā - atkal! Es ceru, ka visi ir veseli un mēs uzvarējām tās raganas!"

"Brendija ir dzīva!" Lia paskaidroja, pēc tam atrakstīja: "Mēs noteikti to izdarījām! Es tev vēlāk pastāstīšu sīkāku informāciju."

"AHRHHRGHHHHHH!" Čārlzs Dikenss kliedza. Viņa ķermenis trīcēja un drebēja. Kad tas apstājās, viņš bija transā ar neizteiksmīgu sejas izteiksmi un izstieptām, uz augšu vērstām plaukstām.

"Vai viņš saņem manas rokas acis?" Lia jautāja.

Kā grāmata - lielākais sējums cietos vākos, kādu viņi jebkad bija redzējuši - nokrita no debesīm un piezemējās Čārlza rokās, un pats tās spēks gandrīz nogāza viņu no kājām. Čārlzs nostabilizējās, jo milzīgā grāmata pati atvērās, pāršķirot savas lapaspuses, līdz atskanēja balss no grāmatas iekšpuses:

"Es esmu Alternatīvo pasauļu ceļvedis."

Lai gan balss nāca no grāmatas iekšpuses, Čārlza Dikensa lūpas kustējās sinhroni ar katru vārdu, bet fonā joprojām skanēja bērnu kliedzieni:

"**WAH, WAH, WAH**!"

"**WAH, WAH, WAH**!"

"**WAH, WAH, WAH, WAH**!"

"Es gribu savu mammu!"

"Es gribu savu tēti!"

"**WAH, WAH, WAH, WAH**!"

"**WAH, WAH, WAH**!"

"**WAH, WAH, WAH, WAH**!"

"Es esmu izsalcis!"

"Es esmu izslāpis!"

Bērni, kas kādreiz dzīvoja vistuvāk E-Za mājai, soļoja tai līdzās.

"Dzirdiet mani tagad!" Alternatīvo pasauļu ceļabiedrs solilokizēja.

"Šis ir vienreizējs piedāvājums.

Ja jūs esat izvēlēti, jums ir jāizvēlas.

Tikai vienu reizi, uzvarēt vai zaudēt.

Neļaujiet šai iespējai aiziet prom.

Jo tā vairs neatkārtosies nevienā citā dienā."

Lapas pāršķīra uz priekšu, tad atpakaļ. Uz priekšu, tad atpakaļ. Pāršķiršana apstājās pie kādas nodaļas.

Nodaļa ar nosaukumu Alfrēds. Un tur bija viņa fotogrāfijas ar ģimeni. Visi vecāki. Visi veseli un labi. Viņš fotogrāfijās vairs nebija Alfrēds - trompetists gulbis. Viņš bija Alfrēds - tēvs, vīrs, vīrs.

Alfrēds ar asarām acīs paskatījās uz E-Z. Viņu kopīgais skatiens pateica visu. Viņam bija jāiet. E-Z pieskārās.

Tad Alfrēds pagriezās pret Lia. Viņa arī piekodināja, zinot, ka viņam ir jāiet.

Alfrēds, gulbis trompetists, iegāja nodaļā, kas nesa viņa vārdu, un pārtapa atpakaļ cilvēkā. Un no "Alternatīvo pasauļu ceļveža" lappusēm viņš pamāja saviem draugiem.

Tagad "Alternatīvo pasauļu ceļveža" lappuses atgriezās grāmatas sākumā. Lapas atkal un atkal ritēja uz priekšu un atpakaļ, atpakaļ un atpakaļ, atpakaļ un uz priekšu, beidzot apstājoties pie jaunas nodaļas. Nodaļa, kuras nosaukums bija Lašija vārds.

Attēlā Lači bija zīdainis. Vecāki viņu veda mājās no slimnīcas. Zīdaiņam fotogrāfijā bija slimnīcas aproce, kas atklāja, ka Lači īstais vārds ir Endrjū.

"Nē, paldies," teica Lašijs. "Mēs ar mazuli drīz dosimies mājās."

Alternatīvo pasauļu ceļvedis aizcirta ar tādu spēku, ka Čārlzs gandrīz apgāzās. Viņš atguvās, un pēc brīža grāmata atkal sāka šķirstīties. Atpakaļ, uz priekšu. Pāršķirstīja lapas kā kāršu dēli, līdz nonāca pie nodaļas ar nosaukumu Haruto. Fotogrāfijā viņš bija kopā ar savu māti un tēvu.

"Nē, paldies," Haruto nekavējoties teica. Viņš paņēma Sobo roku savā un sacīja Lašijam: "Vai neiebilstu mūs nogādāt Japānā, kad brauksi mājās?"

Lašijs pieskārās: "Priecājos par kompāniju."

Šoreiz no grāmatas pirms tās aizvēršanas izšāvās liesmas, un Čārlzs gandrīz nometa to.

Bērnu kliedzieni bez atbildes turpinājās, kļūstot arvien skaļāki, jo tuvāk viņi tuvojās E-Za mājām:

"Es gribu savu mammu!"

"Es gribu savu tēti!"

"Es esmu izsalcis!"

"Es vēlos dzert!"

"**WAH, WAH, WAH**!"

"**WAH, WAH, WAH**!"

"**WAH, WAH, WAH**!"

Čārlzs aizvēra acis.

"Vai tas ir tas? E-Z jautāja.

"Kas ar mums?" Lia jautāja.

Čārlza rokas sāka trīcēt. It kā grāmatas svars būtu nospiedis viņa rokas. Tad grāmata aizcirta ar tādu spēku, ka viņš paklupa uz priekšu un apsēdās. Viņš pārkrustoja vienu kāju pār otru un piespieda grāmatu pie krūtīm.

Tā atkal atvērās, tāpat kā Čārlza acis, un lapaspuses atkal kustējās kā jūraszāles uz okeāna dibena. Grāmata atkal aizvērās. Pēc tam apgāzās uz muguras. Grāmatas vidū parādījās rāmis. Sākumā tas bija tukšs, it kā kaut ko gaidītu. Tad tas mirgoja, un sākās filma.

Dodžeru stadionā jau bija sākusies beisbola spēle. Dodgers spēlēja pret Brewers. Un E-Z Dikenss bija ķērājs. Viņš atradās aiz spēles laukuma un spēlēja kā profesionālis. Tribīnēs bija viņa vecāki, kas viņu uzmundrināja tieši virs bļodām.

ZEMES PAUZE.

Uz dažām sekundēm saules gaisma tika aizsegta, kad Ophaniel uzsprāga debesīs un virzījās pretī viņiem.

"E-Z, es tikai gribēju tev pateikt, pirms tu pieņemsi lēmumu, ka neatkarīgi no tā, ko tu nolemsi darīt vai nedarīt, sekas būs arī citiem."

"Piemēram?" viņš jautāja, neatraujot skatienu no ierāmētās savas un vecāku versijas, lai gan viņi tajā vairs nekustējās.

"Padomā par negadījumu... kas nebūtu noticis, pasaulē, ja tavi vecāki nebūtu miruši? Ja tu nekad nebūtu zaudējis kāju lietošanas spēju?"

Viņš paskatījās tēvoča Sama virzienā, tad uz Samantu, Lia un dvīņiem. Bez nelaimes gadījuma neviens no viņiem nebūtu satikies. Dvīņi nekad nebūtu piedzimuši.

"Ja es nolemtu doties piepildīt savu sapni, kas notiks šeit?"

"Tas ir risks, kas tev būtu jāuzņemas, un atbildi es tev nevaru sniegt. Bet es zinu, ka tu esi katalizators un līme."

"Labi, paldies, ka informējāt mani."

ZEMES ATSĀKŠANA

Ophaniel aizgāja.

"E, nē, paldies," E-Z sacīja.

Viņš noskatījās, kā viņš un viņa vecāki izplēn. Ekrāns kļuva tukšs. Rāmis pazuda, un grāmata sāka celties. Augšup, augšup, ārā no Čārlza rokām.

Čārlzs stāvēja tā, it kā viņš joprojām to turētu rokās. Skatījās uz neko.

Kad grāmata bija tālu virs viņiem, tā uzliesmoja. Tā sūkstījās un radīja smirdēšanu, pirms tās atliekas bija pietiekami mazas, lai vējš tās paceltu. Un Alternatīvo pasauļu ceļvedis vairs neparādījās.

Čārlzs atgriezās pie sevis, kad bērni masveidā ieradās E-Z ielā.

"Es gribu savu mammu!"

"Es gribu savu tēti!"

"Es esmu izsalcis!"

"Es esmu izslāpis!"

"**WAH, WAH, WAH**!"

"**WAH, WAH, WAH**!"

"**WAH, WAH, WAH**!"

"Vai es varu viņiem pastāstīt stāstu?" Čārlzs jautāja.

"Tas nevar kaitēt," teica Lia.

Čārlzs sāka stāstīt pasaku par Trīs laukakmeņiem. Bērni pārstāja kustēties, pārtrauca kliegt, karājoties uz katra viņa vārda - līdz viņš pēkšņi apstājās.

"Ak, bēda!" viņš iesaucās, pamanīdams, ka katrs viņa gabaliņš izplēn un izplēn, it kā zemei būtu grūtības pārraidīt viņa signālu.

"Pagaidiet!" E-Z sacīja. "Vai tev ir kāds padoms kolēģim rakstniekam?"

"Ir grāmatas, kuru mugurpuses un vāki ir labākās daļas - neļauj, lai tava grāmata būtu viena no tām. Es jūs visus pazaudēšu!"

Daži stāsta, ka tieši tajā mirklī nolaidās gaismas stars, pacēla viņu no zemes un aiznesa Čārlzu Dikensu debesīs. Daži stāsta, ka viņš aizbraucis ar mazo Doritu, un neviens no viņiem vairs nekad nav redzēts. Vienīgais, ko viņi zināja droši, bija tas, ka tajā dienā Čārlzs Dikenss viņus pameta un vairs nekad netika redzēts.

"**WAH, WAH, WAH**!"

"**WAH, WAH, WAH, WAH**!"

"**WAH, WAH, WAH**!"

FIZZLE POP

Dvēseļu ķērājs ieradās. Tas atvēra durvis un izšāva gaisā petardes.

Dažus no mazuļiem troksnis nobiedēja, citiem tas patika, visos gadījumos viņi pārstāja raudāt.

Kad tā gaisā izšāva krāsas, viņi saplūda kopā, lai sacītu:

IZNĀC, IZNĀC, IZNĀC!

LAI KUR TU BŪTU!

"Ko tas grib?" E-Z jautāja. "Vai, pareizāk sakot, KAS tas vēlas?"

"Vai tas esmu es?" Sobo jautāja.

"Nē, tas ir man," aiz viņiem atskanēja balss. Tā bija Rozālijas balss.

Visi pagriezās pret kaut ko, cerot ieraudzīt spoku vai garu, taču tas, ko viņi ieraudzīja, nebija ne viena, ne otra. Tā bija Rozālijas būtība... tas bija viss, ko viņi zināja.

"Labdien, dārgā Rozālija!" Sobo sauca.

Tas bija diezgan svinīgs atvadīšanās pasākums dārgajai Rozālijas būtībai, kad E-Z un viņa komanda kliedza, vicināja, mētāja, meta skūpstus un priecājās par viņu. Tie bija īsti svētki visam, ko viņa viņiem nozīmēja, kad viņu mīļie draugi iekāpa viņas Dvēseļu ķērājā un tas aizlidoja.

Tagad, kad Čārlza vairs nebija, bērni atsāka raudāt,

"**WAH, WAH, WAH**!"

"**WAH, WAH, WAH**!"

"**WAH, WAH, WAH, WAH**!"

Fonā atskanēja jauna skaņa. Kāju skaņa, daudzu kāju skaņa, skriešana - ātri.

Kad tās ieplūda E-Z ielā, mammas un tēti un bērni atkal satikās ar saviem mīļajiem, un šī atkalapvienošanās notika visā zemē.

"Bravo!" E-Z teica savai komandai.

Viņi pamāja uz atvadām, kad Lači, Mazulis, Haruto un Sobo aizlidoja prom.

Tagad bija palikuši tikai E-Z un Lia.

ZAP!

Pirmais ieradās Poppet.

BONJOUR!

Viņam sekoja Fransuā.

"Ah, mēs esam par vēlu," viņš teica. "Mēs visu nokavējām!"

No mājas iekšpuses atskanēja Samantas kliedzieni. "Ak, nē, kaut kas notiek ar bērniem!"

Visi skrēja iekšā uz mazuļu bērnistabu. Džeks un Džila bija cieši aizmiguši.

Sems apskāva sievu. "Man viņi šķiet labi," viņš čukstēja.

"Bet viņiem nav labi!" Samanta sacīja.

"Viss būs labi," teica Sems.

"Arī man viņi šķiet labi," sacīja E-Z.

"Tu tikai pagaidi," teica Samanta. "Vienkārši pagaidiet, un jūs redzēsiet. Es nebūtu kliegusi, ja vien..." viņa zobojās un klabēja, it kā varētu nokrist.

Visi skatījās un gaidīja. Desmit, piecpadsmit, divdesmit vai pat trīsdesmit minūtes nekas nenotika.

Tad pēkšņi kaut kas notika.

No Džeka un Džilas sīkajiem ķermeņiem izstaroja dzeltena un zaļa gaisma.

"Hadz? Reiki?" E-Z iesaucās.

POP.

POP.

Džeks un Džila apsēdās, kā to būtu varējuši darīt vecāki bērni. Ko Džeks un Džila vēl nespēja.

Samanta nomira, bet Sems viņu noķēra.

"Ko, pie velna, jūs abi darāt?" E-Z pieprasīja. "Izkāpiet no turienes - tūlīt!"

"Kā atlīdzību mēs lūdzām, lai mēs kļūtu par cilvēkiem." Hads sacīja: "Mēs lūdzām, lai mēs kļūtu par cilvēkiem."

"Un mums bija vajadzīgi ķermeņi." Reiki sacīja: "Un mums bija vajadzīgi ķermeņi."

"Ak, brāli," sacīja E-Z, kad pie durvīm atskanēja klauvējiens.

"Ir kāds mājās?" PJ un Ardens jautāja.

EPILOGS

E-Z ierakstīja vārdus: **KONCIJA**. Apmierināts ar paveikto, pabeidzot četru grāmatu sēriju, viņš aizvēra klēpjdatoru.

"Pasteidzies, E-Z!" vīrietis viņam aiz muguras iesaucās.

E-Z noņēma savu ķērāja masku un paskatījās apkārt. Viņš atradās aiz spēles laukuma un ķēra Losandželosas "Dodgers" komandā. Tiesnesis bija noņēmis suku no šķīvja. Viņš piecēlās un devās uz bedri, jo bija pēdējais spēlētājs, kas pameta laukumu.

Viņš atpazina dažus spēlētājus, jo virzījās gar bedri, cieši sekojot viņiem pakaļ.

Viņš ar pirkstiem šķirstīja matus, kas bija gaiši. Tie bija īsāki un griezti ciešāk nekā jebkad agrāk. Un viņš bija garāks, noteikti vairāk nekā 180 cm augumā.

Kas, pie velna, notika? Vai viņš bija aizmidzis? Viņš saspiedās. Tas sāpēja.

"Tu esi uz klāja, E-Z!" uzsauca bumbas treneris.

Viņš atrada monitoru un pārbaudīja savu atspulgu. Viņš skatījās uz sevi kā uz svešinieku.

"Zeme E-Z," teica treneris.

"Atvainojiet, treneri," sacīja E-Z, dodoties ceļā uz bedru rīku angāru. Viņa nūja bija marķēta, tāpat kā viss pārējais viņa inventārs. Viņš to uzvilka un izgāja laukuma aplī.

Viņš noregulēja elkoņu uzlikas, tad sagatavojās pirmajam metienam. Kopā ar komandas biedru pie laukuma viņš izdarīja pāris vingrinājuma metienus. Kamēr viņš gaidīja, viņa uzmanību piesaistīja kustība tribīnēs aiz bedres. Viņa māte un tēvs.

"Ej, ņem viņus, dēls!" viņa tēvs iesaucās.

Viņš pacēla īkšķus uz augšu saviem vecākiem, tad vēroja, kā viņa komandas biedrs izdarīja uzbrukumu un droši nokļuva līdz pirmajai bāzei.

E-Z ienāca bītera laukumā, nosauca laiku, atkal atkāpās un izdarīja dažus dziļus ieelpas brīžus.

Saviļņojies, viņš teica sev. *Es negribu pievilt komandu. Koncentrējies. Koncentrējies.*

Viņš pacēla roku, lai paziņotu tiesnesim, ka ir gatavs, un atgriezās uz laukuma.

"Nāc, E-Z!" viņa māte sauca.

Viņš koncentrējās un vēroja, kā pirmais metiens aizskrēja garām. Iespējams, vairāk nekā simts jūdžu stundā. Viņš gatavojās otrajam metienam. Šāviens un garām. Viņa komandas biedrs nozaga bāzi un droši piezemējās otrajā.

Tas ir pārāk daudz. Es neesmu gatavs. Man ir jāpamostas. Man ir jāpamostas - TAGAD.

Otrais metiens lidoja garām. Viņš šāvās, bet nesavienojās. Atnāca trešais metiens, un viņš ar to saslēdzās. Viņš vēroja, kā viņa komandas biedrs mēģina nokļūt līdz trešajam metienam, bet tiek izmests ārā. Viņš gandrīz laicīgi nokļuva līdz pirmajam metienam, taču otra komanda nopelnīja dubultuzbrukumu. Kad bija divi metieni, viņš atgriezās bedrē, lai uzvilktu ķērāja ekipējumu.

"Nākamreiz tu viņus dabūsi!" teica viņa tēvs.

Lai gan viņam neizdevās nokļūt uz bāzes, viņš bija savā sapnī. Dzīvoja savu sapni. Bet kā? Viņš bija atteicies no alternatīvo pasauļu ceļojumu žurnāla piedāvājuma.

Izcel mani no šejienes! Es tā negribu! Kur ir tēvocis Sems? Kur ir Lia? Kur ir dvīņi?

Viņa galvā atskanēja smiekli, kad viņš nokrita uz zemes un turpināja krist. Kamēr viņš ar grūdienu piezemējās uz koka grīdas, kādā namiņā vai būdiņā. Dažu sekunžu laikā pēc viņa piezemēšanās tā izcēlās liesmās.

Pretī istabai sēdēja maza meitenīte. Sākumā viņš nodomāja, ka tā ir Lia, taču meitenei bija sarkani mati. Viņš mēģināja viņu pamodināt, bet viņa nešķīrās.

Viņam aiz muguras no eņģēm izkrita ārdurvis. Ielaidās tumša, apvīta figūra, kurai blakus bija vēl kāda īsāka figūra ar kapuci. Starp abiem viņi iznesa meiteni ārā.

"Palīdziet man!" viņš sauca.

"Palīdzi sev!" sieviešu balsī atskanēja augstākajai no abām figūrām, kad visapkārt sāka gruzdēt sienas.

Viņš atkal atradās stadionā, uz muguras uz zemes un skatījās vecākiem acīs.

"Ar tevi viss būs kārtībā," viņi rūca.

Pateicības

Dārgie lasītāji,

Nu mēs esam nonākuši līdz E-Z Dikensa sērijas beigām. Es ļoti ceru, ka jums patika to lasīt tikpat labi, cik man patika to rakstīt.

Tā kā jūs bijāt kopā ar mani visas šīs sērijas laikā, mans pēdējais PALDIES jums, mani lasītāji. Jūs esat lieliski!

Kā vienmēr, Priecīgas lasīšanas!

Cathy

Par autoru

Cathy McGough dzīvo un raksta Ontario, Kanādā, kopā ar vīru, dēlu, diviem kaķiem un suni.

Arī autors:

Ketijas grāmatas ir izdotas dažādos valodās, tostarp bērnu un jauniešu grāmatas.

Ketija ir godalgota autore īsstāstu, daiļliteratūras un labākās uzziņu literatūras žanros (bezliteratūra).

www.ingramcontent.com/pod-product-compliance
Lightning Source LLC
Chambersburg PA
CBHW061339310726

48974CB00001B/116